AF404416

SASKIA LOUIS

Mordsmäßig angefressen

LOUISA MANUS
VIERTER FALL

Erstausgabe Juli 2018

© 2018 dp DIGITAL PUBLISHERS GmbH

Made in Stuttgart with ♥
Alle Rechte vorbehalten

Mordsmäßig angefressen

ISBN 978-3-96087-421-8
E-Book-ISBN 978-3-96087-420-1

Umschlaggestaltung: Christin Peulecke
Unter Verwendung von Abbildungen von
© Artkot/shutterstock.com
Lektorat: Janina Klinck
Satz: Antonia Opitz

Über die Autorin

Saskia Louis kam 1993 in Herdecke mit einer Menge Fantasie zur Welt, die sie seit der vierten Klasse nutzt, um Geschichten zu schreiben. Zusammen mit ihren zwei älteren Brüdern wuchs sie in der Kleinstadt Hattingen auf, doch über die Jahre hat sie ihr Zuhause in unterhaltsamer Frauenliteratur und Fantasy gefunden.

Sie ist überzeugt davon, dass Kuchen zwar nicht alle, aber doch die meisten Probleme lösen kann und glaubt, dass Tagträumen eine unterschätzte Profession ist.

Heute studiert sie Medienmanagement in Köln, gestaltet Beiträge für den Bürgerfunk, schreibt Songs und wünscht sich, dass Menschen mehr singen als schimpfen würden. Ihr größter Traum ist es, den Soundtrack zur Verfilmung eines ihrer Bücher zu schreiben.

*Für Oma Kuckuck,
weil sie eine liebenswerte, inspirierende
und vor allem verrückte Nudel ist.*

Kapitel 1

Ich hatte immer damit gerechnet, dass ich aufgrund eines dummen Unfalls sterben würde. Dass ich auf einer Bananenschale ausrutschen und in einen Gully fallen würde.

Dass ich bei dem Versuch, mein versenktes Handy aus der Toilette zu fischen, nach vorne kippen, mit dem Kopf feststecken und auf tragische, aber urkomische Art und Weise in der Kloschüssel ertrinken würde. Dass ich von einem Fohlen umgerannt und mit dem Kopf unglücklich in einem zu Boden gefallenen Hornissennest aufschlagen würde.

Die Tatsache, dass ich letztendlich den Tod finden würde, weil meine Mutter mir den Kopf abriss, war enttäuschend. Wie sähe der Spruch auf meinem Grabstein dann bloß aus?

Hier liegt Louisa Manu,
die ihrer Mutter unrecht tat und mit den Konsequenzen
leben – sowie sterben – musste.

Ich stöhnte und öffnete die Augen. Mein Blick fiel auf den Wecker, der die verbleibenden Minuten bis zu meinem tragischen Tod hinunterzählte.

„Scheiße", stöhnte ich und richtete mich auf.

Die Decke rutschte von meinen Schultern, und träge unternahm ich den Versuch, meine Beine aus dem Bett zu schwingen, als ein Arm sich um meine Hüfte schlang und mich zurück auf die Matratze zog. „Heute ist Sonntag, Lou", drang ein verschlafenes Murmeln hinter meinem Rücken hervor.

„Nein, heute ist Familien-Brunch-Tag", korrigierte ich und versuchte mich aus der Umarmung zu winden. Aber Rispo war hartnäckig. Als wolle er mir beweisen, dass er trainieren ging. Also bitte. Als ob ich das nicht wüsste. Ich trug ein Bild von seinem Körper mit mir in meinem Portemonnaie herum.

„Ich bin mir ziemlich sicher, dass das nicht die international anerkannte Bezeichnung dafür ist."

„Aber es ist die von der Familie Manu anerkannte Bezeichnung, und das ist, was zählt. Und jetzt hör auf, mich zu begrapschen, Josh!" Ich musste lachen, als er seinen Griff noch verstärkte und mich fester in seine Arme zog, sodass mein Gesicht nun in seine Halsbeuge gepresst wurde. Als würde ich von einem weichen, kuscheligen Teppich umhüllt. Nur dass der Teppich hart war. Und eher heiß als warm. Und seinen Händen nach zu urteilen, die in unbestimmte Sphären vordrangen, auch nicht in Kuschelstimmung. Okay, die Metapher mit dem Teppich funktionierte überhaupt nicht.

„Es ist Viertel nach zehn, Joshi", sagte ich wehleidig, schob ihn von mir und zog seine Hände unter der Decke hervor, die sehr überzeugend versuchten, mich zum Liegenbleiben zu überreden. „Meine Mutter wird jede Minute in die Zeitung sehen, und je unpünktlicher ich komme, desto mehr Zeit hat sie, sich eine Bestrafung für das auszudenken, was sie zu lesen bekommt."

„Hört sich für mich an, als wärst du so oder so verloren, was machen die zehn Minuten dann noch aus?“, murmelte Josh verschlafen.

„Ich muss vor Emily eintreffen, sonst fragt meine Mutter mich noch über mein Liebesleben aus.“

„Und?“

„Ich will dich noch eine Weile als mein kleines schmutziges Geheimnis behalten.“ Es war ein ungeschriebenes Gesetz im Hause Manu, dass der Letzte, der durch die Tür kam, das Kreuzverhör meiner Mutter durchleiden musste. Und in dem Bereich konnte die CIA noch eine Menge von Gitti Manu lernen!

Rispo öffnete ein Auge und musterte mich abschätzig. Sein Kinn war rasurbedürftig, seine dunklen Haare standen zu allen Seiten seines Kopfes ab und es fiel ihm schwer, mich mit seinem Blick zu fixieren.

„Wir sind seit zwei Monaten zusammen“, sagte er nachdenklich. „Glaubst du nicht, es wird langsam Zeit?“

Gott, nein! Meine Mutter würde ihn *kennenlernen* wollen und ein derartiges Treffen würde in unangenehmen Fragen, peinlicher Stille und meinem Wunsch, den Kopf in den Ofen zu stecken, münden, damit man meine Rufe der Verzweiflung nicht hörte.

„Ich kann meiner Mutter nicht den Zeitungsartikel des Grauens zeigen und ihr im gleichen Atemzug erzählen, dass ich ihr meinen neuen Freund verschwiegen habe“, sagte ich schnaubend. „Oder möchtest du diese Woche noch auf eine Beerdigung gehen?“

„Nein“, meinte er und gähnte. „Das würde meinen Zeitplan durcheinanderwerfen.“

„Na siehst du. Wir reden da wann anders drüber“, schlug ich vor und entwand mich mit einem Ruck seinem Griff, bevor ich von der Matratze glitt. „Ich kann mich gerade ohnehin nicht konzentrieren. Ich kann nur daran denken, wie laut meine Mutter schreien wird und wie viele Hunde in der Nachbarschaft darunter werden leiden müssen!“

Ein Lächeln zog an Joshs Mundwinkeln. „Schön. Ich würde ja mitkommen und dir Personenschutz bieten, aber ich habe versprochen, Mo vom Flughafen abzuholen."

Mo war einer von Joshs vier jüngeren Brüdern, der die letzten fünf Jahre als Reisejournalist durch Brasilien, Peru und all die anderen Länder, in denen man gerne Meerschweinchen aß, getourt war. Eigentlich hatte er schon vor ein paar Monaten zurückkehren wollen, aber aufgrund irgendeines Auftrages – oder, wenn man Josh glauben wollte, der fehlenden Eier in seiner Hose – hatte sich seine Rückreise verzögert.

„Sag deinen Brüdern Hallo von mir, und wenn du Finn siehst, erinnere ihn daran, dass er mir noch neunzig Euro schuldet."

Josh setzte sich hin und streckte die Arme über den Kopf, sodass die Decke weiter an seinem nackten Oberkörper hinabrutschte. „Ich habe dir gesagt, dass du ihm keinen Cent leihen darfst. Finn ist wie die verdammte Bank bei Monopoly, die andauernd Geld von dir verlangt – nur dass du bei ihm nie über Los kommen wirst."

„Du spielst Monopoly?", wollte ich verwirrt wissen.

„Nicht die Nachricht, die ich dir vermitteln wollte, Lou."

Ich verengte die Augen. „Du bist einer dieser Spieler, die alles kaufen und am Ende nicht tauschen wollen, oder? Und ich wette, du willst immer das Auto sein."

„Natürlich bin ich das Auto", sagte er und verschränkte die Hände im Nacken. „Alle anderen Figuren sind lächerlich. Vor allem die Schubkarre, die du wahrscheinlich nehmen würdest."

„Was hast du gegen die Schubkarre? Die ist toll. Ich mein, wie soll ich denn sonst all mein fiktives Geld herumfahren?" Abgesehen davon, dass Schubkarren nach Rasenlüfter-Schuhen das unterschätzteste Gartengerät der Welt waren. Sie bekamen einfach nicht die Aufmerksamkeit, die sie verdienten!

„Was hat eine Schubkarre mit dem Spielprinzip von Monopoly zu tun?", wollte Josh wissen. „Es besteht überhaupt kein Zusammenhang zwischen der Figur und dem Spiel."

„Aber es ist realistisch, dass ein Auto umherfährt, um Grundstücke zu erstehen und Hotels zu bauen, ja?"

„Ein Auto kann ein Statussymbol sein und steht somit für den Kapitalismus, den das Spiel vertritt."

Ich verdrehte die Augen, konnte mir aber nur mühsam ein Lachen verkneifen. „Nun, wenn du mit mir spielst, würde ich dir den Fingerhut empfehlen, damit dich meine Sticheleien nicht treffen."

Rispo sah mich belustigt an. „Süße, wenn dein Trash-Talk sich auf demselben Niveau wie dein Dirty-Talk befindet, dann sehe ich da kein Problem."

Warnend richtete ich meinen Zeigefinger auf ihn. „Dünnes Eis, Mister."

Josh lachte leise. „Dann lass uns noch mal darüber reden, dass du meinem Bruder Geld leihst."

Nein, das hielt ich für keine gute Idee. „Ich erinnere ihn selbst an seine Schulden. Sehen wir uns heute Abend?" Ich zog mir das T-Shirt über den Kopf und versuchte, mich nicht allzu sehr von Joshs Bauchmuskeln ablenken zu lassen. Was wirklich schwierig war, denn ... sie waren so *präsent*.

Josh verzog unzufrieden den Mund, gönnte mir jedoch den Themenwechsel. „Wenn in Köln heute niemand umgebracht wird, ja", meinte er und starrte auf das Shirt, das ich unachtsam zu Boden hatte fallen lassen. „Und du musst wirklich aufhören, meine T-Shirts zu klauen."

Ich grinste. „Du musst wirklich anfangen, hässlichere T-Shirts zu kaufen. Es ist, als würdest du dir wünschen, dass ich sie dir wegnehme." Dafür, dass er Polizist war, war er skandalös unachtsam, was die Sicherheit seiner Kleidung anging. Wenn er sie dauernd unbeaufsichtigt zurückließ, konnte ich ihm auch nicht helfen.

„Wie ich sehe, ist das Ganze also meine Schuld“, stellte Rispo trocken fest und stand ebenfalls auf, sodass er jetzt vor mir stand.

„Jap“, sagte ich ernst, stellte mich auf die Zehenspitzen und küsste ihn sanft. „Und jetzt gehe ich duschen, damit meine Mutter ihre Nase nur aufgrund meiner Tischmanieren, nicht aber wegen meines Geruches rümpft.“

„Okay, ich komme mit.“

„Oh nein!“ Wenn Josh mit unter die Dusche kam, würde das Wort *unpünktlich* ungeahnte Dimensionen annehmen.

„Aber wieso nicht?“, fragte er unschuldig, während seine Finger meine Seiten hinaufstrichen und eine Gänsehaut zurückließen. „Denk an all das Wasser, das wir sparen könnten. Das könnte deine gute Tat des Tages werden. Du glaubst doch an Karma und all den anderen Mist.“

Ich schüttelte eisern den Kopf. „Vergiss es. Ich geh nicht mit dir duschen.“

„Warum nicht?“

„Weil du so groß bist, dass du mir all das gute Wasser wegnimmst, sodass bei mir nur noch das dreckige ankommt“, erklärte ich.

Josh nickte. „Aha, verstehe“, meinte er, drehte mich um und schob mich an den Schultern aus dem Schlafzimmer in Richtung Bad.

„Ich meine das ernst, Josh! Das Wasser ist nicht nur dreckig, sondern auch noch kalt, wenn es mich endlich erreicht.“

„Jaja“, sagte er, bevor er die nächste halbe Stunde damit verbrachte, meine Hygienebedenken vollkommen zu ignorieren.

Ich kam natürlich zu spät.

Als ich endlich vor dem Haus meiner Eltern hielt, zeigte die Uhr zehn nach elf an, und mit einem unheilvollen Gefühl stieg ich aus dem Wagen. Die Sonne schien heiß auf meinen Kopf und der pinke Oleander, der den Vorgarten meiner Mutter schmückte, wiegte sich sanft im Sommerwind. Welch ein wunderschöner Tag, um meinen Kopf zu verlieren.

Ich machte mir nicht die Hoffnung, dass meine Mutter den Artikel übersehen hatte. Sie las jeden Sonntagmorgen das Kölner Blatt, und mein Interview stand auf Seite zwei – zusammen mit einem schicken, überdimensioniert großen Foto. Mama las langsam, aber sie war nicht blind.

Ich zog eine Grimasse und wünschte mir erneut, dass ich *vor* dem verhängnisvollen Nachmittag letzte Woche gewusst hätte, dass ein Journalist alles, was man in seiner Gegenwart sagte, niederschreiben durfte. Aber wieso hätte ich auch vorsichtig sein sollen? Schließlich hatte Chris das Interview geführt.

Chris, von dem ich Josh noch immer nichts erzählt hatte.

Es war nicht so, dass ich ihn anlog. Er hatte nur schlichtweg nie danach gefragt, ob der Chris vom Kölner Blatt der gleiche Mann war, in den ich bis vor fünf Jahren verliebt gewesen war. Und freiwillig würde ich ihm das ganz sicher nicht auf die Nase binden. Er würde sich nur grundlos aufregen, und es gab da wirklich nichts, worüber er sich Sorgen machen musste.

Tief durchatmend klingelte ich, und ein paar Sekunden später öffnete mein Vater die Tür.

„Hallo, Loubalou", sagte er lächelnd und drückte mich kurz an sich. „Du bist spät dran."

„Ich weiß, tut mir leid." Ich hatte noch heißen Sex in meiner Dusche. „Ist Emmi schon da?" Ich reckte den Hals, um einen Blick ins Wohnzimmer zu erhaschen, während ich meine Schuhe auszog.

„Nein, sie hat heute Morgen angerufen und abgesagt. Liegt wohl krank im Bett."

Seit wann war verkatert ein Synonym für krank? „Ach so", sagte ich und schluckte. Ich hätte meine kleine Schwester als Puffer gebrauchen können. Sie hatte vor nicht allzu langer Zeit ihr Studium abgebrochen, was mich für ein paar Wochen aus der Schusslinie unserer Mutter gezogen hatte. Emily würde zwar im September eine Ausbildung zur Floristin beginnen, aber das hielt unsere Mutter nicht davon ab, ihr allwöchentlich eine Standpauke über Durchhaltevermögen und Disziplin zu halten. Durchhaltevermögen hatte ich – wie ich unter der Dusche soeben eindrucksvoll bewiesen hatte –, der Disziplin konnte ich jedoch nicht allzu viel abgewinnen. Die überließ ich lieber den Sportlern und Unterwäsche-Models dieser Welt.

„Wir haben schon angefangen“, unterrichtete mich Papa und machte eine einladende Geste ins Wohnzimmer hinein. „Die Mädchen haben dich bereits vermisst.“

Besagte Mädchen waren Isabell und Lara, meine Nichten und die begabtesten Kaugummi-Weitspuckerinnen dieser Stadt. Nicht zu vergessen angehende Traktorrennfahrerinnen. Bei ihnen war also mit einer Menge Ruhm und Ehre zu rechnen.

„Ich habe sie auch vermisst“, sagte ich ehrlich, blickte zu ihm auf und nutzte die Gunst der Stunde, um die Miene meines Vaters eingängig zu studieren.

Sie war neutral.

Nichts deutete darauf hin, dass er an diesem Morgen schon eine Krise zu bewältigen gehabt hatte. Möglicherweise hatte meine Mutter die Zeitung also noch gar nicht angerührt?

Misstrauisch trat ich ins Wohnzimmer und ließ meinen Blick hastig über den für eine zwanzigköpfige Familie gedeckten Frühstückstisch gleiten.

Mein sieben Jahre älterer Bruder Jannis, der den Großteil seiner Jugend damit verbracht hatte, mir zu erzählen, dass Babys zusammen mit den Kartoffeln unter der Erde wuchsen – der Grund dafür, dass ich bis heute ein eher gespaltenes Verhältnis zu dieser Nutzpflanze habe –, saß gemeinsam mit seiner Frau Steffi am Ende der Tafel. Er hob nicht einmal den Kopf, als ich eintrat. Er war offenbar vollauf damit beschäftigt, seine beiden ihm gegenübersitzenden Töchter auszublenden, die sich laut darüber stritten, ob Zwerge Minigolf erfunden hatten oder die Menschen seit der Erfindung des Spiels einfach nur furchtbar gewachsen waren. Steffi winkte mir zu, und meine Mutter ließ ein: „Da bist du ja endlich", verlauten.

„Tut mir leid. Der Verkehr." Das war nicht einmal gelogen. Es hieß ja nicht ohne Grund *Geschlechtsverkehr*.

Meine Mutter nickte knapp, während ich um den Tisch herum eilte, meinem Bruder liebevoll auf den Kopf schlug, Steffis Rücken tätschelte und Lara und Isa einen Kuss auf den Scheitel gab.

„Na, ihr kleinen Monster", begrüßte ich sie. „Heute schon kleine Kinder gefressen?"

„Nein, nur ein Nutellabrot", sagte Isa mit großen Augen.

„Ich hab ein Kind gefressen", meinte Lara und reckte stolz ihr Kinn. „Aber ich verrate nicht welches."
Ich verkniff mir ein Grinsen, während ich mich gegenüber meiner Mutter niederließ. „Sehr gut. So wird die Polizei dich niemals erwischen."

Meine Mutter kräuselte unzufrieden ihre Nase. „Setz ihnen keine Flausen in den Kopf, Louisa. Nur weil du es dir zum Hobby gemacht hast, tote Menschen zu finden und die Polizei zu belästigen, müssen deine Nichten ja nicht denselben Weg einschlagen."

Ich verdrehte die Augen, während Jannis' Mundwinkel sich nach oben bogen. „Ach, manche Polizisten werden doch ganz gerne belästigt, oder Lou?" Er blickte mich herausfordernd   an.
Ich kratzte mir mit dem Mittelfinger die Nase und beschloss zu schweigen. Jannis wusste, dass ich mit Rispo zusammen war und unserer Mutter diese Tatsache am liebsten noch für ein paar Tage, vielleicht auch Jahre, vorzuenthalten gedachte. Leider hielt ihn das nicht davon ab, sich einen Spaß daraus zu machen, eine dämliche Anspielung nach der anderen von sich zu geben.

„Ich habe schon eine ganze Weile weder eine Leiche noch ein abgetrenntes Körperteil gefunden", versuchte ich meine Mutter zu besänftigen.

Sie presste die Lippen aufeinander und verzog den Mund zu einem Lächeln, das Horrorfilm-Regisseure in Begeisterungsstürme hätte ausbrechen lassen. „Willst du für diese Errungenschaft jetzt lobende Worte hören, Louisa?"

Nein, aber ein zärtliches Schulterklopfen wäre ganz nett gewesen. Zweieinhalb Monate ohne Vorfall waren ein Glas Champagner wert, fand ich. Aber ich wollte meine Mutter nicht unnötig anstacheln.

„Natürlich nicht", sagte ich deshalb. „Könntest du mir bitte die Brötchen reichen?" Ich streckte meine Hand aus, doch meine Mutter reagierte nicht.

Sie hob lediglich eine Augenbraue. „Ich weiß nicht, Louisa. Ich fürchte, ich bin zu kontrollsüchtig, um sie dir zu überlassen."

Oh, oh.

Meine Wangen wurden heiß und ich räusperte mich. „Bitte, was?", fragte ich leise nach. Vielleicht deutete ich die Zeichen falsch.

„Nun, ich habe heute einen interessanten Artikel in der Zeitung gelesen. In dem stand, dass die Mutter von Louisa Manu sich unnötig in das Leben ihrer Tochter einmischt."

Ich presste die Lippen aufeinander. Ich hatte den Sturm kommen sehen, aber nicht genug Zeit gehabt, mich in Sicherheit zu bringen.

„Nun ... Louisa Manu ist ein wirklich weit verbreiteter Name –"

„Louisa Josephine Manu, hüte deine Zunge! Du hast mich lächerlich gemacht!"

Es waren zwei Sätze gewesen! Zwei blöde, blöde Sätze ... Meine Güte, wenn meine Mutter wüsste, dass ich sie eigentlich als so verkrampft wie einen ungedehnten Sportler und prüde wie ein von einer Nonne gedrehter Zeichentrickfilm bezeichnet hatte, dann hätten sie die abgedruckten Sätze sicherlich nicht so aufgeregt. Sie war vergleichsweise gut weggekommen!

„Was, worum geht's?" Jannis erwachte plötzlich zum Leben. „Welcher Artikel?"

Meine Mutter verengte die Augen zu Schlitzen. So wütend hatte ich sie nicht mehr gesehen, seitdem Jannis Emily vor zwanzig Jahren beim Abendessen versucht hatte, weiszumachen, dass sie soeben den Osterhasen gegessen habe.

„Deine Schwester hielt es für lustig, in einem Interview meinen Charakter anzuzweifeln", presste sie zwischen den Lippen hervor.

„Es war ein Versehen!", verteidigte ich mich und hob die Hände in die Höhe. „Ich wollte nicht, dass es gedruckt wird."

„Aber du hast es gesagt!"

„Ja, aber eher als Witz. Verstehst du? Um die Stimmung aufzulockern. Ich finde, meine Worte waren eigentlich ganz charm–"

„Du hast mich als Problemzone deines Lebens beschrieben."

Ja, weil ich Rispo diesen Titel hatte aberkennen müssen. „Ich habe auch gesagt, dass ich meine Neugier von dir habe!", sagte ich triumphierend. „Neugier ist eine gute Eigenschaft."

„Du hast gesagt, dass meine Neugier sich in meiner Kontrollsucht äußert!"

Stöhnend legte ich den Kopf in den Nacken. „Ich habe nicht das Wort Kontrollsucht benutzt. Das mit der Problemzone tut mir leid, ich hielt es für witzig. Ansonsten habe ich nur angemerkt, dass ich meine kontrollierte Herangehensweise an einen Fall von dir habe. Du liest da zu viel zwischen den Zeilen."

„Problemzone deines Lebens, Louisa?!"

Ja, das war vielleicht etwas zu viel des Guten gewesen. „Es tut mir leid, Mama", sagte ich ernst. „Ich habe das alles nur aus Spaß gesagt, und als ich den Artikel bekommen habe, war das Kölner Blatt bereits im Druck und –"

„Ist das ein Knutschfleck an deinem Hals?", unterbrach mich meine Mutter schockiert und schnappte nach Luft.

Abrupt drückte ich mein Kinn auf die Brust. „Was? Nein."

Verdammt! Rispo und die blöde Dusche.

„Das ist ein Knutschfleck!", rief meine Mutter, ihre Stimme jetzt auf einer Frequenz, die nur noch Hunde hören konnten. „Erst machst du also deine eigene Mutter in der Öffentlichkeit lächerlich und dann springst du mit irgendeinem Kerl ins –" Ihr Blick fiel auf Lara und Isa, die neugierig die Ellenbogen auf den Tisch gelegt hatten und sich nach vorne lehnten. Sofort verstummte sie.

„Was ist ein Knutschfleck?", wollte Isa wissen.

„Das hast du falsch verstanden, Liebes", meinte Steffi. „Sie sagte Knautschfleck. Das sind Flecken, die entstehen, wenn man ganz fest ein Kissen umarmt."

„Ahh", machte Isa, während Lara skeptisch die Nase kräuselte.

„Warum umarmst du Kissen, Tante Lou?", wollte sie wissen. „Dafür gibt es doch Menschen."

Ich stöhnte leise und alles, woran ich denken konnte, war der ausgezeichnete Ofen, der bei meiner Mutter in der Küche stand und ausreichend Platz für meinen Kopf bot.

„Gitti", meldete sich mein Vater mit ruhiger, durchdringender Stimme zu Wort. „Louisas Privatleben ist ihre eigene Sache, und ich bin mir sicher, dass Lou dem Kölner Blatt bereits mitgeteilt hat, dass sie gerne ein öffentliches Entschuldigungsschreiben und eine Richtigstellung des Interviews für die nächste Ausgabe verfassen würde." Er warf mir einen warnenden Blick zu. „Nicht wahr, Lou?"

Ich presste die Hand an meinen Hals und überdeckte so hoffentlich den Knutschfleck, während ich folgsam nickte. „Ähm, sicher." Ich würde mit Chris sprechen müssen.

Doch meine Mutter war offensichtlich noch immer nicht zufrieden. Mit verengten Augen musterte sie mich. „Hast du einen neuen Freund?", wollte sie schließlich wissen.

Ach, verdammt. Ich spürte, wie mir das Blut in den Kopf rauschte, bevor ich vorsichtig nickte. „Ja, habe ich."

„Und wann hattest du vor, mir das zu erzählen?"

Keine Ahnung. Im Oktober … 2030? „Es ist noch relativ frisch", sagte ich langsam. „Ich wollte warten, bis ich mir sicher bin, dass es was Ernstes ist."

„Und? Ist es das?"

„Ich … also …"

„Lou, das ist eine Frage, auf die du nur mit Ja oder Nein antworten musst."

Ich seufzte. „Ja, ist es", sagte ich und hörte in meinem Kopf eine Mausefalle zuschnappen. Ich war mir ziemlich sicher, dass ich in diesem Szenario der Käsewürfel war. „Du kennst ihn bereits. Es ist Joshua Rispo."

„Der Polizist, dem du hinten reingefahren bist?", fragte meine Mutter verwirrt.

„Ja. Wer hätte es gedacht, aber offensichtlich ist ein Auffahrunfall eine legitime und erfolgreiche Anmachstrategie." Diesen Kommentar ignorierte meine Mutter. Stattdessen trat jetzt tatsächlich ein Lächeln auf ihr Gesicht. „Wie wunderbar! Er hat einen Job und ist offensichtlich bereit, über charakterliche Schwächen hinwegzusehen. Er scheint genau der richtige Mann für dich zu sein, Louisa! Ich würde ihn gerne kennenlernen."

„Aber du kennst ihn ja schon", erinnerte ich sie.

„Bring ihn zum nächsten Sonntagsbrunch mit", sagte sie und überging damit meinen Einwand.

Hilfesuchend wandte ich mich zu Jannis.

„Das hört sich toll an!", sagte der grinsend. „Ich würde mich über männliche Verstärkung freuen."

Verräter.

„Ich werde fragen, ob er Zeit und Lust hat", sagte ich gequält. „Aber ich würde mir keine allzu großen Hoffnungen machen, er ist sehr beschäftigt."

„Du bringst ihn mit, Ende der Diskussion", sagte meine Mutter schneidend. „Zumindest das schuldest du mir für diesen furchtbaren Artikel. Du kannst froh sein, dass ich überhaupt noch mit dir rede."

Und leider hatte sie damit recht.

Vier Stunden später klebte das T-Shirt an meinem Rücken, Erde an meinen Händen und ein Kaugummi unter meinem Schuh. Ich hatte meiner Mutter gegenüber ein solch schlechtes Gewissen gehabt, dass ich ihr noch zwei Stunden im Garten geholfen hatte, bevor ich nach Hause fuhr. Ich plante, mir eine Picknickdecke zu schnappen und es mir mit einem Buch in der Sonne gemütlich zu machen. Der Juli gab noch einmal Vollgas, bevor er das Zepter an den August weitergeben würde. Leider nutzten die Kölner das gute Wetter auch dafür, ihre Kaugummis fröhlich auf den Boden zu spucken, damit sie im Mund mehr Platz für ihr Eis hatten.

Genervt schloss ich das Auto ab und hob den Fuß, um mir das klebrige Mistvieh von der Sandale zu pulen.

„Hey!"

Eine Gestalt sprang aus dem Schatten eines Baumes, beide Hände erhoben. Ich schrak zusammen, verlor das Gleichgewicht und fiel rücklings zu Boden. „Scheiße", fluchte ich und rieb mir die schmerzenden Handflächen, mit denen ich mich abgefangen hatte, bevor ich aufsah. Geradewegs in Emilys Gesicht.

„Meine Güte, du bist wirklich furchtbar schreckhaft, seitdem du so oft tote Menschen siehst", meinte meine Schwester ungeduldig und half mir auf die Füße.

„Du bist hinter einem Baum hervorgesprungen! Woher soll ich wissen, dass du kein Irrer bist, der mich attackiert?"

„Attackieren, um was zu tun?", wollte sie irritiert wissen. „Deine hässlichen Schuhe zu stehlen? Deine falsche Lederhandtasche mitzunehmen, die mit Lippenpflegestiften, Kassenbons und Kekskrümeln gefüllt ist? Vielleicht, um dein Portemonnaie zu klauen, in dem sich zurzeit zwei Euro fünfzig und ein Bild von Joshs Oberkörper befinden?"

Es war beunruhigend, dass sie den genauen Inhalt meiner Tasche und meiner Geldbörse kannte, aber ich sollte nicht überrascht sein. Sie wühlte andauernd in meinen Dingen herum. „Das Bild ist nicht nur von seinem Oberkörper", widersprach ich. „Man kann auch sein Gesicht sehen."

„Sein schlafendes Gesicht, meinst du?"

Ich hätte ihr das Foto nie zeigen dürfen. Verärgert rieb ich mir meinen schmerzenden Hintern, und erst jetzt bemerkte ich, dass meine Schwester nicht allein war. Neben ihr stand Finn, einer von Joshs jüngeren Brüdern.

„Hey", grüßte ich den ungewohnt schweigsamen 25-Jährigen, bevor ich zurück zu Emily blickte. „Du siehst nicht so krank aus, wie du es Mama weisgemacht hast", stellte ich fest und musterte ihr Gesicht. Sie wirkte vollkommen übermüdet, aber weder verschnupft noch fiebrig.

„Ich konnte nicht zum Brunch kommen", sagte sie ernst und griff nach meinem Arm. „Ich bin viel zu aufgewühlt."

„Aufgewühlt weswegen?", wollte ich augenverdrehend wissen. War das Kamasutra in einer Neuauflage mit dreißig zusätzlichen Seiten erschienen?

„Lou", meinte Finn und schob Emily fahrig aus dem Weg, seine Augen so groß wie Teebeutel. „Du musst uns helfen. Wir ...   wir   haben   einen   Mord   beobachtet."

Kapitel 2

„Ihr habt was?"

„Einen Mord beobachtet", wiederholte Finn, und hätte er seine Augen noch weiter aufgerissen, wären sie ihm vermutlich aus dem Kopf gesprungen.

Emily zog eine Grimasse und stellte sich wieder vor ihn. „Also, eigentlich haben wir die Tat an sich nicht gesehen, aber wir haben beobachtet, wie sie die Leiche weggeschafft haben."

Ungläubig öffnete ich den Mund, bevor ich wiederholte: „Ihr habt was?"

Finn wechselte einen Blick mit meiner Schwester, bevor er laut hörbar murmelte: „Ich glaube, Josh hat ihr das Gehirn rausgevögelt."

„Ich hätte meine Kamera einschalten sollen", meinte Emmi verärgert. „Ihr Gesichtsausdruck ist Gold wert."

Ich ignorierte beide Kommentare. „Sagt mir, dass das ein Scherz ist", stieß ich hervor.

„Kein Scherz, dein Gesicht ist zum Schießen! Ich schwör –"

„Das mit dem Mord, Emily!"

„Oh, das. Nein, das ist unser voller Ernst", stellte sie klar und hielt mir ihren Finger ins Gesicht, um besagte Ernsthaftigkeit noch einmal zu verdeutlichen. „Wir haben die Leiche genau gesehen! Na ja, also nicht genau, aber ich bin mir ziemlich sicher, dass da Blut auf den Boden getropft ist."

Sie legte den Kopf schief und runzelte die Stirn. „Obwohl es schon sehr dunkel war und die Gestalten etwas weiter weg … aber ich gucke Fernsehen! Ich weiß doch, wie es aussieht, wenn man einen toten Körper in einen Teppich einwickelt."

„Es war kein Teppich", sagte Finn und schüttelte den Kopf. „Es war eine Decke."

„Du warst doch komplett high!", meinte Emily und zeigte ihm den Vogel. „Es war ein Teppich und er war rot. Oder blau. Vielleicht auch gelb, aber das hätte auch das Licht der Laterne sein können."

„Ich war nicht high! Wir haben erst danach einen geraucht, aber du hast, während wir da waren, immer nur diese schwarz-weißen Pferde angestarrt. Du hast der Leiche nicht genug Aufmerksamkeit geschenkt."

„*Zebras*, Finn! Sie heißen Zebras. Und du vergisst, dass ich die scheiß Kamera gehalten habe, ich habe genau –"

„Leute!", unterbrach ich sie laut, bevor noch mein Gehirn platzte. „Ihr redet wirres Zeug. Was habt ihr wo und wann gesehen? Und warum geht ihr damit nicht zu Josh?"

Finn kratzte sich am Kopf. „Nun, es gibt da ein paar Kleinigkeiten, die die Sache verkomplizieren", gab er zu.

„Warum?", wollte ich wissen.

„Weil sie illegal sind", erklärte er irritiert, so als hätte mir das klar sein müssen.

„Nur ein bisschen illegal", meinte Emmi, eine Hand auf ihre Brust gelegt. „Du hattest immerhin einen Schlüssel, Finn."

„Einen Schlüssel, den ich geklaut habe", gab er zu bedenken.

„Geliehen", korrigierte Emily ihn.

„Ich habe ihn verloren, ich kann ihn nicht mehr zurückgeben."

Emily machte eine wegwerfende Handbewegung. „Der Gedanke zählt, Finn!"

Ach du liebe Güte. Stöhnend legte ich den Kopf in den Nacken und winkte meinem ruhigen Nachmittag hinterher, den ich hastig hinter der drohenden Katastrophe verschwinden sehen konnte.

„Kommt einfach rein", seufzte ich, packte beide an den Schultern und schob sie zum Eingang, bevor ich um sie herumging und die Tür aufsperrte. „Ihr werdet mir das Ganze von Anfang an erzählen müssen."

„Eigentlich ist das alles sowieso deine Schuld, Lou", sagte Emmi vorwurfsvoll, während wir in das kühle Treppenhaus traten. „Wir sind nur deinetwegen in den Zoo eingebrochen!"

„Ihr habt was getan?" Meine Stimme hallte laut von den gekachelten Wänden wider, und ungläubig wandte ich mich zu ihr um.

„Pscht", machte Finn und sah mich tadelnd an. „Willst du, dass wir in den Knast kommen?"

Keine Ahnung. Darüber würde ich genauer nachdenken müssen.

„Wir wollten auch gar nicht lange bleiben", verteidigte sich Emily und lief die Stufen hoch. „Nur ein halbes Stündchen, um genug Material zu bekommen. Und Finn macht da doch sowieso gerade sein Praktikum. Es war also nicht total illegal."

„Emily, ich glaube, du solltest das Wort illegal noch einmal im Duden nachschlagen, dir scheint dessen Bedeutung nämlich entfallen zu sein!", fuhr ich sie an. „Was denkt ihr euch dabei, in eine öffentliche Einrichtung einzubrechen?"

„Musst du gerade sagen", meinte Emily feindselig und blieb vor meiner Wohnungstür stehen. „Du verschaffst dir doch andauernd irgendwo widerrechtlich Zutritt!"

Ja, natürlich. Aber doch nur, um dem Allgemeinwohl zu dienen – und meine Neugierde zu befriedigen. Außerdem *log* ich mir den Weg durch eine verschlossene Tür. Ich musste keine Schlüssel stehlen. Es war also etwas vollkommen anderes!

„Es ist doch auch nicht wichtig, was wir getan haben", versuchte Finn die Wogen zu glätten, während ich etwas zu energisch die Tür aufschloss, sodass das Holz bedrohlich knarzte. „Wichtig ist, was wir gesehen haben."

Oh, da war ich anderer Meinung, aber ich wusste es besser, als auf taube Ohren einzureden. „Was zum Teufel wolltet ihr überhaupt dort?", wollte ich wissen und stieß die Tür auf.

„Hab ich doch gesagt", meinte Emily augenverdrehend. „Unser Plan war es, Material zu sammeln!"

Sprach sie absichtlich in Rätseln oder hatte das viele Gras, das sie rauchte, ihr nun endgültig die Fähigkeit genommen, zusammenhängende Sätze zu formulieren? „Material für was, Emmi?", fragte ich ungeduldig, während ich die beiden kriminellen Unschuldsengel in meine Wohnung schubste und die Tür schloss. Twinky, mein verhaltensgestörter Kater, kam mir entgegen, grüßte mich mit einem lauten Maunzen und ließ sich dann auf den Rücken fallen, um sich den Bauch kraulen zu lassen. Finn war nur allzu bereit, der Bitte nachzukommen, während ich meine Schwester fordernd ansah.

„Na, Videomaterial für ‚Das geheime Leben der Louisa Manu' natürlich", meinte sie kopfschüttelnd. „Gott, Finn hat recht. Der viele Sex, den du zurzeit bekommst, vernebelt dein Gehirn. Du warst doch mal halbwegs klug."

Das geheime Leben der Louisa Manu? Ich hatte inständig gehofft, dass sie ihre Idee, eine Art YouTube-Serie über mein Leben zu führen, wieder vergessen hatte. Das erste Video, das sie online gestellt hatte, war furchtbar gewesen! Und es existierte nur noch, weil es absurderweise tatsächlich den Umsatz meines Blumenladens gesteigert hatte. Aber das hieß nicht, dass ich heiß darauf war, mich erneut im Internet lächerlich zu machen! Das bewerkstelligte ich im realen Leben nämlich schon zur Genüge.

„Was hat ein Zoo denn bitte mit meinem Leben zu tun?", wollte ich irritiert wissen.

Emmi zuckte die Achseln, warf ihr frisch blondiertes Haar über die Schulter und durchquerte mein Wohnzimmer, um sich auf die Couch fallen zu lassen. „Ich wollte dich mit einem Elefanten im Porzellanladen vergleichen und dachte mir, dass es doch ganz cool wäre, das mit einem echten Elefanten zu verbildlichen. Und bei Nacht wirkt das alles so viel dramatischer. Aber der Elefant war nicht sonderlich artistisch und das Porzellan ist immer gleich zerbrochen, sobald wir es über den Zaun geworfen haben, also …" Sie hob enttäuscht die Schultern.

„Wow", sagte ich trocken. „Du schmeichelst mir, Emily."

Meine Schwester klimperte mit den Wimpern. „Ich schäme mich für nichts."

Das war mir klar. Es war ihre Superkraft.

„Lou …", unterbrach Finn meine Gedanken. Er strich Twinky ein letztes Mal über den Bauch und stellte sich dann neben mich.

„Ja?", fragte ich.

„Du hast eine Gurke gefüllt mit Blumen auf deinem Tisch stehen."

„Ich weiß", meinte ich erschöpft. „Das hält sie länger frisch."

„Ach so", sagte Finn, nickte und ließ sich neben Emily auf die Couch sinken. „Ich dachte, es wäre vielleicht ein Versehen oder so was."

„Du dachtest, ich hätte aus Versehen Blumen in eine ausgehöhlte Gurke gesteckt?", hakte ich nach. Nur um sicher zu gehen.

Finn zuckte die Schultern. „Na ja, du hast ganz offensichtlich einen an der Klatsche. So unwahrscheinlich ist das also gar nicht."

Ich verengte die Augen. „Finn, darf ich dir einen Tipp geben? Für die Zukunft? Wenn du Hilfe von jemandem willst, bezeichne ihn nicht als bekloppt."

Für einige Sekunden schien er angestrengt über diesen Vorschlag nachzudenken, bevor er nickte. „Okay. Wäre vielleicht mal ein neuer Ansatzpunkt. Aber ich dachte, du stehst drauf, ein bisschen verrückt zu sein. Ich meine, Josh steht drauf, oder nicht?"

Das wurde ja immer besser.

Ich presste die Lippen aufeinander und verengte die Augen, doch bevor ich wütend werden konnte, fiel mir Emmi in die unausgesprochenen Worte.

„Jetzt reg dich nicht darüber auf, Lou. Er hat dich doch quasi als etwas Besonderes bezeichnet und jeder Mensch möchte doch besonders sein, oder nicht?", sagte sie. „Aber zurück zum wirklich wichtigen Thema: Unsere Filmerei im Zoo wurde am Ende von zwei Gestalten unterbrochen, die eine Leiche weggetragen haben."

„Schön." Ich versuchte mich auf das Wesentliche zu konzentrieren. „Was für Gestalten waren das?"

„Keine Ahnung. Männer, glaube ich."

„Oder Frauen", warf Finn ein.

„Vielleicht war es auch ein Mann und eine Frau. Die eine Gestalt war größer als die andere."

„Seid ihr sicher, dass es nicht auch zwei Menschenaffen gewesen sein könnten? Ihr wart immerhin im Zoo", sagte ich trocken.

„Ja, jetzt wo du es sagst", meinte Finn und nickte. „Wenn sie die richtig gut dressiert hätten … dann wäre das unglaublich klug, oder? Menschenaffen zu benutzen, um eine Leiche wegzukarren? Ihre Fingerabdrücke würde doch nie jemand testen!"

„Das war ein Witz, Finn!"

„Oh." Er wirkte beinahe enttäuscht.

Emmi seufzte laut. „Sie kamen auf jeden Fall aus Richtung des Löwengeheges", erklärte sie, öffnete ihre Handtasche und holte ein silbrig glänzendes Objekt daraus hervor. „Des Löwengeheges, Lou! Sie haben die Leiche bestimmt von den Riesenkatzen zerstückeln lassen. Aber warum machst du dir nicht einfach selbst ein Bild", schlug sie vor und hielt mir die Kamera hin. „Wir haben das Ganze aufgenommen."

Meine Augenbrauen flogen in die Höhe und sofort griff ich nach dem Gerät. „Ihr habt es gefilmt? Warum sagst du das nicht gleich?"

„Du warst zu sehr damit beschäftigt, uns dafür anzupflaumen, dass wir etwas Illegales getan haben", stellte Emily weise fest. „Dabei tun wir das alles nur zu deinem Besten!"

Mhm, schon klar. Sie schadete meinem Ruf, damit mein Laden besser lief. Welch ein schönes Verkaufskonzept.

Ich beschloss, über Emmis verblendete Sicht der Dinge hinwegzusehen, klappte stattdessen die Kamera auf, ließ mich auf den Boden sinken und rief das letzte Video ab.

Das erste Bild zeigte zwei paar Füße und ein verdrecktes 1-Cent-Stück, auf dem man die Zahl kaum erkennen konnte. Inspirierendes Stillleben.

„Ist das Ding an?", konnte man Emilys Stimme im Hintergrund vernehmen, bevor die Linse nach oben schwenkte und einen fast vollkommen schwarzen Hintergrund einfing.

„Du bist die Regisseurin", hörte ich Finns gedämpfte Stimme. *„Du musst doch wissen, ob die Kamera an ist!"*

„Keine Ahnung, ich kann nichts sehen. Außerdem blendet mich dieses rotblinkende Licht total."

Das Kamerabild wackelte, schwenkte von einer Richtung zur anderen. Straßenlaternen blitzten kurzzeitig auf, nur um dann wieder zu verwischen, bis man schließlich einen schwach beleuchteten Felsen erkennen konnte, neben dem ein dunkles Holzgerüst stand. Die Kamera wackelte stetig weiter, sodass mir beinahe schlecht wurde, während Emmi auf dem Video nuschelte: *„Wo sind die ganzen Pavians ... oder heißt es Paviane? Pavia? Von denen hätte ich auch gerne eine Aufnahme. Lou und das Wort* Affe *gehen ja quasi Hand in Hand."*

Ich nahm den Blick kurz von dem kleinen Bildschirm, um Emily und Finn zuckersüß anzulächeln. „Sagt mal", begann ich langsam und sah zurück zu den immer noch stark schwankenden Aufnahmen, „wart ihr besoffen, als ihr das gedreht habt?"
Stille.
Meine Augen wurden groß und ungläubig öffnete ich den Mund. „Oh mein Gott! Ihr wart wirklich besoffen? Wie soll ich auch nur ein Wort glauben, das aus eurem Mund

kommt, wenn eure Wahrnehmung an diesem Abend einen Dreck wert war?"

„Alkoholisiert macht der Zoo nun mal mehr Spaß", erklärte Emily neunmalklug. „Aber wir haben kaum drei Flaschen Wein getrunken – und Bloody Marys sind ja quasi Gemüse, also … Wir wissen, was wir gesehen haben, Lou. Guck hin, gleich kommt die Leiche!"

Augenverdrehend blickte ich wieder auf das verdunkelte Display, auf dem das Bild so unkontrolliert von einer Seite zur anderen schwankte, dass man das Gefühl bekam, die Kamera sei auf dem Rücken eines tollwütigen Welpen angebracht worden.

„Ey, Emmi, was meinst du: Sind diese Pferde schwarz mit weißen Streifen oder weiß mit schwarzen Streifen?"

„Es sind Zebras, Finn!"

„Weiß ich doch, aber die Frage ist –"

„Pscht."

Ein paar Sekunden lang hielt die Kamera still. Sie war in die Ferne gerichtet, und unter einer schwach leuchtenden Straßenlaterne konnte man ein paar hohe Bäume und Zäune erahnen. Doch sie waren viel zu weit entfernt, als dass man sie einem Gehege hätte zuordnen können.

„Hörst du das auch?", flüsterte Emily zu genau dem Zeitpunkt, als man in den Tiefen der Schatten eine Bewegung wahrnehmen konnte. Da waren tatsächlich zwei Gestalten, die etwas Längliches trugen. Doch sie waren zu weit weg, um Einzelheiten erkennen zu können. Außerdem wichen sie geschickt den Lichtkegeln aus, die die Lampen warfen. Sie trugen Kappen und dunkle Kleidung. Aber dem, was sie schleppten, konnte man weder eine Farbe noch eine genaue Form zuordnen. Das Geschehen war zu weit entfernt, der Weg viel zu düster und die Kamera besaß gefühlte minus sechs Megapixel.

„Das ist voll die Leiche", hörte man Finn zischen, bevor ein Ruck die Kamera erfasste. Er hatte offensichtlich an Emilys Arm gerissen. Emmi quietschte leise im Hintergrund, bevor ihre hastigen Schritte durch die Lautsprecher

drangen. Die Gestalten waren längst nicht mehr zu erkennen, stattdessen sah man mehrere Glasfassaden, das Holzgerüst von vorhin und dann den Boden. Den Boden. Den Boden. Das glitzernde Eichenblatt des Centstücks. Den Boden. Und dann wurde der Bildschirm schwarz.

Ich ließ die Kamera sinken und hob langsam den Blick zu Emily und Finn, die mich erwartungsvoll ansahen.

„Und?", wollte meine Schwester wissen, während sie mit dem Fuß nervös auf und ab wippte.

Ich räusperte mich. „Lasst mich nur noch mal kurz zusammenfassen: Ihr seid illegal in den Zoo eingebrochen, habt euch ordentlich betrunken und dann im Stockdunkeln beobachtet, wie zwei vermummte Gestalten, die vielleicht männlich waren oder aber auch weiblich oder aber auch zwei sehr große Affen, ein leichenförmiges Etwas weggeschafft haben? War das bevor oder nachdem ihr einen Joint geraucht habt?"

„Davor!", sagte Emily triumphierend.

„Na, wenn es davor war, dann ist ja alles geklärt. Dann versteh ich gar nicht, warum ihr damit nicht zu Josh oder gleich zum FBI gegangen seid."

„Weil Josh uns nicht geglaubt hätte und es das FBI nur in Amerika gibt", sagte Finn dümmlich.

„Oh mein Gott, Finn, das weiß ich!", fuhr ich ihn an. „Denn dieses Video beweist *gar* nichts. Außer, dass ihr eine stete Kameraführung für unnötig haltet, ihr nicht die Einzigen wart, die nachts im Zoo umhergewandert sind, und du wirklich lernen solltest, was ein Zebra ist, wenn du als Tierpfleger arbeiten willst!"

„Zebras sind auch nur Pferde, die sich für was Besseres halten", belehrte mich Finn bissig. „Und es war eine beschissene Leiche, die sie da getragen haben, Lou! Ich weiß, wie die aussehen. Das Ding, was sie geschleppt haben, war schwer und länglich – und was sonst sollte man nachts beseitigen, wenn nicht eine Leiche? Es ergibt absolut Sinn."

„Der Gegenstand, den sie getragen haben, hätte alles sein können, Finn!"

„Ach ja? Was denn zum Beispiel?“

„Zum Beispiel …“ Ich verstummte, überlegte, öffnete den Mund – doch mir wollte partout nichts einfallen. „Keine Ahnung!“, kapitulierte ich schließlich. „Aber die Polizei wird aufgrund dieses Videos und den Zeugenaussagen von zwei betrunkenen Verbrechern nicht den ganzen Zoo umgraben.“

„Natürlich nicht“, meinte Emmi und nickte. „Deswegen sind wir ja auch zu dir gekommen.“

„Puh, okay … ich könnte sicherlich einige Überzeugungsarbeit bei Josh leisten, sodass er zumindest mal beim Zoo vorbeifährt, aber –“

„Gott, nein!“, rief Finn sofort und Panik spiegelte sich in seinen Augen wider. „Josh darf nie erfahren, dass ich irgendwo eingebrochen bin! Er würde mich direkt beschuldigen, eine Straftat begangen zu haben.“

„Ihr habt ja auch eine Straftat –“

„Meine Güte, seit wann bist du eine solche Spielverderberin?“, unterbrach Emily mich schnaubend. „Du schläfst mit einem Bullen, nicht mit einem Gesetzbuch. Wir haben nichts Schlimmes getan. Die Tiere haben sich über unseren Besuch gefreut. Also, komm drüber hinweg, dass ich dich als Elefant bezeichnet habe, und konzentrier dich! Wir wollen nicht, dass du mit der Polizei redest, wir wollen, dass du dein Blumendetektivin-Ding abziehst.“

Prustend schüttelte ich den Kopf. „Ich bin in Rente, Emmi. Der Laden läuft gut, ich brauche keine weitere Aufmerksamkeit.“ Außerdem war nach allem, was ich wusste, überhaupt kein Mord geschehen.

„Als ob du des Marketingeffektes wegen auf deine bekloppten Mörderjagden gegangen bist“, sagte Emmi und zeigte mir den Vogel. „Du liebst es, im Dreck anderer zu wühlen. Das ist deine große Leidenschaft. Du bist eine … Menschengärtnerin!“

Ich verdrehte die Augen. „Netter Neologismus, aber ihr habt überhaupt keine Anhaltspunkte. Selbst wenn ich nicht in Rente wäre – es gäbe nichts, was ich tun könnte. Es gibt ja nicht einmal eine Leiche.“

„Nur, weil du die Leiche nicht gesehen hast, heißt es nicht, dass es sie nicht gibt“, sagte Finn ernst. „Komm schon, Lou. Vielleicht ist es wirklich nichts. Vielleicht haben unsere Augen uns einen Streich gespielt. Aber was, wenn nicht?“ Dramatisch riss er die Augen auf, bevor er langsam und mit eindrucksvoll tiefer Stimme hinzufügte: „Was … wenn nicht?“

Ich seufzte schwer und sah zwischen meiner Schwester und Mister Clooney hin und her.

Was wäre schon dabei, wenn ich mal beim Zoo vorbeisah? Das Einzige, was mich davon abhielt, war Rispos düstere Miene, die mir augenblicklich in den Kopf sprang, sobald ich daran dachte, wie ich ihm erzählte, dass ich einem möglichen Mordfall nachging. Schon wieder.

Es lief gut zwischen uns. Absurd gut! Ich war so glücklich wie schon lange nicht mehr. Und wenn ich meine Nase erneut in fremde Angelegenheiten steckte … würde das Josh überhaupt nicht gefallen. Meine von Gott gegebene Fähigkeit, mithilfe von glücklichen Zufällen Mordfälle zu lösen, hatte er bisher weder als legitimes Hobby noch als Marketingmittel anerkannt. Vielmehr war er sehr vorsichtig damit geworden, was er mir über die Fälle erzählte, die er bearbeitete. So als könne ich jederzeit aufspringen und mich auf die Suche nach dem Mörder begeben. Worüber ich zugegebenermaßen schon mehr als einmal nachgedacht hatte. Doch das musste er ja nicht wissen.

Andererseits: Ich würde in den Zoo gehen und mich ein wenig umgucken. Das war wahrlich kein Staatsschutzdelikt. Es erinnerte eher an einen Waldspaziergang. Und der war ja wohl völlig harmlos! Und wenn Emily und Finn dann aufhören würden, mich zu nerven …

„Okay, ich mach’s“, sagte ich, gab Emily die Kamera zurück und stand auf. „Ich fahr morgen mal beim Zoo vorbei und sehe mich um. Aber mehr tue nicht. Also versprecht euch nicht zu viel davon.“

Emmi lächelte breit. „Danke!", sagte sie. „Ich passe währenddessen auch auf den Laden auf. Ich traue der neuen Mitarbeiterin nicht."

Ja, da hatten wir etwas gemeinsam. Rebecca, das Mädchen, das ich als Ersatz für Trudi eingestellt hatte, war mir nicht geheuer. Sie war eine ausgebildete Floristin, unfassbar pünktlich und effizient, räumte die Dinge immer an ihren angestammten Platz zurück und verhielt sich allseits höflich. Es war offensichtlich, dass mit ihr irgendetwas nicht stimmte.

„Bei deinem Glück findest du die Leiche innerhalb von zwanzig Minuten. Wahrscheinlich noch mit einer pinken Schleife verziert", sagte Finn begeistert. „Am besten gehst du morgens. Ich habe die Spätschicht und muss als Praktikant erst um eins antanzen. Du kannst es wie einen Zufall aussehen lassen, damit das Ganze nicht mit Emmi und mir in Verbindung gebracht werden und Joshi mir nichts vorwerfen kann!" Hörte sich für mich nach einem bombensicheren Plan an. „Versprichst du, Josh nichts von dem Einbruch zu sagen? Bitte?"

Ich pustete mir unsicher die Haare aus der Stirn, nickte jedoch. „Jaja, ist schon gut. Ich verrate nichts."

Erleichtert nickte Finn. „Okay, super. Apropos Joshi: Jetzt, da du tatsächlich großen Einfluss auf ihn hast, müssen wir planen, wie wir diesen Umstand zu unser beider Nutzen verwenden können."

„Unser *beider* Nutzen?", wollte ich skeptisch wissen.

„Natürlich. Ich habe schließlich dazu beigetragen, dass ihr jetzt zusammen seid, und möchte entlohnt werden!"

„Aha. Stand das im Kleingedruckten des Vertrages, den du mir nie vorgelegt hast? Und wie genau hast du uns zusammengebracht?"

„Nun, ich war es, der vorgeschlagen hat, du sollst wieder mit ihm schlafen – und du hast ja auch auf mich gehört, oder?", meinte er scheinheilig.

Ich schnaubte. „Du schuldest mir neunzig Euro, Finn, meine Entlohnung ist, dass ich dir noch zwei Wochen gebe, bis du sie mir zurückzahlen musst.“

Er zog eine Grimasse. „Schön, einen Versuch war es wert. Komm, Emmi, wir gehen.“

Emily nickte grinsend. „Danke, Loubalou, aber tu überrascht, wenn du die Leiche findest.“

Das würde mir nicht schwerfallen, denn ich war ziemlich sicher, dass keine Leiche existierte. „Sag mal, Finn“, sagte ich, als ich ihnen die Tür aufhielt. „Warum bist du eigentlich nicht beim Flughafen? Wolltet ihr nicht alle zusammen Mo abholen?“

Finn blinzelte, runzelte die Stirn und schlug sich dann mit der Hand dagegen. „Scheiße! Ich wusste, dass ich was vergessen habe.“ Fluchend rannte er mit Emmi im Schlepptau die Treppe hinunter.

Kopfschüttelnd sah ich ihnen hinterher. Immer, wenn ich fürchtete, ich wäre verpeilt und durcheinander, dachte ich an die beiden – und fühlte mich wie die ordentlichste, strukturierteste Person, die diese Welt zu bieten hatte.

Kapitel 3

Ein kleines Männchen saß in meinem Kopf und schlug mit einem Wecker gegen meine Schläfe.

Benommen öffnete ich ein Auge.

Ach nein, kein Wecker. Ein Telefon klingelte.

Das war beruhigend, wenn auch nicht weniger nervig.

Das Läuten wurde lauter, und da es sich dabei nicht um die Melodie von Bibi Blocksberg handelte, konnte es nicht mein Handy sein, das nach Aufmerksamkeit schrie. Ich linste auf meinen Wecker – wer zum Teufel rief nachts um fünf an?! – und drehte mich dann auf die andere Seite.

„Josh", murmelte ich und tastete nach dem Körper neben mir. „Josh, jemand ruft an. Verhafte ihn. Los."

„Hm?", kam es verschlafen zurück.

„Dein Telefon vergewaltigt meine Ohren", sagte ich und rüttelte halbherzig an seiner Schulter. „Warum hast du so einen furchtbaren Klingelton? Das hört sich an, als hättest du einen Autounfall aufgenommen. Harfenmusik. Das brauchst du. Damit du entspannter in den Tag startest."

„Wie kannst du selbst um fünf Uhr morgens schon Schwachsinn reden?", wollte Josh verwirrt wissen und stützte sich auf die Ellbogen auf.

„Jahrelange Übung. Und jetzt mach endlich, dass das Klingeln aufhört, sonst schlaf ich nie wieder mit dir." Das war gelogen, ich wollte mich ja nicht selbst bestrafen, aber ich war zu müde, um mir etwas Originelleres auszudenken, und es funktionierte offensichtlich.

Josh schaltete die Nachttischlampe an und zog sein Handy vom Tisch. „Rispo“, meldete er sich.

Ich stöhnte laut auf, hielt mir die Hand vor die Augen, damit das Licht nicht so stark darin brannte, und wollte ihm mit der Faust gegen die Seite boxen, um mein Missfallen über meinen verfrühten Wachzustand zu bekunden. Ich war jedoch nicht ganz so zielsicher wie erhofft. Anstelle seiner Schulter erwischte ich sein Kinn.

Rispo fluchte leise und fixierte im nächsten Augenblick meine Hand auf der Matratze – möglicherweise, um mich unschädlich zu machen. „Was zappelst du so rum?“, wollte er im Flüsterton wissen, während er mit dem anderen Ohr seinem Gesprächspartner lauschte.

„Ich weiß es nicht“, murmelte ich und zog die Decke mit meiner freien Hand über den Kopf. „So frühmorgens habe ich keine Kontrolle über meinen Körper.“

„Mhm, genau, nur frühmorgens“, meinte Rispo leise, bevor er laut hinzufügte: „Alles klar. Wo? … Wann? … Marvin, soll ich jetzt alle W-Fragen durchgehen, damit Sie mir endlich alle notwendigen Informationen geben? … In Ordnung.“

Rispo ließ meine Hand los, und ich lugte unter der Decke hervor. Er hatte aufgelegt, und seine Miene war unnormal wach und aufmerksam für jemanden, der eigentlich gerade schlafen sollte.

„Ist jemand umgebracht worden?“, wollte ich wissen.

„Jap.“ Die Matratze ächzte unter seinem Gewicht, als er die Beine über die Kante schwang und aufstand. „Schlaf weiter, Lou.“

„Du gehst?“, fragte ich verwirrt. „Es ist mitten in der Nacht!“

„Ich weiß, aber eine völlig zerfetzte Leiche ist ans Rheinufer geschwemmt worden, und die muss ich mir ansehen.“

„Zerfetzt? Das hört sich unschön an.“

„Ja, es sieht wohl auch unschön aus. Der Körper wurde scheinbar von einem wilden Tier zerrissen."

Abrupt wandte ich ihm mein Gesicht zu, plötzlich hellwach. „Einem Tier?"

Er nickte, während er sich ein T-Shirt über den Kopf zog. „Die Leiche ist mit Krallen- und Bissspuren übersät. Marvin meint, sie sei kaum noch als Mensch zu erkennen. Keine Ahnung, vielleicht halluziniert er auch. Nachher weiß ich mehr."

Marvin war Rispos Anhängsel, nicht zu vergessen sein größter Fan – denn als Kollege konnte man den vor fehlender Autorität strotzenden Polizisten wahrlich nicht bezeichnen.

Ich mochte Marvin. Er war niedlich. Er war wie ein abgemagertes Kaninchen, das immer in der Nähe von Rispo, seiner metaphorischen Karotte, sein wollte. Die Sympathie, die ich dem selbst ernannten Recherchisten entgegenbrachte, war nicht weiter verwunderlich. Ich hatte schließlich eine Schwäche für inkompetente Leute. Das würde zumindest erklären, warum ich Trudi, meine ehemalige, mittlerweile zweiundsiebzigjährige Angestellte, erst gefeuert hatte, nachdem sie meinen Laden in Brand gesetzt hatte.

„Bissspuren", wiederholte ich langsam, und mein Mund wurde trocken. „Du meinst aber nicht etwa Abdrücke wie von … den Zähnen eines Löwen, oder?" Rispo hielt in seiner Bewegung inne, sodass es aussah, als wolle er mir seine Jeans verkaufen, und musterte mich fragend. „Doch, tatsächlich wird ein Tier in dieser Größenkategorie als mögliche Ursache vermutet. Auch wenn ich einen Löwen für etwas weit hergeholt halte. Davon hat Köln nicht allzu viele zu bieten"

„Hm", machte ich. Emilys Stimme geisterte in meinem Kopf herum.

Sie kamen auf jeden Fall aus Richtung des Löwengeheges. Des Löwengeheges, Lou! Sie haben die Leiche bestimmt von den Riesenkatzen zerstückeln lassen.

Wieso fragst du, Lou?", wollte Rispo misstrauisch wissen. Stirnrunzelnd blickte ich auf das Telefon, das er auf die Matratze hatte fallen lassen. War das ein Zufall? Dass Finn und Emmi zwei Leute dabei beobachtet hatten, wie sie ein großes Etwas aus Richtung des Löwenkäfigs schleppten, und einen Tag später eine Leiche angeschwemmt wurde, die von Bissspuren gezeichnet war? Das schien schon etwas … verdächtig.

„Hm", wiederholte ich.

„Lou, hör auf, dieses Geräusch zu machen. Das beunruhigt mich!"

Ja, mit dieser Unruhe war er nicht allein. „Sorry, was hast du gesagt?", fragte ich und schenkte ihm erneut meine Aufmerksamkeit. „Du möchtest, dass ich mitkomme?"

Schlagartig verdüsterte sich seine Miene. „Das ist ein Witz, oder?"

Lächelnd ließ ich mich zurück in die Kissen sinken. „Natürlich." Na ja. So halb. „Ich habe mich nur gefragt, ob …" Ich verstummte.

„Ob was?", hakte Josh nach, sein Blick noch immer argwöhnisch.

Ich schloss die Augen. „Ob das Opfer große Qualen erlitten hat. Ich meine, die Zähne eines Löwen sehen schmerzhaft aus."

„Aha. Ich … was? Ich verstehe kein Wort. Wie kommst du bitte auf einen Löwen?"

Gute Frage. „Ach, ich habe im Fernsehen gesehen, dass die ihre Opfer besonders schmerzhaft töten. Nicht so wichtig." Es wurde höchste Zeit, vom Thema abzulenken. „Apropos große Qualen: Meine Mutter will, dass du nächste Woche mit mir zum Sonntagsbrunch kommst."

„Du hast ihr also von mir erzählt?"

„Ja. Nein. So ähnlich."

„Okay. Nächste Woche Sonntag um elf dann?"

Diese schlichte Antwort veranlasste mich dann doch wieder dazu, meine Augen zu öffnen und ihn anzusehen. „Warum klingst du so gelassen? Hast du mich nicht richtig verstanden? Du sollst zum Brunch kommen – und meine Mutter wird auch da sein!“

Rispo gähnte und schlüpfte endlich in seine Hose, bevor er fachmännisch seine Haare zerzauste und nickte. „Ja. Ich dachte mir schon, dass sie mich kennenlernen will. Mein Vater hat dich übrigens auch eingeladen. Donnerstagabend gibt es ein Rispo-Familienessen und ich soll dich mitbringen.“

Ach du liebe Güte. Mit sechs Rispos an einem Tisch? Das ganze Essen würde nach Testosteron schmecken. Aber es gab Wichtigeres.

„Dir scheint der Ernst der Lage nicht bewusst“, sagte ich eindringlich und richtete mich auf. „Meine Mutter wird dir lauter unangenehme Fragen stellen!“

„Diese Eigenschaft hast du also von ihr, ja?“

„Josh“, sagte ich und richtete den Zeigefinger auf ihn. „Du bist nicht witzig.“

Josh lachte leise und griff sich Schlüssel und Portemonnaie vom Nachttisch. „Natürlich wird sie mir auf den Zahn fühlen, Lou. Von meinen Schwiegereltern in spe erwarte ich nichts anderes. Glaub mir, mein Vater wird einen ganzen Katalog an Fragen haben, die er dir Donnerstag stellt – und die Hälfte davon wird darauf abzielen, herauszufinden, wie ich dich dazu überreden konnte, mit mir zusammen zu sein.“

„Na ja, du bist unglaublich gut im Bett.“

Josh zog eine Grimasse und rieb sich mit der flachen Hand über die Stirn. „Großer Gott, genau das wirst du Donnerstag sagen, oder?“

Worauf er wetten konnte. „Ich weiß noch nicht. Vielleicht erzähle ich ihm auch, was für ein Sensibelchen du bist und wie viele tolle Flechtfrisuren du beherrschst.“

Seufzend lief er ums Bett herum. „Du kommst Donnerstag also mit?“

Ich nickte. „Klar. Ich will doch Mo kennenlernen und ihn fragen, ob er wirklich keine Eier mehr in der Hose hat. Aber jetzt mal ehrlich: Was ist dein Geheimnis? Wie kannst du angesichts eines Verhörs von Oberfeldwebel Gitti Manu so entspannt sein?"

„Ich höre in meiner Freizeit massenweise Harfenmusik", erklärte er ernst, bevor er eine Hand an meine Wange legte, sich zu mir herunterbeugte und mir einen sanften Kuss gab. „Ich ruf dich heute Abend an. Mach keine Dummheiten", murmelte er noch, dann war er aus der Tür.

Mit geschlossenen Augen ließ ich mich zurück in die Kissen sinken. Richtig. Keine Dummheiten. Wie gut, dass ich heute in den Zoo ging. Denn was konnte mir da schon passieren?

„Sie putzt", flüsterte Emily und beugte sich tiefer über den Verkaufstresen. „Freiwillig. Und gründlich noch dazu."

„Ich weiß", murmelte ich und verengte die Augen. Misstrauisch beobachtete ich Rebecca dabei, wie sie sich hinkniete, um mit dem Handfeger auch die Pflanzenreste wegzukehren, die sich unter die Kühlfächer verirrt hatten, in denen ich die Blumen über Nacht lagerte. Ihr erdbeerblonder Zopf wippte dabei hin und her. „So gründlich bist du nie", stellte ich fest. „Du putzt immer nur halbherzig."

„Und das nicht ohne Grund", meinte Emmi abwesend. „Es ist viel schlauer, die Arbeit richtig schlecht zu machen, weil du dich dann darüber aufregst und es lieber selbst tust."

Ich zog die Augenbrauen hoch und hätte wütend darüber sein sollen – aber stattdessen war ich beeindruckt. Dieses Maß an Intelligenz und Voraussicht hatte ich meiner kleinen Schwester gar nicht zugetraut.

Emmi stützte das Kinn in ihre Hand und sah dabei zu, wie Rebecca sich aufrichtete und einen Staubfleck von ihrer Bluse wischte. „Finn findet sie süß ...", nuschelte sie und kratzte sich am Kopf, während ihr Blick weiter über meine neue Angestellte wanderte. In manchen Ländern wäre die Art und Weise, in der Emmi Rebecca betrachtete, sicherlich als sexuelle Belästigung gewertet worden.

„Ach, und ... stört dich das?", fragte ich beiläufig.

Emmis und Finns Beziehung erschloss sich mir noch nicht ganz. Beide waren sie Schlampen. Ihre Worte, nicht meine. Beide behaupteten, dass sie gerne mit dem anderen schlafen würden. Aber ebenso erklärten beide immer wieder, dass ihnen ihre Freundschaft zu wichtig sei, um sie mit einer Menge grandiosem Sex zu riskieren. Ich fand das zu gleichen Teilen erwachsen und dämlich, war aber irgendwie auch glücklich darüber. Ich hatte zu viel Angst davor, was geschehen würde, sollten die beiden tatsächlich irgendwann entscheiden, eine ernste Beziehung miteinander zu führen. Wenn der Unsinn, der in ihren Köpfen herumgeisterte, fusionierte, würde womöglich der dritte Weltkrieg ausbrechen.

„Ob mich das stört …", murmelte Emmi, und Röte kroch ihren Hals hinauf. Schließlich zuckte sie die Achseln. „Nee. Sie ist nicht süß. Sie ist voll alt."

„Sie ist in meinem Alter!"

„Eben. Deine Knochen knacken, wenn du dich bückst."

Ja, aber das lag nicht daran, dass ich achtundzwanzig war. Das lag daran, dass ich zu wenig Sport machte und früher nie die Milch getrunken hatte, die meine Mutter mir hatte aufzwingen wollen.

„Sie führt irgendetwas im Schilde", murmelte Emmi und beugte sich weiter vor, sodass ihr Mund beinahe den Tresen berührte. „Bei deiner miesen Bezahlung kann niemand freiwillig so fleißig sein. Aber keine Sorge, ich werde schon noch herausfinden, was es ist."

„Bitte nicht", sagte ich flehentlich. „Du kannst dir keinen Anwalt leisten, Emily … und pass auf, wo deine Spucke hinfliegt!" Ich zog ihren Kopf vom Tresen weg und deutete auf das Schild an der Wand hinter mir, das ich vor ein paar Wochen angebracht hatte. *Der Boss macht keinen Sabber weg*, stand darauf. Das war mein neues Motto, das leider überraschend selten anwendbar war, wenn sich nicht gerade ein Hund mit übermäßigem Speichelfluss im Raum befand. Emily verdrehte die Augen, tat mir jedoch den Gefallen und trat vom Tresen zurück. „Wir sind ja gleich eine Weile allein", meinte sie. „Da kann ich sie in Ruhe über ihre dreckigen Geheimnisse ausfragen."

Ich öffnete den Mund, um ihr vorzuschlagen, stattdessen doch lieber Blumen zu verkaufen, wurde jedoch von der läutenden Türglocke unterbrochen.

Eine Vogelscheuche kam zur Tür hereingestakst.

Moment, nein. Das konnte nicht sein.

Ich kniff meine Augen zusammen und machte einen Schritt zurück. Okay, es war nur Trudi. Obwohl *nur* vielleicht nicht das richtige Wort war. Denn wenn ich ehrlich war, war es eher ein bisschen *zu viel* Trudi.

Die zweiundsiebzigjährige Frau trug eine grellpinke Tunika mit strategisch ungünstig positionierten gelben Flicken darauf, die auf den ersten Blick den Eindruck erweckten, sie trüge den BH über ihrem Oberteil. Unter dem wagemutigen Ensemble lugte ein Rock hervor, der selbst an Emily zu kurz gewesen wäre, und passend unpassende, rote orthopädische Gesundheitsschuhe perfektionierten Trudis Erscheinungsbild.

Sie winkte fröhlich, und ihre Haut schlackerte dabei wie ein schlecht gespanntes Segel. Nur ihre Haare blieben eng an ihren Kopf geklatscht liegen, als wären sie mit einem schmierig aussehenden Zeug einbetoniert worden. Ich wusste nicht, ob ich lachen oder ihr sagen sollte, dass sie eine Gefahr für den Straßenverkehr war. Aber sie hatte einen Teller Kekse in der Hand – und so ein herzloser Mensch war ich nun auch wieder nicht.

„Entschuldigt, dass ich erst jetzt komme", sagte sie atemlos und drückte mir das Gebäck in die Hand. „Aber ich treffe mich heute um halb fünf zum Abendessen mit einem Mann und musste mich noch schick machen." Sie fuhr sich mit der Hand durch die Haare, und ich hätte schwören können, dass ihre Fingerkuppen bei der Bewegung Schmatzgeräusche von sich gaben. „Der Kerl ist ein richtig junger Hüpfer. Erst Mitte sechzig. Und alle Zähne hat er auch noch. Da muss man schon was hermachen, wenn man bei den jungen Leuten mitmischen will."

Eine erstaunte Stille entstand, als Trudi endete. Ich linste zur Seite und sah, wie Rebecca und Emmi mit offenen Mündern die alte Dame anstarrten. So als wären sie bis zum heutigen Tag blind gewesen und sähen die Welt zum ersten Mal in all ihrer Pracht. Oder all ihrem Grauen. So eindeutig war das Ganze nicht.

„Trudi …“, sagte ich langsam und räusperte mich. „Du weißt, dass du hier nicht mehr arbeitest, oder? Du kannst also nicht unpünktlich sein.“

Es war schon verwunderlich, dass ich Trudi vor zwei Monaten gekündigt hatte und sie dennoch jeden Morgen auf der Matte stand. Andererseits war eine Menge an Trudi verwunderlich, ich wusste also gar nicht, warum ich mir noch die Mühe machte, darüber nachzudenken.

„Jaja, ich komm einfach nur gerne vorbei“, sagte Trudi und winkte ab. „Und ich möchte nicht, dass ihr euch Sorgen macht, wenn ich nicht wie immer um zehn hier bin.“

„Das ist … toll, Trudi … was hast du da in deinen Haaren?“, leitete Emily elegant über. „Und darf ich dich filmen? Bei … allem, was du tust?“

Trudi kicherte mädchenhaft und nahm sich einen ihrer Kekse vom Teller, den ich auf den Tisch hatte sinken lassen.

„Ich hab Vaseline auf dem Kopf“, erklärte die alte Dame. „Ich habe ferngesehen, und da haben sie dauernd von diesem Fett-Look gesprochen, den jetzt alle Stars tragen, den wollte ich mal ausprobieren.“

Ich war, was Mode anging, wirklich nicht top informiert, aber der Fett-Look? Davon hätte ich sicherlich gehört.

„Was genau meinst du damit, Trudi?“, hakte ich vorsichtig nach.

„Auf dem roten Teppich sehen sie jetzt alle aus wie ich!“, erklärte sie euphorisch. „Die Haare zurückgeklatscht und die Enden ganz trocken …“
„Oh mein Gott, du meinst den Wet-Look!“, platzte es aus Emily heraus, und über ihr Gesicht zog sich ein derart großes Lächeln, dass die Grinsekatze vor Neid erblasst wäre.

„Sag ich doch, Fett-Look", wiederholte Trudi irritiert.

„Trudi, ich liebe dich", sagte Emily feierlich. „Wirklich. Dein Gehirn ist großartig. Und du siehst toll aus! Lass dir von niemandem etwas anderes einreden. Wo hast du dein heutiges Date kennengelernt?"

Trudi lief rosa an und ließ es sich nicht nehmen, sich erneut verlegen durchs Haar zu streichen, bevor sie mit ebendieser Hand das Ingwerplätzchen in ihren Mund schob. „Beim Speed-Dating. Wir benutzen dieselbe Faltencreme und würden gerne herausfinden, ob wir noch mehr Gemeinsamkeiten haben."

Ich besah mir die ausgeprägten Runzeln auf Trudis Gesicht. Welche Faltencreme war das? Nur damit ich wusste, welche ich niemals benutzen durfte.

„Mein Günter ist jetzt schon so lange tot", fuhr Trudi fort. „Ich bin mir sicher, er hat nichts dagegen. Du solltest mal mitkommen, Louisa." Sie lächelte mich strahlend an. „Du würdest dort sicherlich auch jemanden finden."

„Ich habe einen Freund, Trudi. Josh. Du erinnerst dich?"

„Jaja", sagte sie kopfschüttelnd. „Aber es ist immer gut, noch jemanden in der Hinterhand zu haben. Wer weiß, wie lange das bei dir und dem Kommissar hält. Ihr zankt euch doch andauernd."

Ja, das nannte man Vorspiel.

„Ich finde den Kommissar und Louisa sehr süß zusammen", meldete sich Rebecca zu Wort und lächelte mich an. „Sie lieben sich, das kann man ihnen deutlich ansehen."

Mein Blick schwenkte zu meiner Mitarbeiterin. Sie war so unglaublich nett und süß. Wie unangenehm.

Außerdem hatten Josh und ich die magischen drei Worte noch nicht ausgetauscht. Wir waren ein Paar und hatten eine Menge Spaß zusammen, und ich war mir fast sicher, dass er es ernst meinte, aber … Liebe? Das Wort war noch nicht gefallen. Ich hatte keine Ahnung, wie tief Joshs Gefühle gingen, und in Anbetracht der Tatsache, dass er ein eher gespaltenes Verhältnis zu Emotionen hatte, und es oftmals schwierig war, ihm auch nur die kleinste Regung aus dem Gesicht abzulesen, wollte ich auch nicht nachfragen. Alles, was ich wusste, war, dass er mit mir zusammen sein wollte – und das reichte mir. Vorerst.

„Ähm, danke, Rebecca", sagte ich unbeholfen und sah zu Emily, die misstrauisch die Augen verengte.

„Ja, danke, Rebecca", wiederholte sie unnötig feindselig. „Wir wollten alle deine Meinung hören."

Verwirrt blinzelte meine Angestellte sie an. Ich kniff Emily warnend in den Unterarm, bevor ich sagte: „Du kannst gerne etwas im Laden bleiben, Trudi. Ich mach mich allerdings jetzt gleich auf den Weg."

„Oh, wo gehst du hin?"

„Ich werde … in den Zoo gehen."

Mhm, so alleingestellt hörte sich der Satz irgendwie dämlich an. Ich war erwachsen, hatte keine Kinder, einen erfüllenden Job – und würde an einem Montagvormittag in den Zoo gehen.

„Oh, da komm ich mit", sagte Trudi fröhlich. „Ich wollte Hennes schon seit Ewigkeiten mal wieder besuchen."

Hennes war das Maskottchen des 1. FC Köln. Er war ein Ziegenbock und wohl das beliebteste Tier der Stadt. Ich wusste nur nicht, ob es so klug war, Trudi mit in den Zoo zu nehmen. Ich hatte berechtigte Angst davor, dass die Pfleger sie dabehalten und zu den anderen Paradiesvögeln stecken würden.

„Das ist doch in Ordnung, Lou, oder? Dass ich dich begleite?", fragte sie und bot mir ein Plätzchen an. „Mensch, deinen Job müsste man haben. Dir gehört ein Laden, du hast gerade erst einen Van gekauft, um Blumen auszuliefern, und hast trotzdem nichts anderes vor, als in den Zoo zu gehen."

Na ja, eigentlich musste ich Chris anrufen und ihn dazu überreden, mich eine Richtigstellung des Interviews schreiben zu lassen. Ich musste auf dem Blumengroßmarkt die Bestellung für August aufgeben. Ich musste herausfinden, was mit meiner überambitionierten Mitarbeiterin nicht stimmte. Und heute Abend wollte ich bei Ariane vorbeifahren, um mit ihr zusammen unser monatliches Buchführungsdate abzuhalten.

Aber ja, ansonsten …

„Klar, komm mit", sagte ich schulterzuckend, nahm mir einen Keks und wandte mich meinen Mitarbeiterinnen zu. „Ihr beide schafft das mit dem Laden allein?"

„Natürlich", sagte Rebecca.

„Pff", machte Emmi.

Ich warf ihr einen warnenden Blick zu, doch sie rollte nur mit den Augen, bevor sie sich bückte und etwas aus ihrer Handtasche fischte. „Hier, Trudi", meinte sie und reichte ihr die Kamera, die sie nun offenbar überall mit sich herumtrug. „Filmst du Lou im Zoo? Und, ach ja …" Sie lächelte mich süßlich an. „Es wäre toll, wenn du sie zusammen mit den Elefanten auf ein Bild bekommen könntest."

Kapitel 4

„Weißt du, mein Günter hat immer gesagt, ich wäre sein Pinguin", meinte Trudi und schob die Eintrittskarte für den Zoo in ihre Handtasche.

„Oh, wie süß. Weil Pinguine ein Leben lang mit ihrem auserwählten Partner zusammenbleiben?"

„Was?" Die alte Dame blickte mich irritiert an. „Nein. Weil er fand, dass ich eine witzige Gangart habe." Sie seufzte. „Es wird schwer sein, jemanden zu finden, der ebenso romantisch ist. In der heutigen Welt nimmt sich niemand mehr die Zeit, auf Kleinigkeiten zu achten. Günter hat mir zum Beispiel immer gesagt, wenn ich was zwischen den Zähnen hatte. Und letzte Woche bin ich den halben Tag mit Spinat zwischen meinen Beißern rumgelaufen und habe es erst gemerkt, als ich mein Gebiss abends rausgenommen habe. Deswegen brauche ich jemand Neuen, verstehst du?"

Sie sah mich nachdenklich an, und ich fühlte mich dazu verpflichtet, zu nicken. Mir wäre es auch lieber, wenn ich nicht den ganzen Tag mit einem Gemüsegarten zwischen meinen Zähnen herumlaufen müsste.

Trudi schien zufrieden mit meiner Antwort und lotste mich bestimmt an der Mitarbeiterin des Zoos vorbei, die fragte, ob sie ein Foto von uns machen solle.

„Also, gehen wir zuerst zu Hennes?", wollte sie wissen. „Ich bin etwas müde und würde das Spektakuläre gerne zu

Anfang machen. Danach darfst du auch entscheiden, wo wir hingehen.“

Ich musste über Trudis Großzügigkeit lächeln, und als wir vor dem sich direkt am Eingang befindenden Kamelgehege zum Stehen kamen, griff ich sie sanft am Arm.

„Trudi“, sagte ich vorsichtig. „Ich muss dir etwas gestehen. Ich bin nicht hier, um mir die Tiere anzusehen.“

Verwirrt blinzelte Trudi zu mir hoch. „Bist du nicht?“

„Nein. Emily und Finn denken, dass hier jemand ermordet wurde, und ich habe versprochen, mich mal umzusehen. Vielleicht finde ich ja etwas.“

„Was denn?“

Gute Frage, auf die ich keine befriedigende Antwort hatte. Denn ich hatte keinen Schimmer. Ich wusste nicht genau, wonach ich suchte. Vielleicht nach getrocknetem Blut oder dem abgerissenen Kopf einer Leiche. Ein Plakat, auf das jemand mit Blut *Tatort* geschrieben hatte. Einen weinenden Tierpfleger, der mir schluchzend erklärte, er habe Samstag jemanden umgebracht. Die Liste an Möglichkeiten war lang.

„Ich weiß, wonach ich suche, wenn ich es sehe“, sagte ich optimistisch.

Trudis Gesicht erhellte sich. „Ich kann nicht sagen, dass ich nicht erleichtert wäre“, meinte sie und stieß laut hörbar Luft aus. „Ich fand es ehrlich gesagt schon etwas merkwürdig, dass du an einem Montag allein in den Zoo wolltest. Ich meine, ich habe mich an deine etwas exzentrische Art, dich zu kleiden, gewöhnt, aber manchmal verstehe ich nicht, was in deinem Kopf vorgeht.“

Ich besah mir meine schwarze Jeans und mein hellblaues T-Shirt und dann Trudis pink-gelbes Ensemble. „Ja, du hast recht“, sagte ich langsam. „Manchmal ziehe ich mich etwas waghalsig an.“

„Das macht ja nichts“, sagte Trudi fröhlich, wie gewohnt taub für Sarkasmus. „Ich finde es toll, dass du deiner quirligen Persönlichkeit Ausdruck verleihen willst. Wo ist denn jetzt jemand umgebracht worden, hm? Oh, das ist so viel spannender als ein Ziegenbock.“

Da war ich mir noch nicht so sicher. „Finn und Emmi haben jemanden aus Richtung des Löwengeheges kommen sehen.“

„Na dann.“ Von neuem Elan gepackt watschelte Trudi mir voraus, während ihr das Fett aus den Haaren über den Rücken lief. Die Sonne schien unerbittlich auf uns hinab, sodass ich hätte schwören können, Trudis eingefettete Haut brutzeln zu hören.

Wir schritten an einer Schulklasse vorbei, die dem Affengeschrei nach zu urteilen, das die Kinder von sich gaben, hier im Zoo genau richtig war, passierten eine Gruppe Jugendlicher mit komischen Hüten und roten Lederjacken, sagten den Waschbären Hallo und erreichten schließlich das große, tiefgelegene Löwengehege. Trudi sah neugierig auf die felsige Landschaft hinab, bevor sie grübelnd eine Hand an ihr Kinn legte. „Ich sehe keinen Toten“, stellte sie fest.

Nein, natürlich nicht. Der lag ja am Rheinufer, beziehungsweise mittlerweile wahrscheinlich in der Pathologie, wo er von einem Gerichtsmediziner untersucht wurde.

Ich verdrehte die Augen über mich selbst. Die Leiche aus dem Rhein musste rein gar nichts mit dem, was Emily und Finn beobachtet hatten, zu tun haben. Nur … mein Bauchgefühl sagte mir etwas anderes. Und wenn die Vergangenheit eins gezeigt hatte, dann, dass mein Bauchgefühl hervorragend darin war, vorauszusagen, wenn kriminelle Machenschaften im Gange waren – und wann es Zeit fürs Mittagessen wurde.

Ich stellte mich an die Brüstung aus Eisenstangen und betrachtete die nachgebildete Steppenlandschaft vor mir. Zwei Löwen räkelten sich dicht an einen Stein gedrängt in der Sonne. Ein Männchen und ein Weibchen. Wenn es weitere Tiere gab, konnte ich sie nicht entdecken. Ich kniff die Augen zusammen, auf der Suche nach möglichen Blutspuren oder Leichenteilen, doch das Gehege war so groß, dass ich keine Einzelheiten ausmachen konnte. Ich sog beherzt die Luft ein – Leichenteile stanken, oder? –, doch zwischen all den Gerüchen nach Tiermist, Affenhaar und gemähtem Gras konnte ich nichts Auffälliges erschnuppern.

„Trudi, gib mir mal bitte die Kamera", meinte ich und streckte meine Hand aus.

Meine ehemalige Angestellte tat mir den Gefallen, bevor sie laut schnaufte. „Ich werde mich setzen. Ich sollte nicht zu viel stehen, der Arzt meint, meine Hüfte ist nicht mehr die jüngste. Sagst du mir Bescheid, sobald du etwas entdeckst?"

„Natürlich", murmelte ich und zoomte bereits mit der Linse auf das Innere des Geheges. Ich suchte mit der Kamera den Boden und die Steine ab, konnte jedoch nirgendwo Blutflecke oder ähnlich Verdächtiges entdecken. Die Löwen sahen zwar gut genährt und satt aus, aber wenn man bedachte, dass sie wahrscheinlich täglich gefüttert wurden, war das nicht weiter verwunderlich.

Unzufrieden ließ ich meinen Blick schweifen, besah mir den gepflasterten Boden zu meinen Füßen, der an diesem Morgen bereits von hunderten von Besuchern betreten worden war, und machte einen Schritt zurück. Selbst wenn es hier irgendeine Spur gegeben haben sollte – spätestens jetzt wäre sie von einem der Gäste verwischt worden. Ich hielt die Kamera hoch über meinen Kopf, im Versuch, damit etwas zu erkennen, das ich mit bloßem Auge nicht sehen konnte, und lehnte mich gegen die bauchhohe Balustrade. Ich war mit dem Bild noch nicht zufrieden, weshalb ich meine Füße zwischen die Eisenstangen quetschte, mich weit nach vorne lehnte, die Kamera jetzt auf meinen Fingerspitzen …

„Was tun Sie da?"

Ich zuckte zusammen, die Kamera glitt aus meinen Fingern und hektisch fischte ich in der Luft nach ihr. Sie kam in meiner Handfläche zum Liegen, und rasch stieß ich mich vom Gitter ab. Als ich mich umwandte, sah ich geradewegs in das Gesicht eines irritiert dreinblickenden Mannes. Mittlerweile machte mir diese Art von Blick überhaupt nichts mehr aus. Ich bekam sie einfach zu oft zu sehen. Der Typ trug eine dunkelgrüne Multifunktionshose, ein kakifarbenes Poloshirt mit auf der Brusttasche aufgesticktem Logo des Zoos und eine passende dunkelgrüne Kappe, die einen Schatten über seine blauen Augen warf.

„Hey", sagte ich lahm und ließ atemlos die Kamera sinken.

„Sie sollten sich wirklich nicht so weit über die Brüstung lehnen", sagte der Mann düster. Er hatte ungefähr meine Größe, machte diesen Makel aber mit einem beeindruckenden Vollbart wieder wett. Ich hätte ihn auf Anfang vierzig geschätzt, aber andererseits hätte ich Trudi auch auf Ende hundert geschätzt, meiner Treffgenauigkeit, wenn es darum ging, jemandes Alter zu schätzen, war also nicht zu trauen.

„Ich weiß. Und das tut mir furchtbar leid ...", sagte ich reumütig und blickte auf sein Namensschild, „... Marcel. Ich dachte nur, es sei Zeit für die Fütterung, und das wollte ich nicht verpassen."

„Die Löwen werden nicht in ihrem Außengehege gefüttert", informierte er mich. „Das machen wir in einem abgetrennten Käfig."

Ah, gut zu wissen! „Oh, das ist sehr schade." Ich gab mein Bestes darin, enttäuscht dreinzublicken. „Werden die Löwen denn jeden Tag gefüttert?"

„Normalerweise schon. Sie kriegen eine tägliche Portion von so fünf Kilogramm, aber Jeki hatte in den letzten Wochen genug zu fressen, sodass er ein paar Tage die Woche aussetzt."

Fünf Kilogramm pro Tag. Selbst wenn es vier Löwen gäbe, würden diese wohl keine ganze Leiche innerhalb einer Nacht verputzen können. Andererseits war das ja auch gar nicht der Fall, oder? Der Tote war zerfleischt, nicht gefressen worden.

„Jeki?", wollte ich neugierig wissen. „So heißt der männliche Löwe? Das ist ein interessanter Name."

Marcel zuckte mit den Achseln, während sein Blick an einem Punkt über meiner Schulter hängen blieb. „Er ist noch relativ neu hier, die Zoodirektorin hat ihm seinen Namen gegeben. Hat ihn wohl aus irgendeinem Fantasyroman. Mir soll's recht sein. Ist die Direktorin glücklich, sind wir alle glücklich. Und sie hatte in den letzten Monaten wahrlich genug Stress. Also, bleiben Sie auf der richtigen Seite des Gitters!" Er hob die Hand und eilte dann an mir vorbei.

Ich wandte mich zu ihm um und sah, wie er eine blonde Pflegerin einholte, ihr locker einen Arm um die Schultern legte und anfing, auf sie einzureden, bevor sie gemeinsam um die nächste Biegung in Richtung der Zebras verschwanden.

Enttäuscht packte ich die Kamera in meine Tasche, sah kurz zu Trudi, die auf einer der Bänke saß, das Gesicht zur Sonne gewandt, die Augen geschlossen, und lief dann den Weg ab, den die zwei Gestalten auf dem Video genommen hatten. Ich besah mir den Boden, die Umgebung, versuchte nachzuvollziehen, von wo Emmi und Finn gekommen waren und wohin die mysteriösen mutmaßlichen Leichenträger verschwunden waren – doch es half nicht. Ich fand kein Blut, keinen Tatort, nichts Verdächtiges. Das hier war ein Zoo, keine Leichenproduktionsfirma.

Nach einer Dreiviertelstunde gab ich schließlich auf und kehrte zu Trudi zurück. „Komm, wir gehen zu Hennes", meinte ich. „Ich habe nichts gefunden."

„Schade. Aber du kannst halt auch nicht immer Glück damit haben, tote Menschen zu finden", tröstete mich Trudi und tätschelte meine Hand, bevor sie sie ergriff und sich an ihr nach oben auf die Beine zog. „Wir können ja zuerst zu den Erdmännchen gehen. Die heitern dich sicher auf."

Wir liefen den Weg zum Eingang zurück, während ich darüber nachdachte, warum jemand eine Leiche von einem Löwen zerfleischen lassen sollte, nur um sie dann in den Rhein zu werfen. Angenommen natürlich, die gefundene Leiche zierten tatsächlich die Biss- und Kratzspuren einer Wildkatze und nicht eines Bären oder … Werwolfs. Vielleicht sollte ich diesbezüglich noch mal bei Rispo nachfragen, bevor ich mich zu sehr darauf festlegte. Wobei … es erschien mir unwahrscheinlich, dass er mir eine zufriedenstellende Antwort geben würde.

„Erdmännchen sind die süßesten Tiere des ganzen Zoos", sagte Trudi verträumt.

„Ich weiß nicht, ich mag den roten Panda."

„Rote Pandas hocken nur im Baum. Erdmännchen haben wenigstens noch Schwung in der Hüfte. Sieh sie dir doch an!"

Ich tat ihr den Gefallen und musste ihr recht geben. Erdmännchen waren schon verdammt putzig. Eines der Tiere räkelte sich auf einem Stein. Ein anderes gähnte herzhaft, bevor es sich auf die Hinterläufe stellte und die Nase in die Sonne reckte. Ein drittes verschwand hektisch in einem der Erdlöcher, ein viertes zeigte mir den Mittelfinger und … Moment, was?

Mein Mund öffnete sich und mit aufgerissenen Augen starrte ich das Tier an.

Ja, eindeutig, es zeigte mir den Mittelfinger. Nur dass es nicht sein eigener war. Es war ein fremder, menschlicher Finger, den es mit beiden Pfoten fest umklammert hielt, während er an der Kuppe knabberte, als wäre sie das Ende einer Salzstange.

Was zum Teufel …?

Die Szene war so abstrus, dass meinem Magen gar keine Zeit blieb, übel zu werden. Verdattert blickte ich auf das Erdmännchen, das immer wieder zu allen Seiten sah, bevor es weiter den menschlichen Snack verspeiste. So als wisse es, dass es etwas Verbotenes tat.

„Trudi, siehst du das auch?", murmelte ich. „Das Erdmännchen direkt vor uns, das einen Finger frisst?" Ich musste sichergehen, dass meine Fantasie nicht mit mir durchging.

„Was? Wo?"

Ich deutete auf das besagte Tier.

„Mhm." Nachdenklich legte Trudi den Kopf schief, sodass ihre Haare schmatzten. „Bist du sicher?", fragte sie, offenbar nicht überzeugt. „Das könnte auch ein hässliches Würstchen sein.“

„Ich weiß, wie ein abgetrennter Finger aussieht“, flüsterte ich. „Ich habe schon einmal einen gefunden.“

Trudi hielt eine ihrer Hände hoch und besah sich ihre Finger, so als müsse sie sich daran erinnern, wie sie aussahen. „Aber warum sollten sie den Erdmännchen hier Finger zu fressen geben? Küken sind doch sehr viel günstiger.“

Ich schnaubte laut und starrte wie gebannt auf das Erdmännchen, während ich mein Handy aus der Tasche kramte. „Ich glaube nicht, dass das Absicht ist, Trudi“, gab ich zu bedenken und drückte die Kurzwahltaste eins.

„Hey, Lou“, meldete sich Josh nach dem dritten Klingeln. „Ich bin gerade beschäftigt, kann ich dich später zurückrufen oder ist es wichtig?“

Schwierige Frage. Mir fehlte hier definitiv der anzuwendende Maßstab! War ein Erdmännchen, das einen abgetrennten Arm fraß, wichtiger als ein Erdmännchen, das einen Finger fraß? Und war das wiederum weniger wichtig, als dass Aldi gerade Schokoladenpudding im Angebot hatte? Wer konnte das schon genau sagen?

„Nehmen wir mal an, eine vollkommen unschuldige Zivilistin geht aus einer Laune heraus in den Zoo“, begann ich, darum bemüht, meine Stimme auf einem nicht-hysterischen Level zu halten. „Stellen wir uns vor, sie sieht, wie ein Erdmännchen mit einem menschlichen Finger spielt. Was tut besagte Zivilistin?“

Eine Minute des Schweigens folgte, bevor Rispo meinte: „Du verarschst mich, oder?“

Ich zog eine Grimasse. „Kennst du diese Momente, wenn du gerne mit Ja antworten würdest, aber nicht kannst, weil es gelogen wäre?“

„Was zum Teufel ist bei dir los, Lou?!“

Jetzt ganz im Allgemeinen? Wie viel Zeit hatte er? „Ich bin im Zoo, Josh, und hier vorne sitzt ein Erdmännchen, das –“

„Warum bist du im Zoo?“

„Ähm, mir war danach."

„An einem Montagmorgen, an dem du eigentlich arbeiten solltest?"

„Ich hatte so ein Gefühl, dass ich hier gebraucht werde."

Stille.

„Hilft es dir, wenn ich sage, dass mir die Idee im Traum kam?", fragte ich zaghaft.

„Ich fasse es nicht." Das war wohl ein Nein.

„Ja, ich auch nicht", bestärkte ich ihn. „Aber das ist jetzt unwichtig, oder? Was tue ich wegen des Fingers?"

„Oh, guck mal", meinte Trudi aufgeregt. „Seine Freunde haben spitzbekommen, dass es noch was zu fressen gibt, und jetzt streiten sie sich darum!"

Tatsächlich schlug gerade ein zweites Erdmännchen dem ersten den Finger aus der Pfote und setzte dem rollenden Fleischstück nach. Doch Erdmännchen Eins fand das offenbar gar nicht lustig: Kopfüber stürzte es sich auf seinen Kameraden, während Erdmännchen Drei bereits aus dem Hinterhalt stürmte, um den Finger an sich zu reißen.

Es war das Putzigste, Merkwürdigste und Abartigste, was ich je gesehen hatte.

„Lou, bist du noch dran?" Ich schreckte auf. „Ich bin hier und … Das glaubt mir kein Mensch", stellte ich kopfschüttelnd fest.

„Ich schicke eine Streife los und komme vorbei, in Ordnung? Ich bin um die Ecke", sagte Rispo und … irrte ich mich oder klang er wütend? „Kannst du den Finger im Blick behalten, bis wir da sind?"

„Das weiß ich nicht. Die Erdmännchen kämpfen gerade darum, wer ihn fressen darf. Und sie scheinen ziemlich entschlossen."

„Na, dann halt sie verdammt noch mal davon ab! Ein gefressenes Beweisstück ist ein schlechtes Beweisstück."

„Ja, aber wie soll ich denn –"

Doch Rispo hatte bereits aufgelegt.

„Scheiße", fluchte ich, ließ mein Handy in die Tasche gleiten und sah auf den bereits stark lädierten Finger herab, der einen Bürgerkrieg unter den Erdmännchen losgetreten hatte. „Trudi, wie vertreibt man Erdmännchen von einem Finger?!"

„Ich weiß nicht."

„Wieso nicht? Du bist alt! Ich dachte, du hast Lebenserfahrung."

„Nicht mit Erdmännchen. Wenn es um Pinguine ginge …"

Ungläubig sah ich sie an. „Und wie vertreibt man Pinguine von einem Finger?"

„Mit einem Fisch natürlich. Aber davon habe ich gerade keinen dabei. Ich kann ja mal Herrn Google fragen, was er zum Thema Erdmännchen zu sagen hat."

„Ich habe keine Zeit für Herrn Google", stellte ich fest, rieb mir fieberhaft über die Stirn, sah mich um, blickte zur hüfthohen Plastikbrüstung und seufzte dann schwer. Warum hatte ich keine Gummistiefel angezogen? Ich hätte damit rechnen sollen, dass ich mich im Zoo dreckig machen würde. „Scheiß drauf", fluchte ich, ließ meine Handtasche fallen und schwang im nächsten Augenblick mein Bein über den Plastikzaun.

Ich hätte gerne behauptet, dass ich leichtfüßig über die Brüstung sprang. Aber das Wort *kippen* oder auch *kraxeln* war wohl akkurater. Die Luft wurde mir aus den Lungen gepresst, als ich mich längs mit dem Bauch auf das Geländer legte und auf die andere Seite rollte.

Die Erdmännchen gaben ein alarmiertes Fiepen von sich und stoben zu allen Seiten, nahmen den Finger jedoch leider mit sich. „Hey, bleib stehen!", rief ich wütend und jagte dem Übeltäter nach, ich vermutete Erdmännchen Siebzehn. Entweder verstand mich das Tier nicht – durchaus eine Möglichkeit – oder es respektierte meine Wünsche nicht – auch nicht abwegig, das passierte mir nämlich öfter.

„Schnapp ihn dir, Lou!", feuerte Trudi mich an. Ich warf ihr einen hastigen Blick zu und stellte stöhnend fest, dass die ersten Zoogäste bereits mitbekommen hatten, dass jemand das Erdmännchengehege in Aufruhr versetzte. Aber darauf, dass ich mich wieder einmal vor einer Menschenmenge zum Affen machte, konnte ich jetzt keine Rücksicht nehmen. Ich hatte eine Aufgabe zu erledigen!

Fluchend lief ich die leichte Anhöhe hoch, den Blick starr auf das diebische Säugetier gerichtet, das jetzt keine zwei Meter mehr von mir entfernt war. Ich machte einen Satz nach vorne, blieb mit meinem Fuß in einem Loch stecken, verlor mein Gleichgewicht und knallte der Länge nach auf den harten, sandigen Boden. Staub wirbelte auf, und hustend beobachtete ich, wie Erdmännchen Fünfhundertschießmichtot erschrocken den Finger fallen ließ.

„Weg mit euch", schrie ich und wedelte hektisch mit den Händen herum, sodass ich vermutlich aussah wie ein Trockenschwimmer. Der Finger lag fast direkt vor mir, und mir kam der Gedanke, dass ich ihn hätte aufheben können – aber ich wollte das Teil wirklich nicht anfassen! Deswegen beschränkte ich mich darauf, Fauch-Geräusche zu machen, mühsam meinen Fuß aus dem Loch zu ziehen und mich auf alle viere aufzurichten.

„Was zum Teufel tun Sie da?", rief eine erzürnte Stimme hinter mir.

Ich hatte keine Ahnung, was ich tat, aber es schien zu funktionieren. Die Erdmännchen musterten mich neugierig, aber keines wagte es, näher heranzukommen.

„Gehen Sie sofort aus dem Gehege raus!", schrie jemand, bevor eine tiefe, gelassene Stimme sagte: „Na, Lou? Wühlst du wieder im Dreck anderer herum?"

Kapitel 5

Ich krabbelte nach vorne und stellte mich auf allen vieren über den abgetrennten Finger, den die geflohenen Erdmännchen noch immer aus sicherer Entfernung beäugten.

Als ich meinen Kopf umwandte und die Ansammlung an Menschen und Tierpflegern, nicht zu vergessen Trudi, sah, die Emmis Kamera hielt und mir das Daumen-hoch-Zeichen gab, stöhnte ich leise auf. Das war selbst für mich ein neuer Tiefpunkt. Und dass Rispo in der ersten Reihe stand und vergebens versuchte, sein Grinsen zurückzuhalten, half mir nicht im Geringsten.

Im nächsten Moment sprang er über die Brüstung, so als sei sie nichts weiter als ein Bordstein, und schlenderte auf mich zu. „Du hast da Dreck", stellte er fest und half mir auf die Füße.

„Wo?"

„Überall."

Ich presste die Lippen aufeinander und sah ihn düster an. „Ich habe dein blödes Beweismittel verteidigt. Ich bin eine Heldin!", stellte ich klar und deutete auf den Finger zu meinen Füßen.

Rispo folgte meiner Geste mit dem Blick und gab ein unzufriedenes Brummen von sich. „Dein zweiter Finger ... mir wäre es lieber, du würdest etwas anderes sammeln. Briefmarken sind doch ganz nett." Er schüttelte den Kopf, beförderte ein Taschentuch und einen Ziploc-Beutel hervor und sammelte den Finger ein. „Weißt du", murmelte er.

„Ich dachte, ich hätte schon alles gesehen – und dann lerne ich dich kennen und zweifle plötzlich an dem Ideenreichtum jedes Kinofilms."

„Schön, dass ich deinen Horizont erweitern kann", sagte ich griesgrämig und klopfte mir den Staub von den Beinen. „Der Leiche, die ihr heute Morgen untersucht habt, fehlt nicht zufällig ein Finger?"

„Der Leiche von heute Morgen fehlen alle Finger", stellte Rispo trocken fest, bevor er den Gaffern zurief: „Okay, alle, die nicht hier arbeiten, bitte ich, den Zoo zu verlassen. Dies ist möglicherweise ein Tatort und bevor wir nichts Genaueres wissen, fasst niemand mehr etwas an. Bitte begeben Sie sich sofort zum Ausgang."

Niemand   rührte   sich. „Ich bin Kommissar bei der Kölner Mordkommission und nehme jeden Zoobesucher, der in einer Minute noch hier steht, für eine dreistündige Befragung mit aufs Revier."

Sofort wuselten die Umherstehenden durcheinander und hasteten Richtung Ausgang, während ich über die Brüstung kletterte, froh darum, nicht mehr von Erdmännchen umringt zu sein.

Stattdessen erwarteten mich Trudi und fünf Tierpfleger. Marcel, mit dem ich bereits die Ehre gehabt hatte, mit eingeschlossen. Sie alle trugen dieselbe Montur. Poloshirt, grüne Hose und grüne Kappe. Zwei Frauen und drei Männer, die sich allesamt verwirrte Blicke zuwarfen.

„Jasmin, holst du bitte die Direktorin", flüsterte Marcel einer dunkelhaarigen Mitarbeiterin zu, bevor er vortrat und mit verschränkten Armen Rispo fixierte, der hinter mir aus dem Gehege geklettert kam. „Und Sie! Sie erklären jetzt sofort, was hier los ist. Sie haben nicht die Befugnis, einfach so den Zoo zu schließen."

„Und Sie haben nicht die Befugnis, Ihre Erdmännchen mit menschlichen Fingern zu füttern, und dennoch scheint das irgendjemand getan zu haben", meinte Rispo nachdenklich. „Würden Sie mir das bitte näher erläutern?"

Marcel öffnete den Mund, machte einen Schritt zurück und runzelte die Stirn. „Bitte, was?"

Ich ließ den Blick misstrauisch über die Gesichter der anderen Anwesenden schweifen, auf denen sich dasselbe Unverständnis widerspiegelte. Wenn wirklich jemand hier umgebracht worden war, war jeder Einzelne von ihnen ein Verdächtiger. Da war die blonde Frau, der Marcel nachgelaufen war, die erschrocken ihre Augen aufgerissen hatte. Daneben ein glatzköpfiger Mann Ende vierzig, der mich feindselig anstarrte, und ein junger Kerl Anfang dreißig mit rötlichen Haaren, der die Lippen zusammengepresst und die Hände tief in den Hosentaschen vergraben hatte.

„Einen Finger", wiederholte Rispo und hielt die Plastiktüte in die Höhe. „Die Erdmännchen haben mit einem abgetrennten Finger gespielt. Und es wäre interessant, zu wissen, wem er gehört."

„Ach du meine Güte", flüsterte Marcel und musterte das Körperteil. „Wie kann ... es ist doch nicht ..." Er verstummte und schüttelte den Kopf.

„Wie überraschend, dass niemand eine Erklärung parat hat." Rispo ließ das Beweisstück sinken. „Fehlt heute irgendjemand?", wollte er dann wissen. „Hat irgendein Mitarbeiter versäumt, zur Arbeit zu kommen?"

Die blonde Frau schlug sich die Hand vor den Mund und augenblicklich traten Tränen in ihre Augen. Katrin stand auf ihrem Namensschild, so viel konnte ich noch erkennen, bevor sie in die Hocke sank und flüsterte: „Henning. Henning ist nicht zur Arbeit gekommen. Gestern schon nicht. Er ist mein Verlobter und ich erreiche ihn seit zwei Tagen nicht, er ..." Sie verstummte und fing an zu weinen.

Marcel warf Rispo einen zornigen Blick zu, bevor er sich neben seine Kollegin setzte, ihr beruhigend über die Schulter strich und leise auf sie einredete.

Meine Brust zog sich zusammen und ich schluckte. Ich wollte mir gar nicht ausmalen, wie ich mich fühlen würde, wenn Emily oder mein Bruder oder Rispo verschwanden und man dann einen abgetrennten Finger ... Ich atmete zitternd aus, während Katrin heftig den Kopf schüttelte, Marcels Arm abstreifte, aufsprang und davonlief.

Eine Streifenpolizistin in Uniform suchte sich genau diesen Zeitpunkt aus, um vom Eingang herüberzuschlendern und laut zu fragen: „Hey, Rispo. Marvin hat angerufen und gemeint, dass hier vielleicht einer der Finger der zerfledderten Leiche, die wir aus dem Rhein gefischt haben, gefunden wurde?"

Augenblicklich wurden die drei verbliebenen Tierpfleger kalkweiß, während sich hinter mir eine interessierte Stimme zu Wort meldete. „Zerfleddert?" Trudi klang so neugierig, dass sie auch ein Kind hätte sein können, das gerade die Sesamstraße anschaute. „Inwiefern zerfleddert? Die-Eingeweide-wurden-herausgerissen-zerfleddert oder Etwas-wellig-an-den-Rändern-zerfleddert?"

„Was genau tut Trudi noch gleich hier?", wollte Josh wissen.

„Sie hatte nichts Besseres vor", meinte ich achselzuckend.

„Natürlich." Er nickte und fixierte dann seine Kollegin. „Louisa hat den Finger im Erdmännchengehege gefunden, aber wie immer bei Tatorten, die mit Frau Manu zu tun haben, wird die Spurensicherung wohl Schwierigkeiten haben, etwas Brauchbares zu finden. Rufen Sie sie trotzdem an. Wir benötigen wohl ein paar mehr Kollegen, die auch den restlichen Zoo nach weiteren Spuren durchkämmen."

„Hey!", beschwerte ich mich und sah ihn böse an. „Ich gehe immer sehr sorgfältig mit Tatorten um – sofern ich weiß, dass es einer ist."

„Lou, du hast dich zusammen mit dem Finger im Dreck gewälzt, willst du mir ernsthaft widersprechen?", fragte Rispo interessiert.

Nun, wenn er es so ausdrückte …

Er gab mir Gott sei Dank keine Zeit, zu antworten, sondern besah sich wieder die Tierpfleger, die uns allesamt schockiert anstarrten.

„Ist es Henning?", fragte der Glatzkopf leise. „Die … zerfledderte Leiche?"

„Ich kann dazu im Moment noch keine Auskunft geben",
sagte Rispo entschuldigend. „Das Labor untersucht zurzeit
noch die DNA. Das Opfer war bis jetzt nicht zu identifizieren." Er räusperte sich. „Aber es sieht so aus, als wäre der
Mann von einem Tier getötet worden, und der Zoo steht als
mutmaßlicher Tatort weit oben auf der Liste."

„Aber Sie können nicht einfach die ganzen Gehege
durchsuchen!", meldete sich Marcel zornig zu Wort. „Das
wird die Tiere in Aufruhr bringen. Die Elefanten haben
gerade erst Nachwuchs bekommen, unser neues Löwen-
männchen muss sich noch eingewöhnen, wir können sie
nicht all diesem Stress aussetzen. Wir sind für das Wohl der
Tiere verantwortlich und Sie –"

„Wir werden natürlich darauf achten, die Tiere nicht zu
verstören", unterbrach Rispo den Pfleger ruhig. „Aber alles,
was wir zu diesem Zeitpunkt haben, sind Anhaltspunkte,
und wir müssen jeder Spur nachgehen. Ich werde Sie alle
auch noch einzeln befragen, aber vorerst: Ist hier in den
letzten Tagen irgendetwas Merkwürdiges passiert? Ist irgendwem etwas aufgefallen, hat jemand Blut entdeckt, wo
keines sein sollte? Hat jemand irgendetwas beobachtet, was
uns weiterhelfen könnte?"

Wieder wechselten die Pfleger ahnungslose Blicke unter-
einander, bevor sie allesamt hilflos die Achseln nach oben
zogen.

„Alles lief wie immer", meinte der Glatzkopf. „Der Zoo
ist   ein   relativ   ruhiger   Ort,   wir –"
„Mir wurde der Schlüssel gestohlen!", platzte der Jüngling
mit den rötlichen Haaren dazwischen. Sein Gesicht war
immer noch Gänseblümchenweiß, doch jetzt nickte er heftig. „Samstag wurde mir der Generalschlüssel gestohlen."

„Was?", fragte Marcel entsetzt. „Valentin! Davon hast du
mir gar nichts erzählt!"

Der junge Tierpfleger zog eine Grimasse. „Es tut mir leid,
mir war es peinlich, aber ... na ja, der Schlüssel ist weg und
ich weiß nicht, was mit ihm passiert ist."

Aber ich wusste es. Finn hatte ihn geklaut und dann verloren. Aber das konnte ich schlecht laut sagen.

„Okay." Rispo zog einen Block aus seiner Gesäßtasche. „Wann war das genau?"

„Ähm", sagte ich laut, bevor Valentin antworten konnte. „Vielleicht sind die Schlüssel ja auch nur verschüttgegangen. Das kann doch sein, oder?"

„Nein", beteuerte Valentin. „Ich hatte sie die ganze Zeit in meiner Hosentasche und auf einmal waren sie nicht mehr da."

„Deine Hosentasche muss ein Loch haben", vermutete ich.

Verunsichert sah der Tierpfleger von mir zu Rispo und wieder zurück. „Nein. Hat sie nicht."

„Ganz sicher?", wiederholte ich und beugte mich eindringlich vor. „Schlüssel gehen andauernd verloren. Du könntest dich irren. Vielleicht sind sie dir ins Klo gefallen, als du dich zum Pinkeln hingesetzt hast."

„Aber ich pinkel im Stehen", sagte Valentin triumphierend und richtete den Zeigefinger auf mich.

Also darauf sollte er nicht so stolz sein. „Nun ja", fuhr ich fort. „Dennoch könnten sie dir einfach aus der Tasche gefallen sein, od-"

Zwei Hände packten mich an den Schultern und zogen mich abrupt beiseite, sodass mir das Wort im Halse stecken blieb. „Lou", flüsterte Rispo an meinem Ohr. „Was geht hier vor sich?"

Mit unschuldig weit geöffneten Augen drehte ich mich zu ihm um. „Gar nichts! Ich will nur sichergehen, dass seine Aussage auch korrekt ist." Und Finn nicht im Kittchen landete.

Rispo sah nicht überzeugt aus. „Also, erstens: Du kannst jetzt gehen, wir brauchen dich hier nicht mehr. Zweitens: Wenn am Abend vor dem Mord ein Generalschlüssel geklaut wurde, muss ich das natürlich in meinen Bericht aufnehmen. Der Dieb ist der Hauptverdächtige."

Nein, war er nicht. Der Dieb war ein kiffender Vollidiot, nicht zu vergessen ein besoffener Dummkopf, aber er war nicht der Hauptverdächtige. Das alles konnte ich jedoch nicht sagen, ohne Finn zu verraten. Und ich hatte ihm versprochen, Stillschweigen zu bewahren.

Ich suchte gerade fieberhaft nach einer anderen Möglichkeit, wie der Schlüssel aus Valentins Tasche hatte verschwinden können, als eine herrische Stimme das Tuscheln der Tierpfleger übertönte. „Was ist hier bitte los?"

Die brünette Pflegerin war zurückgekehrt und sie war nicht allein. Neben ihr stand eine attraktive, aber streng wirkende Frau in den Vierzigern, durch deren schwarze Haare sich graue Strähnen zogen. Sie trug einen dunkelblauen Hosenanzug und den Blick einer Frau, die keine halben Sachen machte. Neben ihr stand ein bebrillter Mann in ähnlichem Alter, dessen hellblaues Hemd viel zu groß für seine schmale Statur war. Er erinnerte mich ein bisschen an eine erwachsenere Form von Marvin mit deutlich mehr Bartwuchs, den sein Besitzer in Form eines Ziegenbartes zur Schau stellte.

Rispo hob eine Augenbraue. „Und Sie sind?"

„Florentine Kamm. Die Zoodirektorin", sagte die Frau angespannt und streckte ihre beeindruckende Brust heraus. „Und ich wüsste nicht, was die Polizei hier verloren hätte."

„Nun, Frau Kamm, es tut mir wirklich leid, Ihren Arbeitsalltag durcheinanderbringen zu müssen, aber wir haben einen menschlichen Finger in Ihrem Zoo gefunden, und daher besteht Anlass zur Annahme, dass jemand auf diesem Gelände ermordet wurde."

Frau Kamm schnaubte und machte eine rüde Handbewegung, die meiner Mutter den Atem geraubt hätte. „Das ist doch albern! Hier wurde niemand umgebracht. Wir sind ein Zoo, keine Leichenfabrik. Mit Ihnen geht wohl die Fantasie durch! Und außerdem … jeder Besucher hätte den Finger mit hereinschmuggeln können. Erdmännchen sind Karnivoren, das weiß doch jedes Kind. Einen Finger in ihrem Gehege zu entsorgen, wäre also keine dumme Idee."

„Auch wenn ich mich immer über eine Biologiestunde freue", sagte Rispo langsam, „werde ich den Zoo für den Rest des Tages dennoch schließen lassen. Einer Ihrer Mitarbeiter wird vermisst und –"

„Wir werden den Zoo *nicht* schließen!", fuhr sie ihm erzürnt dazwischen. „Ich weiß nicht, ob Ihnen die nationale Wirtschaftslage bewusst ist, Herr Wie-immer-Sie-auch-heißen, aber sie ist bei Weitem nicht so gut, als dass wir auf die Einnahmen eines so beschissen schönen Sommertages verzichten könnten!"

„Ja, wissen Sie, das interessiert mich nicht", stellte Rispo, ganz das fachmännische Arschloch, fest. „Mich interessiert, dass ein Mann auf brutale Weise umgebracht wurde. Und Gott sei Dank ist es meine Meinung, die zählt."

Die Direktorin presste die Lippen aufeinander, funkelte Rispo böse an, öffnete den Mund, schüttelte den Kopf und atmete dann zischend aus. „Schön", fauchte sie und wandte sich an ihren Nebenmann. „Marius, würdest du dich bitte um die Polizei kümmern? Ich bin in meinem Büro und werde eine Pressemeldung aufsetzen." Und mit diesen Worten drehte sie sich auf den Absätzen um und verschwand in Richtung des Streichelzoos.

„Wunderbar", sagte Rispo feierlich. „Dann können wir uns ja an die Arbeit machen und –"

„Wer ist *sie* überhaupt?", unterbrach Marcel ihn und nickte zu mir herüber. „Sie schnüffelt doch schon seit heute Morgen hier herum! Ich hab sie vorhin dabei beobachtet, wie sie fast ins Löwengehege geklettert ist."

Also jetzt übertrieb er aber! Rot anlaufen tat ich trotzdem, vor allem deswegen, weil ich Rispos durchdringenden Blick auf meinem Gesicht spürte.

„Du hast hier rumgeschnüffelt?", wollte er mit gepresster Stimme wissen.

„Nein. Ich habe mir sogar sehr viel Mühe dabei gegeben, möglichst wenig zu schnüffeln. Es stinkt überall nach Mist hier! Ich bin lediglich ein Tierfreund, der sich einen entspannten Vormittag gönnen wollte." Und bei dieser Geschichte würde ich bleiben. „Ich sollte jetzt auch gehen. Die Arbeit ruft."

Rispos Hand schraubte sich um meinen Oberarm. „Was ist hier los, Louisa? Was verschweigst du mir?"

„Gar nichts", beteuerte ich und vermied es, ihn anzusehen. Mein Gesicht verriet zu viel. „Ich habe keine Ahnung von nichts", sagte ich, machte eine kurze Pause und fügte dann leise hinzu: „Aber wenn ich du wäre, würde ich mich mal in den Fütterungskäfigen der Löwen umsehen – und um den verlorenen Schlüssel solltest du dir wirklich keine Gedanken machen. Bis dann."

Und dann packte ich Trudi am Ellenbogen und floh mit ihr aus dem Zoo.

Kapitel 6

Meine beste Freundin Ariane bewohnte eine Erdgeschosswohnung mit weitläufiger Terrasse und einem kleinen, aber feinen Garten, der einiges hatte wegstecken müssen, seitdem sie mit ihrem Gärtner schlief – denn nun kam er nicht mehr dazu, sich um ihre traurigen Hortensien zu kümmern.

Ich nahm die Stufen zur Eingangstür und zog mein Handy aus der Tasche. Bevor ich reinging, wollte ich den Anruf an Chris hinter mich bringen, den ich den ganzen Tag vor mir hergeschoben hatte. Ich musste mit ihm wegen des Entschuldigungsschreibens und der Richtigstellung des Artikels sprechen.

Ich mochte Chris. Er war ein unglaublich netter Typ, und früher hatten wir sehr viel Zeit miteinander verbracht. Aber jetzt balancierten wir auf einer Ebene der freundschaftlichen Distanz. Ich fühlte mich nicht unwohl in seiner Gegenwart, passte jedoch auf jedes Wort auf, das meinen Mund verließ. Was daran liegen mochte, dass ich ihm vor fünf Jahren meine tiefe Liebe gestanden und er mich deswegen ausgelacht hatte. Solche Situationen vergaß man nicht.

Jetzt jedoch war unsere Beziehung eine völlig andere. Er war frisch geschieden und ich frisch vom Markt, womit sich die Sache erledigt haben sollte. Und dennoch war es mir jedes Mal unangenehm, mit ihm zu sprechen. Ich hätte sicherlich auch um einen anderen Journalisten bitten können, der mir beim Schreiben meines Artikels half, aber …

ich hatte es nicht getan. Vielleicht war ich neugierig darauf, zu erfahren, zu welcher Art von Mann Chris sich in den letzten Jahren entwickelt hatte. Vielleicht wollte ich mir auch einfach selbst beweisen, dass ich über ihn hinweg war. Vielleicht wollte ich besser sein als die Louisa Manu, die sich vor einem halben Jahr im Supermarkt hinter der Käsetheke versteckt hatte, um Chris nicht über den Weg laufen zu müssen.

Ich atmete ein letztes Mal durch, sah auf mein Display, ignorierte die drei verpassten Anrufe und die Nachrichten von Josh, die energisch darum baten, ihn doch bitte zurückzurufen, und wählte Chris' Nummer.

„Ja?", meldete er sich keine Minute später.

„Hey, hier ist Louisa", sagte ich, räusperte mich und friemelte mit meinen Fingern an dem Rest Dreck herum, der noch immer an meinem Arm klebte. „Ich habe ein Anliegen. Meine Mutter ist leider überhaupt nicht glücklich darüber, dass du meine Anekdoten über sie mit in den Artikel integriert hast und –"

„Ah, ich dachte mir schon, dass sie das stören würde", unterbrach Chris mich, und im Hintergrund konnte ich hastige Fußschritte hören.

Ich runzelte die Stirn. „Warum hast du es dann gedruckt?"

„Mein Boss hat die Passage geliebt! Ich konnte sie nicht rausnehmen."

„Schön, aber das ändert nichts daran, dass meine Mutter sich eine Richtigstellung des Artikels wünscht."

„Puh, na gut." Chris zögerte kurz, bevor er meinte: „Tut mir leid, ich bin gerade auf dem Sprung. Sollen wir das nicht lieber bei einem Essen besprechen? Dann können wir auch über deine Zukunft beim Kölner Blatt quatschen."

Meine Zukunft bei der Presse? Ich hatte eigentlich nicht vor, eine zu haben. „Von mir aus. Solange wir das mit der Korrektur des Artikels angehen."

„Ja, verstehe ich. Ist gar kein Problem. Wie passt es dir morgen Abend? Um sieben?"

Ich stutzte. Um sieben? Das war doch schon reichlich spät für ein Geschäftsessen. „Theoretisch schon“, sagte ich langsam. „Aber denkst du nicht, dass –“

„Super, ich schicke dir die Adresse des Restaurants per Mail. Bis morgen!“

Im nächsten Moment legte er auf.

Verwirrt starrte ich auf mein Handy. Das Telefonat war anders verlaufen, als ich es mir vorgestellt hatte.

Die Tür vor mir ging auf, und Ariane sah mich fragend an. „Alles okay? Genießt du die Aussicht oder warum klingelst du nicht?“

„Chris will morgen mit mir Essen gehen“, sagte ich verblüfft.

Arianes Mund öffnete sich überrascht. „Ich verstehe nicht. Sagen wir das jetzt anstelle von ‚Guten Abend‘?“

„Nein. Aber das ändert nichts daran, dass er morgen um sieben mit mir geschäftliche Dinge besprechen will. In einem Restaurant. Und ich weiß nicht … ob das okay ist.“

„Okay für wen?“, wollte Ariane mit verengten Augen wissen. „Für Rispo? Dem du immer noch nicht erzählt hast, wer Chris ist?“

Oh, nein. Für den würde es definitiv nicht okay sein. Das war mir bereits klar. „Ich werde es ihm wohl sagen müssen …“, überlegte ich und ließ mein Handy sinken. Mein Herz sank direkt mit.

„Denkst du, ja?“, fragte Ari und trat beiseite, um mich einzulassen. „Und da kommst du von ganz allein drauf? Nicht etwa, weil ich es dir seit Wochen predige?“

Ich atmete schwer ein und rieb mir mit der flachen Hand über die Stirn. „Ja, ich weiß. Es läuft nur gerade so gut zwischen uns. Ich möchte es nicht kaputtmachen.“

„Das wirst du aber, wenn du es Rispo nicht sagst. Denn ganz gleich, wie es passiert – es wird rauskommen, dass Chris nicht einfach irgendein Journalist ist. Und es wird schlimm ausgehen, wenn Josh das nicht von dir erfährt.“

Ich ließ mich auf einen der Küchenstühle fallen und stöhnte laut auf. Ich hasste es, wenn Ari mithilfe logischer

Schlussfolgerungen meine mühsam errichtete Traumwelt zerstörte.

„Und wenn du schon dabei bist, würde ich ihm auch gleich beichten, dass du morgen mit Chris essen gehst. Warum machst du das noch gleich?"

„Es ist geschäftlich!" Und ich war neugierig darauf, wie ein Abendessen mit Chris, über das ich zugegebenermaßen den Großteil meines Studiums über fantasiert hatte, wohl aussehen würde.

„Ja, dann sag Rispo das doch. Ist doch kein Problem. Er wird das sicher verstehen."

Ich musste lachen. Also, jetzt war sie es, die in einer Traumwelt lebte.

Es war fünf nach elf, als ich vor meiner Haustür parkte. Es war sechs nach elf, als ich Rispo erkannte, der auf der Stufe davor saß. Es war immer noch sechs nach elf, als ich überlegte, ob ich heute vielleicht lieber im Auto schlafen sollte. Es war sieben nach elf, als ich feststellte, dass ich albern war, und beschloss, auszusteigen. Es war acht nach elf, als ich Rispos Gesichtsausdruck bemerkte und mir der Schlafplatz in meinem Auto doch plötzlich recht kuschelig erschien.

Er sah nicht wütend aus. Nicht einmal vorwurfsvoll. Sein Blick wirkte nur sehr … geduldig. Er war sein Polizisten-Ich und das bedeutete nie etwas Gutes.

Ich schloss den Passat ab und ging an ihm vorbei zur Haustür. „Ich weiß", besänftigte ich ihn mit erhobenen Händen.

Rispo schwieg vielsagend.

„Ist das Opfer dieser Henning?", wollte ich wissen.

„Henning Wiese, Tierpfleger im Zoo. Sein Fingerabdruck war im System", sagte er düster. „Wir können uns also glücklich schätzen, dass du den Finger gefunden hast."

„Hm. Warum hörst du dich dann nicht euphorischer an?", fragte ich vorsichtig und trat in den kühlen Hausflur.

„Weil wir interessanterweise tatsächlich menschliche Blutspuren in den Fütterungskäfigen der Löwen gefunden haben“, sagte er mühsam beherrscht. „Genau so, wie du es vorausgesagt hast.“

„Nun …“ Mit ernstem Gesicht wandte ich mich zu ihm um. „Bis jetzt habe ich meine hellseherischen Fähigkeiten unter Verschluss gehalten, damit du keine Angst vor mir hast, aber nun ist wohl der richtige Moment gekommen, sie zu erwähnen.“

„Lass den Blödsinn, Lou“, sagte Josh bissig. „Es geht hier um polizeiliche Ermittlungen, du bist gesetzlich dazu verpflichtet, mir alles zu sagen, was zur Lösung des Falls beitragen könnte.“

„Rein aus Interesse, was passiert, wenn ich es nicht tue?“, fragte ich im Plauderton und erklomm die letzten Stufen zu meiner Wohnungstür. „Willst du mich dann wieder ins Gefängnis stecken?“

„Hältst du mir das jetzt ewig vor?“

Ja, ewig und zwei Tage! Es war äußerst schwierig, darüber hinwegzukommen, von seinem Lover in den Knast gesperrt zu werden.

Ich ließ meine Handtasche auf den Tresen fallen, schlüpfte aus meinen Schuhen und nahm mir ein Glas, das ich an der Spüle mit Wasser füllte. „Willst du auch was trinken?“, fragte ich über die Schulter hinweg.

„Ich gehe davon aus, dass du keinen Whisky im Haus hast?“

„Nein, aber ich habe Kamillentee.“

„Und ich bin sicher, dass du gleich noch Harfenmusik auflegen wirst.“

„Keine schlechte Idee, hast du eine CD aus deiner Sammlung dabei?“

Rispo schnaubte. „Sag mir einfach, was los ist, okay? Ich werde dir keinen Vortrag darüber halten, warum du dich nicht in polizeiliche Angelegenheiten einmischen solltest. Ich werde dir nicht auf ein Neues predigen, dass es dumm für eine Frau mit deinem Gleichgewichtssinn ist, in einem

Mordfall mitzumischen, und ich werde davon absehen, dir zu erklären, dass die Sache keinesfalls *persönlich* ist, nur weil du dich mit ein paar Erdmännchen im Dreck gewälzt hast. Erklär mir, warum du im Zoo warst und was du weißt und dann ist das Gespräch für heute beendet."

Ich wandte mich um und lehnte mich gegen die Anrichte, bevor ich das Glas Wasser in meinen Fingern drehte.

Rispo lag falsch. Es war sehr wohl persönlich, wenn ich mich vor fünfzig Leuten zum Affen machte. Aber das war jetzt nicht der Punkt. „Warst du schon mal im Kölner Zoo?", wollte ich wissen und nahm einen Schluck aus meinem Glas, bevor ich Josh wieder fixierte.

Seine Augen hatten die Farbe von Gewitterwolken. „Natürlich."

„Was heißt hier *natürlich*?", fragte ich verdutzt. „Du hast nicht gerade die charmante, tierfreundliche Zoobesucherausstrahlung."

„Habe ich nicht? Dabei gebe ich mir solche Mühe."

Meine Mundwinkel zuckten, während wir uns unverwandt anstarrten. Ich steckte in einer Zwickmühle. Ich wollte ihm die Wahrheit sagen. Aber ich wollte nicht dafür verantwortlich sein, dass Finn in Schwierigkeiten geriet. Ich hatte ihm versprochen, Josh nichts zu erzählen. Es war möglicherweise ein dummes Versprechen gewesen, aber das änderte nichts daran, dass ich es gegeben hatte.

Ich holte tief Luft, bevor ich murmelte: „Mir hat eine anonyme Quelle verraten, dass Samstagnacht ein leichenförmiger Sack aus dem Zoo getragen wurde."

Rispo sagte nichts.

„Hast du mich gehört?"

Er nickte.

„Und …?", fragte ich.

„Ich warte darauf, dass du etwas sagst, was mich nicht wütend macht."

Oh, da war er vielleicht etwas zu optimistisch. „Nun, ich wollte dieser anonymen Quelle nicht glauben, aber ich habe versprochen, mich mal im Zoo umzusehen. Den Rest der Geschichte kennst du."

Langsam verschränkte Rispo die Arme vor der Brust. „Was ist mit dem Schlüssel?", fragte er steinern.

„Dem Schlüssel zu meinem Herzen?", fragte ich hoffnungsvoll.

„Du sagtest, ich solle mir um den gestohlenen Schlüssel keine Gedanken machen. Warum?", fragte Rispo und ignorierte so meine Frage gekonnt.

Das hatte er also nicht vergessen. Tragisch. „Ein Bauchgefühl."

„Ein Bauchgefühl, das einer meiner Brüder bei dir hervorgerufen hat, der zufällig gerade ein Praktikum im Zoo macht?"

Ich wurde rot und kratzte mich unbeholfen am Kopf. „Manchmal habe ich fast das Gefühl, dass du doch ganz gut in deinem Job bist."

Rispos Kiefer knackte. „Schön. Ich denke, ich hätte dann gerne einen dieser Kamillentees. Bei dem Gedanken daran, morgen meinen Bruder verhaften zu müssen, weil er unter Mordverdacht steht, könnte ich ein Getränk mit beruhigender Wirkung gebrauchen."

Ungläubig riss ich meine Augen auf. „Immer langsam mit den Löwen!", meinte ich kopfschüttelnd. „Du kannst Finn nicht verhaften. Er ist ein Volldepp, aber er hat es doch nicht verdient, in den Knast zu wandern."

„Louisa, das ist kein Spaß", sagte Josh eindringlich und beugte sich zu mir vor. „Ein Mann wurde auf brutale Art und Weise getötet und dann den Tieren zum Fraß vorgeworfen. Wenn Finn am Abend der Tat den Schlüssel zum Tatort gestohlen hat, dann ist das –"

„Aber er war es nicht! Er ist nicht der Mörder. Und das kann er sogar beweisen!" Triumphierend richtete ich einen Finger auf Rispo. „Er hat die Sache gefilmt. Es ist nicht viel zu erkennen, aber man kann ihn im Hintergrund hören, er –"

„Gefilmt? Er hat den Täter auf Band und das sagst du mir erst jetzt?“, fragte er ungläubig.

Ich winkte ab. „*Die* Täter. Mehrzahl. Es waren zwei Gestalten zu sehen, aber ansonsten konnte man sie kaum erkennen. Ich bezweifle, dass dir das Material weiterhilft. Aber Emily gibt dir das Video bestimmt. Sie war auch dabei.“

„Klasse!“, sagte Rispo laut und fuhr sich mit beiden Händen in die Haare. „Noch ein durchgeknalltes Mitglied der Familie Manu, das in einen Mordfall verwickelt ist. Meine kühnsten Albträume gehen in Erfüllung. Gibt es vielleicht sonst noch etwas, das du mir sagen willst?“ Herausfordernd sah er mich an, und automatisch wanderten meine Gedanken zu Chris.

Morgen. Morgen würde ich ihm die Sache mit Chris beichten. Und ich würde so großzügig sein, darüber hinwegzusehen, dass er mich als durchgeknallt bezeichnet hatte. Das war sicherlich ein Kompliment gewesen.

„Nein, das war’s“, sagte ich lahm und ließ das Wasserglas auf die Anrichte sinken.

Rispo presste die Lippen aufeinander. „Weißt du, das ist wirklich hervorragend. Jetzt habe ich einen Bruder, der nicht nur ein Dieb, sondern auch ein Einbrecher ist; eine Freundin, die gerade dabei ist, sich erneut in einen Mordfall einzumischen; und vierzig Leichenteile, die wir aus dem Rhein gefischt und in diversen Tiergehegen – nicht zu vergessen im Sondermüll des Zoos! – zusammengesucht haben.“ Er stieß zischend Luft aus und ließ seine Hände aus den Haaren gleiten. „Und Finn kann ich nicht anschwärzen, weil das sein drittes Vergehen wäre und er für ein paar Monate in den Knast wandern würde; dich kann ich nicht dazu überreden, statt deines Detektivhobbys Jonglieren zu lernen oder Urzeittierchen zu züchten; und auf Henning Wieses Überbleibseln sind so viele verschiedene Bissspuren zu erkennen, dass ich nicht einmal seine Todesursache bestimmen, geschweige denn sagen kann, welches Tier am meisten von ihm gefressen hat! Und da wir nicht alle Tiere im Zoo aufschneiden können, um nachzusehen, werden wir wohl nie die gesamte Leiche zusammenbekommen."

„Was denn alles für Bissspuren?", wollte ich verwundert wissen. „Es waren nicht nur die Löwen?"

Rispo sah mich düster an.

Ich blinzelte. „Ähm, ich meine natürlich: Das ist scheiße, ich werde morgen direkt damit anfangen, Jonglieren zu lernen!"

Schnaubend schüttelte Josh den Kopf. „Sag mir nur, dass du den Fall in Ruhe lässt."

Ich wollte ihn nicht anlügen, deshalb blickte ich zu meinem CD-Player und fragte: „Wie waren wir mit der Harfenmusik verblieben?"

Rispo seufzte, streckte die Arme aus und zog mich zu sich heran.

„Wenn ich mit vierzig an einem Herzinfarkt verrecke, dann gebe ich dir die Schuld."

Ich legte meinen Kopf an seine Schulter, genoss die mich umgebende Wärme und sog den Geruch nach Wald und Vanille und Rispo ein, während meine Finger seine Wirbelsäule hinaufkletterten. „Klingt fair. Was hältst du davon, mir die Polizeiakte für den Zoofall zu geben, damit du dir nicht so viele Sorgen darum machen musst, wie ich sonst an die Informationen komme?"

„In etwa so viel, wie von der Idee, mir von einem Leprakranken in den Mund niesen zu lassen."

„Mhm. Kannst du mir wenigstens sagen, ob ihr schon einen Verdächtigen habt?", wollte ich wissen, während Rispos Finger unter den Saum meines T-Shirts fuhren und kleine Kreise auf meine Haut malten. Eine Gänsehaut krabbelte meinen Rücken bis in meinen Nacken hinauf.

„Nein", flüsterte er an meinem Ohr, während sein Kinn über meine Wange kratzte.

„Nein, ihr habt noch keinen oder nein, du verrätst es mir nicht?"

Rispos Finger glitten über meinen Rippenbogen, und mein Atem beschleunigte sich. „Einfach nur Nein, Lou."

Seine Lippen strichen über meine Schläfe, und meine Finger krallten sich in sein T-Shirt.

„Okay", murmelte ich und schloss die Augen. „Aber jetzt bin ich immer noch genauso dumm wie vorher."

Rispos eine Hand zeichnete meinen Kiefer nach, während die andere immer noch Muster auf meinen Bauch und Rücken malte. „So etwas Tragisches", wisperte er.

Ich spürte, wie sein Atem über meine Lippen strich. Konnte sie fast schon auf den meinen spüren … ruckartig ließ Josh mich los und machte einen Schritt zur Seite.

„Also, man sieht sich", sagte er knapp und wandte sich zum Gehen.

Ungläubig sah ich ihn an. „Du bleibst nicht?"

Er hob eine Schulter. „Tut mir leid, ich muss noch dringend einen Termin mit meinem Psychiater ausmachen, ich habe so ein Gefühl, dass ich in den nächsten Tagen seelischen Beistand gebrauchen könnte." Und mit diesen Worten verschwand er aus der Tür.

Mit offenem Mund sah ich ihm nach.

Jap. Er war wütend. Und er würde wohl nicht ganz so kooperativ sein, wie ich es mir erhofft hatte. Gott sei Dank kannte ich andere Mittel und Wege, um an Informationen zu kommen, als mit der Polizei zu schlafen. Auch wenn sie weniger befriedigend waren …

Kapitel 7

„Du hast uns verraten“, begrüßte Emmi mich vorwurfsvoll und ließ die Tür zum Laden ins Schloss fallen. „Es ist scheiße, morgens von ’nem Polizisten geweckt zu werden!“

Ach, ich mochte das eigentlich ganz gerne. „Ich habe überhaupt nichts verraten“, meinte ich augenverdrehend und steckte eine der Rosen in den Wassereimer, der vor mir auf dem Verkaufstisch stand. „Josh ist klug, Finn arbeitet im Zoo. Die Lösung des Rätsels war nicht gerade kniffelig.“

„Ist mir egal!“, sagte Emily griesgrämig und warf ihre Handtasche hinter den Tresen. „Josh hat mich heute Morgen um sechs aus dem Bett geklingelt und mir einen Vortrag darüber gehalten, wie verantwortungslos ich bin, und dass ich froh sein kann, dass er mich nicht anzeigt. Es ist, als ob er sich mit Mama abgesprochen hätte. Und dann hat er meine Videokamera konfisziert und gemeint, dass ich eine noch größere Chaotin wäre als du. Ich meine, hallo? Das ist höchst beleidigend und ich sollte ihn wegen Verleumdung verklagen. Aber ich werde davon absehen, weil du mit ihm zusammen bist! Du schuldest mir also etwas. Ich nehme Bargeld und Schecks.“

„Ja, den Scheck bekommst du, sobald ich in Hogwarts aufgenommen werde“, meinte ich abwesend, beschnitt die letzte Rose, steckte sie in den Eimer und stellte diesen dann zu den anderen in eines der Regale zu meiner Linken.

„Dafür bist du nicht zauberhaft genug, du Muggel“, sagte Emily pikiert und gesellte sich zu mir. „Abgesehen davon: Finn und ich sind Superhirne! Wir haben eine Leiche im Dunkeln und aus fünfzig Metern Entfernung erkannt. Und du wollest uns erst nicht glauben!“

„Ihr wart betrunken und bekifft“, verteidigte ich mich.

„Nur betrunken! Und alkoholisiert arbeite ich nun einmal am besten. Du schuldest mir also eine Entschuldigung dafür, dass du meinen Geisteszustand angezweifelt hast. Außerdem möchte ich, dass du dreimal laut sagst: Emily, du bist so viel klüger und weiser als ich – bitte verzeih mir.“

Ich hob entschuldigend die Schultern. „Ich würde ja, aber Mama wird immer so wütend, wenn ich lüge. Und schön, ihr hattet recht – geschenkt. Das ändert nichts an der Tatsache, dass ihr euch widerrechtlich Zutritt zu –“

„Bla, bla, bla.“ Emmi reckte spöttisch das Kinn und imitierte mit ihrer Hand einen sprechenden Mund. „Als du noch in der Grauzone des Gesetzes gearbeitet hast, warst du witziger. Jetzt bist du nur noch langweilig. Apropos langweilig: Wo ist eigentlich unser eifriges Helferlein?“ Sie sah sich im Raum um, so als erwarte sie, dass Rebecca sich in einem der Kühlfächer versteckte.

„Becky ist hinten im Büro und kümmert sich heute um die Großbestellungen“, erklärte ich und verkniff mir den Versuch, meine Ehre zu verteidigen. Ich war erwachsen und würde mich nicht von meiner Schwester provozieren lassen.

Die blöde Kuh.

Ich war *mega* witzig! Und langweilig war ich auch nicht. Erst letzte Woche hatte ich mir einen pinken Nagellack gekauft. Ich war experimentierfreudig, ich war … waghalsig. Nicht langweilig.

„Ey, ich durfte noch nie die Bestellungen machen!“, beschwerte Emily sich.

„Ja, weil du ausrastest, sobald du das Wort Online-Shopping hörst“, sagte ich weise. „Wenn du die Bestellungen machst, habe ich am nächsten Tag hundert Gartenzwerge vor der Tür stehen, weil sie gerade im Angebot waren."

Emily verengte die Augen und schien einige Momente angestrengt über meine Worte nachzudenken, bevor sie nickte. „Das ist sehr klug von dir. Ich habe da möglicherweise ein Problem."

Diese Feststellung war so überraschend selbstreflektiert, dass ich meine Schwester für einige Sekunden verwundert anstarrte.

„Oder eine Gabe", überlegte sie weiter. „Möglicherweise könnte ich dir zu einem Vermögen verhelfen! Ich wette, innerhalb von zehn Jahren verdoppelt sich der Marktwert eines Gartenzwergs. Es gibt doch unendlich viele Sammler. Das ist ein unerschlossener Markt, Lou!"

Beinahe erleichtert ließ ich die Schultern nach unten sinken. Mit dieser Version von Emily kam ich sehr viel besser zurecht. „Erschließ du erst mal deine noch nicht benutzten Gehirnareale, bevor du dich um die neuen Märkte kümmerst", schlug ich vor. „Und wo bleibt eigentlich Trudi?" Ich sah auf die Uhr, die bereits zwanzig nach zehn anzeigte. Langsam machte ich mir Sorgen. Außerdem hatte ich Hunger.

„Oh, sie hat mich angerufen, sie kommt heute nicht", meinte Emmi unbekümmert und betrachtete ihre Fingernägel. „Das Date gestern ist wohl sehr gut gelaufen und sie ist erst um viertel nach zehn ins Bett gekommen. Davon muss sie sich erst einmal erholen. Und weißt du, was ich mir gerade überlegt habe, Lou?" Sie ließ ihre Hand sinken und blickte mich entschlossen an. „Ich will dieses Mal mitmachen."

„Auf der Arbeit?", fragte ich überrascht. „Darüber würde ich mich nämlich sehr freuen."

„Nee, wo denkst du hin?" Sie schüttelte schnaubend den Kopf, so als habe ich den Verstand verloren. „Beim Fall. Ich kann die Blumendetektivin in Ausbildung sein!" Begeistert klatschte sie in die Hände. „Die jüngere, agilere und schönere Ausgabe von dir!"

Nun, da gab es nur ein Problem: Wie konnte ich jemanden in etwas ausbilden, von dem ich keine Ahnung hatte? „Ich bilde zurzeit nicht aus, tut mir leid", sagte ich entschuldigend.

„Komm schon, Loubalou! Du musst mich nur mitnehmen. Ich kann bei Befragungen helfen, Schmiere stehen, solche Sachen. Außerdem solltest du dich freuen. Endlich verstehe ich dich. Finn und ich haben die Leiche entdeckt. Der Fall ist persönlich." Sie wackelte vielsagend mit den Augenbrauen.

Zweifelnd sah ich in Emilys begeistertes Gesicht. Eigentlich agierte ich lieber allein. Und gemeinsam mit meiner Schwester verdeckt zu ermitteln würde sich als unmöglich herausstellen. Denn nichts an Emily war subtil. Von ihren pinken Shorts über ihre schwungvolle Gangart bis hin zu ihrem künstlich erblondeten Haar. Ich war schon drauf und dran, abzulehnen, als mir aufging, dass ich mich anhörte wie Rispo, der sich jahrelang geweigert hatte, mit einem Partner zu arbeiten, und immer alles alleine machen wollte.

Das konnte ich unmöglich auf mir sitzen lassen, weswegen ich widerstrebend „Schön", sagte. „Nur haben wir niemanden, der dich hier im Laden ersetzen könnte."

„Lass doch die heilige Rebecca aufpassen", schlug Emmi mit den Wimpern klimpernd vor, die Hand in einer Geste der Unschuld auf die Brust gelegt. „Du findest sie doch so kompetent. Lass sie sich doch beweisen."

An Emilys Gesichtsausdruck war deutlich zu erkennen, wie sehr sie auf das Versagen meiner neuen Mitarbeiterin hoffte, aber das störte mich nicht. Ich wollte wissen, was Henning Wiese Furchtbares getan haben musste, dass er es verdient hatte, nicht nur umgebracht, sondern in vierzig Teile gerissen zu werden. Das war so aufregend abartig, dass mir ganz anders ums Herz wurde. Ob aufgrund völlig deplatzierter Euphorie oder gerechtfertigtem Ekel konnte ich nicht mit Gewissheit sagen.

„Okay", sagte ich und nickte, bevor ich Rebecca nach vorne rief.

Das Mädchen mit den erdbeerblonden Haaren war nur allzu erfreut darüber, für die nächsten paar Stunden die Stellung zu halten. „Es bedeutet mir viel, dass Sie schon so viel Vertrauen in mich setzen", sagte sie und wirkte dabei ehrlich gerührt.

Ich nickte knapp und rang unwohl die Hände ineinander. Es fiel mir sehr schwer, die Kontrolle abzugeben, und ich kannte Rebecca kaum … außerdem war ich noch immer nicht hinter das Geheimnis ihrer unheimlichen Kompetenz gekommen, was mich zusätzlich verunsicherte. Sie nach geistigen Vorerkrankungen fragen konnte ich aber auch schlecht, ohne merkwürdig zu wirken. Was ich brauchte, war ein polizeilicher Backgroundcheck, aber als ich Rispo danach gefragt hatte, hatte der mir nur den Flamingo gezeigt. Seine Geste hatte zumindest suggeriert, dass ich einen sehr großen Vogel hatte.

„Kein Problem, Rebecca", log ich. „Du weißt ja, wie du die Kasse bedienst, und wenn es Schwierigkeiten gibt, kannst du mich einfach anrufen. Der Feuerlöscher steht direkt unterm Tresen."

Sie blinzelte mich verwirrt an. „Warum sollte ein Feuer ausbrechen?"

Ach, richtig. Trudi arbeitete ja gar nicht mehr hier.

„Vergiss das mit dem Feuer", wies ich sie an. „Sei nur vorsichtig."

Wenn man Teil meines Lebens war, sollte man besser auf alles vorbereitet sein.

Eine Stunde später war ich um einige Lebensweisheiten reicher. Emmi mit in den Zoo zu nehmen, war nämlich, als würde man ein Kleinkind in einen Raum voller Seifenblasen stecken. Oder eine Katze in einen Raum mit Lasern. Zuckersüß – aber schwer zu kontrollieren und äußerst unpraktisch.

Emily war so leicht abzulenken wie eine durch die Luft schwebende Fluse. Man musste sie nur leicht anpusten und schon lag ihre Konzentration auf einer fluffigen Wolkenformation, einem lustigen Sticker auf dem Rucksack eines Besuchers oder der supersüß zuckenden Nase eines der Tiere. Emilys Interessen waren breit gefächert.

Ich hielt gerade nach einem der Tierpfleger Ausschau oder auch nach Finn, der mir möglicherweise etwas zu Henning und seinem persönlichen Umfeld erzählen konnte, als Emily fragte: „Sag mal, hast du Josh eigentlich schon gesagt, dass du ihn liebst?"

Ich verschluckte mich an der frischen Sommerluft, die mir entgegenwehte, und mied hustend Emmis Blick.

„Was? Wovon redest du?", wollte ich wissen, während sich immer mehr Blut in meinen Wangen staute. „Oh, die Ameisenbären sind draußen. Kein Tier bewegt sich so lustig wie der Ameisenbär."

„Ob ihr die drei magischen Worte schon ausgetauscht habt", erklärte meine Schwester ungeduldig, und zu meinem Leidwesen ließ sie sich ausnahmsweise nicht ablenken.

„Nee, nicht wirklich", gab ich zu. Ich hatte mich noch nicht getraut. „Ich weiß nicht, ob ich schon so weit bin."

Misstrauisch beäugte Emmi mich. „Schwachsinn", fiel schließlich ihr Urteil. „Deine Emotionen sind doch sonst immer der reinste Springbrunnen. Sie sind schneller an der Oberfläche als ein mit Helium gefüllter Kugelfisch. Ich weiß, dass du Josh liebst, und ich weiß ebenso, dass du darauf brennst, es ihm zu sagen, aber nicht die Erste sein willst, die die Worte ausspricht. Weil du dir unsicher darüber bist, wie Josh empfindet."

Manchmal, ja manchmal, da hatte Emily Momente der Allwissenheit, in denen ich mich fast dem Glauben hingeben konnte, dass sie den Durchblick besaß. Leider wurden diese kristallklaren Augenblicke meistens von einer nach Marihuana riechenden Wolke vernebelt, sodass sie nicht allzu oft zum Vorschein kamen.

„Er redet nicht gerne über seine Gefühle", meinte ich leise und räusperte mich. „Er ist ein sehr klischeebehaftetes männliches Objekt. Ich möchte ihn nicht überfordern."

Außerdem, wenn ich ehrlich war, war ich bei allem, was Joshs Emotionen betraf, so unsicher wie ein mit Zahnseide gesicherter Bergsteiger. Natürlich liebte ich ihn. Ich hatte ihm die Worte in Gedanken schon so oft gesagt, dass ich mich selbst damit langweilte. Aber ob Josh meine Gefühle mit der gleichen Tiefe erwiderte ... wer konnte das schon sagen? Sein Herz war das reinste Fort. Und letztendlich hatte ich ihn ja fast dazu überredet, mit mir zusammen zu sein. Ich war mir nicht so sicher, ob er sich jemals dazu überwunden hätte, eine ernste Beziehung einzugehen, wenn ich ihm kein Ultimatum gesetzt hätte.

Wir befanden uns als Paar noch in der Testphase, die ich mit einer frühzeitigen Liebeserklärung nicht in Unruhe versetzen wollte. Nachher waren ihm meine Gefühle noch *zu viel*. So wie ich ihm *zu viel* gewesen war, bevor wir schließlich doch zusammengekommen waren. Mein Herz wurde schwer und ich schalt mich selbst für meine Gedanken, doch so richtig vertreiben konnte ich sie nicht.

„Du solltest es ihm einfach sagen", meinte Emmi achselzuckend. „Jeder hört gerne, dass er geliebt wird."

Grundsätzlich gab ich ihr recht. Aber Rispo war nicht jeder.

„Ist auch egal." Ich machte eine wegwerfende Handbewegung und steuerte auf den Pavianfelsen zu. „Es spricht nichts dagegen, es langsam angehen zu lassen." Außer der Tatsache, dass es mich wahnsinnig machte, nicht zu wissen, wie Rispo für mich empfand.

„Hey, wenn das mit Josh nicht klappt, kannst du ja zu diesem Chris zurückgehen. Der ist doch nicht mehr verheiratet, oder?", fragte Emily gezielt feinfühlig und tätschelte mir aufmunternd den Rücken. „Du meintest letztens, dass er mit dir geflirtet hat. Ach, wie hat Josh eigentlich reagiert, als du ihm von Chris erzählt hast? Das hast du mir total verschwiegen. Ich wette, er war nicht begeistert. Josh scheint mir eher der eifersüchtige Typ zu sein. Aber alles ist besser, als es ihm zu verschweigen, oder?"

Meine Wangen fingen an zu kribbeln, und mittlerweile hatte sich genug Blut in meinem Kopf gesammelt, um eine Mückenkolonie davon zu ernähren. War heute etwa Tag der unangenehmen Fragen, oder was? Ich würde Josh noch erklären, wer Chris war! Nur nicht … jetzt. Nachher. Irgendwann.

„Sieh mal, sie haben gerade die Pavianfütterung beendet", ignorierte ich ihre Frage gekonnt und nickte Richtung Affengehege. „Da vorne sind zwei Pfleger." Ich beschleunigte meine Schritte und hielt den Blick auf den älteren Glatzkopf und den jüngeren Rotschopf gerichtet, die zügig um den Pavianfelsen herumgingen und sich mit gedämpften Stimmen unterhielten.

„Was genau willst du sie eigentlich fragen?", wollte Emily wissen und hastete mir hinterher.

„Ich weiß noch nicht", gab ich zu. „Das Übliche, denke ich."

„Was ist das Übliche?"

Eine leere Floskel. Doch damit behelligte ich Emily nicht weiter. Stattdessen lief ich noch ein wenig schneller und erreichte schon bald die beiden in grüner Montur gekleideten Männer. „Hey", sagte ich etwas außer Atem und lächelte den Rothaarigen an, der irritiert zurückblickte. „Kann ich euch kurz ein paar Fragen stellen?"

„Sie schon wieder", blaffte der Glatzkopf und wandte genervt den Blick ab. Laut Namensschild hieß er Peer. „Ich bin überrascht, dass Sie überhaupt noch reingelassen wurden."

Und ich war überrascht, dass Emily ihre Eintrittskarte tatsächlich selbst gezahlt hatte. Aber das musste ich ja nicht gleich aussprechen. Warum also belästigte er mich mit seiner Meinung?

„Normalerweise springe ich nicht in fremde Tiergehege, wirklich", versuchte ich mich zu verteidigen. „Ich bin eine sehr umgängliche Person, die gerne mit Ihnen über Hennings Tod reden würde."

Der ältere Pfleger musterte mich abschätzig, während seine Schritte länger wurden. „Wir haben der Polizei schon alles gesagt, was wir wissen.“

Ja, aber die sprach ja nicht mit mir.

„Lou ist besser als die Polizei!“, schaltete sich nun Emily ein, die plötzlich auf der anderen Seite der Pfleger aufgetaucht war. „Denn sie hat keine Skrupel – und verdammt viel Glück. Sie ist die Art von Privatdetektivin, die Sie auf Ihrer Seite haben wollen. Und wenn Sie nicht mit ihr reden, könnte sie glatt vermuten, dass Sie etwas zu verbergen haben!“

Abrupt blieb Peer stehen, und der Rothaarige, Valentin, wenn ich mich recht entsann, folgte seinem Beispiel. Sein Gesicht war mit puterroten Flecken übersät, und er sah aus wie eine schüchterne Tomate.

„Hören Sie“, meinte Peer ungeduldig. „Ich möchte genauso sehr wie jeder andere, dass der Täter gefasst wird, aber wir haben einen Job zu erledigen und im Moment wartet unser Tiger auf sein Futter, also ...“ Er hob entschuldigend die Hände.

Ich interpretierte diese Geste als Aufforderung dazu, doch bitte endlich zu sprechen.

Das Erste, was mir einfiel, war: „Ihr habt nur einen Tiger? Ist das Tier denn nicht einsam?“

„Ist das relevant für die polizeilichen Ermittlungen?“, wollte der Rothaarige verblüfft wissen.

Nein. Aber für mein Seelenheil. „Leiden die Tiere nicht darunter, allein zu sein?“, hakte ich nach.

Peer hob eine Schulter. „Katzen sind in der Regel Einzelgänger, aber ja, bis vor einem Jahr gab es noch einen zweiten Tiger. Der musste jedoch eingeschläfert werden, weil er einen der Pfleger verletzt hatte.“

Schockiert sog ich die Luft ein.

„Ich weiß“, murmelte Peer und ließ die Schultern sinken. „Es hat uns allen das Herz gebrochen, aber man ließ uns keine Wahl. Die Direktorin war stinksauer, weil Savia so unglaublich teuer war. Wieso das Tier beweinen, wenn man auch dem Geld hinterherheulen kann, was?" Er presste die Lippen aufeinander und verzog zynisch den Mund. „Auf jeden Fall wurde Savia nie ersetzt. Wir haben dafür einfach nicht die monetären Ressourcen. Seitdem ist Shahrukh Khan allein … aber keine Sorge, wir kümmern uns gut um den Dicken. Jeki, unser neuer Löwe, gewöhnt sich auch unglaublich gut ein. Besonders wenn man bedenkt, welch einem Stress er auf seiner Reise nach Köln ausgesetzt wurde." Das erste Mal seit unserem Gesprächsanfang breitete sich ein Lächeln auf Peers Gesicht aus. Diese unvermittelte Gesichtsregung ließ ihn auf einmal freundlich und zuvorkommend wirken.

„Das ist schön zu hören", sagte ich ebenfalls lächelnd und atmete erleichtert aus, während Emily schnaubend bemerkte: „Meine Güte, du redest ja über die Tiere, als wären es deine Kinder!"

Schlagartig verdüsterte sich Peers Miene, und auch Valentin blickte pflichtbewusst verdrießlich drein. „Tiere sind in der Regel die besseren Menschen", bemerkte der junge Mann überraschend angriffslustig. „Sie sind sanft und großzügig und lügen einen nicht an."

Entschuldigend hob Emily die Hände. „Tut mir leid. Es sind nun einmal … nun ja, Katzen. Und Katzen sind Arschlöcher, das weiß jeder."

„Was sie damit sagen will, ist", sprang ich hastig ein und schob Emmi mit dem Arm hinter mich, „hatte Henning irgendwelche Feinde?"

Peers verwirrter Blick glitt wieder zu mir und stirnrunzelnd sah er zu mir herab. „Bitte, was?"

Okay, zugegeben, der Themenwechsel war womöglich etwas holprig, aber ich hatte einschreiten müssen, bevor Emily die Pfleger noch weiter beleidigte. „Hat Henning sich vor seinem Verschwinden mit irgendwem gestritten?", fragte ich deshalb unbeirrt weiter. „Mochten ihn alle oder war es eher schwierig, mit ihm zu arbeiten?"

„Henning war schon okay", meinte Peer achselzuckend. „Er war halt unser Boss. Wer mag schon seinen Vorgesetzten? Aber er hat seine Tiere geliebt, und darauf kommt es an. Er war für die Wildkatzen zuständig, und glauben Sie mir: Niemand hatte sie so gut im Griff wie er."

„Henning war der Chef-Tierpfleger?", wollte ich überrascht wissen. „Ich dachte, das wäre dieser Marcel."

Peer und Valentin schnaubten leise. „Nein", sagte der Jüngere schließlich, bevor er knapp grinste. „Er wäre es gerne gewesen, aber er war immer nur Hennings Vertretung."

„Oh und … hat Marcel das wütend gemacht?", fragte ich lahm.

Beide Pfleger schüttelten den Kopf. „Nee", meinte Peer. „Marcel ist zwar manchmal etwas anstrengend, aber sonst ein guter Typ. Und Henning hat sich mit allen gut verstanden. Es war schwer, sich mit ihm zu streiten, weil er immer so verdammt ruhig und gelassen war. Da gab es kein böses Blut. Der Mörder muss jemand von außerhalb sein. Ich kann mir nicht vorstellen, dass irgendeiner von unseren Leuten dazu in der Lage wäre, jemanden umzubringen."

Ich nickte, so als würde ich seine Meinung unterstützen, auch wenn ich keine Sekunde daran zweifelte, dass die Täter Mitarbeiter des Zoos sein mussten. Sie hatten schließlich genau gewusst, welchen Tieren sie menschliche Körperteile zum Fraß vorwerfen konnten. Und dieses Wissen gehörte nun einmal nicht zur Grundausbildung des Durchschnittsdeutschen.

„In Ordnung, vielen Dank", sagte ich und kniff Emily in die Seite, als ich sah, wie sie mit ungläubiger Miene den Mund öffnete. „Dann habe ich nur noch eine letzte Frage: Wer sperrt abends den Zoo zu? Wer geht als Letzter?"

„Marius", sagten beide wie aus einem Mund.

Ich kniff die Augen zusammen. Da klingelte etwas bei diesem Namen. Ich meinte, Marius schon kennengelernt zu haben.

„Er ist der Sekretär der Direktorin", erklärte Valentin. „Organisator, Steuerberater und Müllabfuhr in einem. Ganz schöner Schleimpfropf, aber anscheinend gut in seinem Job."

Ach, richtig! Die ältere, bebrillte Version von Marvin, die ihren Bart zur Schau trug wie ein Model seinen Bikini. Mit dem würde ich also auch ein Pläuschchen halten müssen.

„Danke, Jungs!", sagte ich. „Viele Grüße an den Tiger."

Die beiden Pfleger brummten etwas Unverständliches und zuckelten schließlich von dannen.

„Du hast da wirklich ein Talent für", meinte Emmi nachdenklich und legte ihren Ellenbogen auf meiner Schulter ab. „Die Leute plappern einfach fröhlich drauf los, sobald du sie anlächelst. Und das, obwohl sie vorher ankündigen, dass sie dir nichts erzählen werden."

Ja, das war meine geheime Superkraft. Eine sympathische Ausstrahlung. „Na ja, was wirklich Interessantes haben sie nicht von sich gegeben", stellte ich etwas enttäuscht fest. „Offenbar war Henning ein furchtbar netter Kerl, so wie alle anderen Leute im Zoo auch."

„Ach, die beiden haben doch gelogen. Es gibt immer Streit", belehrte mich Emily und tätschelte mitleidig meinen Hinterkopf. „Die Welt besteht nicht aus Einhörnern und Zuckerwatte, Lou, sondern aus Kakteen und Kack-Tussen. Es war doch offensichtlich, dass Ron Weasley und McGlatze von Glatzkopf nur niemanden in die Pfanne hauen wollten. So etwas wie vollkommene Harmonie existiert nicht. Hier arbeiten viel zu viele Menschen, als dass alle gut miteinander auskommen könnten. Selbst wenn es auf den ersten Blick den Anschein macht. Schau mich und Finn an. Man könnte meinen, dass wir die kompatibelsten Personen dieser Welt sind – beide cool, locker, hübsch und extremst witzig –, und trotzdem zanken wir uns in letzter Zeit andauernd."

Meine Augenbrauen flogen in die Höhe. „Tatsächlich? Weswegen?"

Emmi ignorierte mich. Stattdessen legte sie den Kopf schief, sah Peer und Valentin dabei zu, wie sie um die nächste Ecke verschwanden, und murmelte verschwörerisch: „Also, was meinst du? Vielleicht haben sie Henning insgeheim gehasst, weil sie darauf neidisch waren, dass er seine Haare noch hatte und diese nicht rot waren. Sie könnten die Mörder sein. Sie scheinen sich gut zu verstehen, und von der Statur her könnten sie passen."

Ja, so wie jeder andere Mensch, der keine drei Arme hatte oder dreihundert Kilo wog. Das Bild auf der Kamera war so verwischt und klein gewesen, dass ich nicht einmal die Körpergröße der Verdächtigen hatte einschätzen können.

„Ich glaube, es gehört mehr dazu, als sich gut zu verstehen, um gemeinsam einen Mord zu begehen", überlegte ich laut. „Aber als Verdächtige ausschließen können wir die zwei nicht, das stimmt." Beide waren auffällig zurückhaltend mit ihrer Meinung bezüglich Henning gewesen. Zu auffällig.

„Okay. Also kommen sie auf unsere Liste?" Emily hörte sich an, als hätte ich ihr soeben einen Hundewelpen versprochen. „Ach, ich wünschte, ich hätte meine Kamera dabei. Du hast so ein ultra-verpeiltes Nachdenkgesicht. Das wäre ein tolles Standbild. Übrigens: Du hast die beiden Tierpfleger gar nicht nach ihrem Alibi gefragt."

Ich machte mir eine mentale Notiz, Rispo später dafür zu danken, Emily die Kamera weggenommen zu haben, und nickte abwesend. „Ich weiß. Menschen mögen es nicht, wenn du ihnen unterschwellig zu verstehen gibst, dass du ihnen einen kaltblütigen Mord zutraust. Ich fahr nachher noch bei der Polizei vorbei und werde nach der Akte fragen."

Emmi runzelte die Stirn. „Die Polizei lässt dich wieder am Fall mitarbeiten?"

Nun, nein. Aber die Akte würde ich mir trotzdem holen. „Klar", sagte ich. Sobald Rispo zur Vernunft kam. „Aber trotzdem würde ich noch gerne diese blonde Pflegerin befragen. Sie ist die Verlobte des Opfers."

„Meinst du, sie arbeitet heute überhaupt?", überlegte Emily und verzog das Gesicht. „Schließlich wurde ihr

Freund gerade erst von einem Löwen zerfleischt. Da kann man schon mal zu Hause bleiben.“

Damit hatte sie gar nicht so unrecht. Darüber hatte ich überhaupt nicht nachgedacht. „Wir können uns ja trotzdem mal umgucken“, schlug ich vor und ließ meinen Blick über die Umgebung schweifen. „Wenn wir sie nicht finden, muss ich mir etwas anderes überlegen.“

Die nächste Stunde schlenderten wir durch den Hippodom, besuchten die Elefanten und sahen uns die Pinguine an. Die Vögel erinnerten mich mit ihrer ulkigen Art, die Flügel zu schütteln, tatsächlich an eine aufgeregte Trudi, die mir erzählte, sie habe das Cheerleading für sich entdeckt, könne aber nur ihre Arme bewegen, da ihr Arzt ihr strikt davon abgeraten habe, die Beine in die Luft zu werfen. Womöglich, weil sie dann einfach abfallen würden. Wir entdeckten in der Nase bohrende Kinder, den Mittelfinger zeigende Jugendliche und mit Kot werfende Affen, aber keine blonde Pflegerin. Das war schade, aber nicht zu ändern. Zu meiner Enttäuschung liefen wir auch nicht Marcel über den Weg, mit dem ich ebenfalls gerne ein Wörtchen gewechselt hätte, und schließlich gab ich auf.

„Komm, wir gehen“, meinte ich seufzend und dirigierte Emily an den Geparden und Flamingos vorbei.

„Aber wir haben Finn noch gar nicht getroffen“, bemerkte meine Schwester und reckte den Hals, so als würde der junge Rispo sich zwischen den Ziegen im Streichelzoo verstecken.

„Ich wette, dass er heute Abend sowieso im Laden vorbeikommt“, mutmaßte ich. Denn das war offenbar Finns einziges Hobby. Emily besuchen.

„Schön“, murrte Emmi unzufrieden und fing an, mir einen Vortrag darüber zu halten, dass ich meinen Job als Blumendetektivin doch bitte ein wenig ernster nehmen sollte. Doch ich hörte ihr gar nicht mehr zu. Mein Blick war an der Tür eines der Bürogebäude hängengeblieben, die ich neben den Ställen des Streichelzoos entdeckt hatte. Ein großes, rotes Schild mit der Aufschrift *Zutritt nur für Personal* prangte auf dem Holz. Doch das war nicht das Interessante an dem Eingang. Nein. Das, was meinen Puls in die Höhe trieb, war der kleine Spalt, den ich zwischen Tür und Rahmen erkennen konnte. Denn sie war nur angelehnt.

Ich streckte meinen Arm aus und zwang Emily damit, stehen zu bleiben. „Emmi", murmelte ich. „Wenn eine Tür, die ich eigentlich nicht befugt bin, zu öffnen, nur angelehnt ist … gilt es dann als Einbruch, wenn ich hindurchschlüpfe?"

„Nein", sagte meine Schwester wie aus der Pistole geschossen. „Du gehst ja nur rein, um jemanden zu suchen, dem du sagen kannst, dass seine Tür offen steht, oder?"

Ich mochte ihre Denkweise. Mit Emily konnte man Pferde stehlen – wortwörtlich. Sie konnte kriminelle Machenschaften so geschickt verdrehen, dass sie plötzlich wie ein Dienst an der Gesellschaft wirkten. Wenn sie etwas mehr Disziplin und Durchhaltevermögen an den Tag gelegt hätte, wäre sie eine gute Anwältin geworden.

„Wunderbar", sagte ich fröhlich. „Dann werde ich kurz mal denjenigen suchen, der für das Türenschließen im Zoo zuständig ist, während du aufpasst, dass … kein anderer Besucher auf dieselbe Idee kommt, einverstanden?"

Emmi grinste breit und salutierte dann. „Aye, aye. Einmal Schmiere stehen kommt sofort. Siehst du? Ich habe dir doch gesagt, dass ich nützlich sein kann!", meinte sie triumphierend und wedelte mit dem Zeigefinger in meinem Gesicht herum.

„Jaja", gab ich augenverdrehend zu, musste aber lächeln, bevor ich den Weg hinauflief und durch die angelehnte Tür schlüpfte.

Kühle, abgestandene Luft und der Geruch nach Angstschweiß schlugen mir entgegen. Letzterer hätte jedoch auch meinen eigenen Dämpfen zugeschrieben werden können. Ich war so nervös, dass ich den Kopf viel zu hektisch von einer Seite zur anderen bewegte, sodass ich in den ersten zwanzig Sekunden nur verschwommene Farbschleier erkennen konnte. Schwer ausatmend schloss ich die Augen und presste die Fäuste gegen meine Brust. Ich musste mich beruhigen. Ich stahl keine Diamanten, ich sah mich nur um.

Vorsichtig machte ich einen Schritt in den weißen fensterlosen Gang hinein, der sich vor mir auftat. Der Boden bestand aus billigem, schmutzigen PVC – der Art von Belag, die nicht oft geputzt werden musste, weil sie von vornherein dreckig wirkte –, und an den gräulichen Wänden, die sicher mal zahncremeweiß gewesen waren, hingen alle paar Meter schwarze Rahmen, in denen Bilder der Zootiere prangten.

Auf leisen Sohlen lief ich weiter den Gang entlang, bevor ich in den ersten Raum zu meiner Rechten blickte. Niemand hatte sich die Mühe gemacht, sie zu schließen, deswegen fühlte ich mich nicht einmal schlecht. Ich erkannte zwei Zimmer. Direkt vor mir lag ein kleiner Vorraum, in dem der darin stehende Schreibtisch kaum Platz fand, daneben, hinter einer weiteren sperrangelweit offen stehenden Tür, befand sich ein größeres Büro. Ein Schild neben mir wies die Räumlichkeiten als Büro der Direktorin Florentine Kamm und ihres Assistenten Marius Lazer aus. Jackpot.

Aus Angst, dass die beiden sich noch irgendwo in diesem Gebäude befanden, zögerte ich nicht lange und hastete durch den Vorraum direkt in das Büro der Anführerin des Zoo-Clans.

Meine Mutter wäre schreiend wieder herausgerannt. Dieses Büro sah … überfordert aus. So als habe seine Mama ihm nie beigebracht, seine benutzten Spielsachen wieder an ihren Ursprungsplatz zurückzuräumen. So als habe seine Babysitterin ihm erlaubt, aus Kinderschokoladenpapier und Rechnungen eine Festung auf der Schreibtischoberfläche zu bauen. Der zerkratzte Parkettboden sah aus, als habe jemand versucht, in diesem Raum Rasen zu mähen, nur um zu spät zu bemerken, dass gar kein Gras wuchs. Die Wände waren auffällig tierfotofrei und stattdessen mit Aktenschränken gepflastert, die aus allen Nähten platzten. Der Mülleimer war zum Müllberg herangewachsen und überall – auf dem Schreibtisch, an den freien Plätzen an der Wand – lagen und hingen Papiere mit der Aufschrift *Rechnung*. Es war, als ob mir der Raum *finanzielle Schwierigkeiten* entgegenbrüllte.

„Meine Güte", flüsterte ich, lief um den Tisch herum und besah mir den darauf liegenden Papierhaufen.

Den konnte ich unmöglich anfassen. Er würde umkippen oder mich angreifen oder scheppernd zusammenkrachen, weil Frau Kamm womöglich ihre Dosenbiersammlung oder ihre Kakerlakenfarm darunter vergessen hatte. Anstatt den Papierkram zu durchwühlen, entschied ich mich also dafür, hastig die Schubladen durchzusehen. Auf der Suche nach … keine Ahnung was. Etwas, das aus dem Rahmen fiel.

In dem ersten Fach lagen nur Büroartikel. Stifte, Tesafilm, Büroklammern. Im zweiten türmten sich Arzneimittel. Kopfschmerztabletten, Magenpillen, Beruhigungstee. Alles, was das gestresste Herz eines Menschen kurz vor dem Zusammenbruch begehrte. Im dritten … was zum Teufel?!

Ein mädchenhaftes Kieksen glitt über meine Lippen, mein Herz sprang mir in die Luftröhre und ich schlug mir die Hand vor den Mund.

In der Schublade lag Geld. Lose bunte Massen an Euroscheinen, die unachtsam und zerknüllt dort hineingestopft worden waren. Scheiße, ich konnte nicht einmal schätzen, wie viel Kohle da drin lag!

Mit offenem Mund starrte ich auf die Scheine, während mein Puls heftig gegen meinen Hals schlug. Soweit ich wusste, war es nicht illegal, einen Haufen Geld in seinem Schreibtisch zu verstecken, aber in die Kategorie *Normal* fiel das auch nicht!

Hektisch stieß ich die Schublade wieder zu und floh zurück in den Vorraum. Wieso sicherte man sein Geldversteck nicht mit einem Vorhängeschloss? Und wieso versteckte man sein Geld nicht … besser? Meine Gedanken rasten, doch ich war zu nervös, um mir einen Reim auf das

Gesehene zu machen – außerdem war ich hier noch nicht fertig.

Ich ließ meinen Blick fahrig über die enge, aber weitaus strukturiertere und ordentlichere Büronische des Assistenten schweifen. Eine kleine Topfpflanze stand vor dem einzigen Fenster, durch das man den phänomenalen Blick auf eine Backsteinmauer hatte. Ein mit Akten gefülltes Regal stand zu meiner Rechten, ein Mülleimer, in dem sich nichts weiter als ein zerfetztes Stofftier und ein Katalog mit der Aufschrift *Müllabholungsplan* befanden, lugte unter dem Schreibtisch hervor, und ein ungemütlich aussehender gelber Bürostuhl diente wohl als Sitzgelegenheit. Die Tischplatte von Marius Lazer war weitaus übersichtlicher als die seiner Chefin. Es befanden sich lediglich ein geschlossener Laptop, ein mit Stiften gefülltes Glas, ein Bild von einem Otter und ein handgroßer Notizblock darauf.

Mein Blick flog zur Tür, die ich nur angelehnt hatte, und ich spitzte die Ohren. Erst nachdem ich mich versichert hatte, dass keine Schritte zu hören waren, griff ich nach dem Notizheft und blätterte es durch. Doch es war leer. Ich wollte es schon wieder zurücklegen, als mein Daumen über die raue Oberfläche des obersten Blatt Papiers glitt. Mit verengten Augen betrachtete ich die erste Seite des Blocks, auf der ich mit einiger Anstrengung die feinen Abdrücke der Worte erkennen konnte, die jemand zuvor auf das darüberliegende Papier geschrieben haben musste.

Ich ließ den Block sinken und schnappte mir einen der Bleistifte, die in dem Glas vor mir standen. Ich hatte da mal was in einem *Lustigen Taschenbuch* gelesen …

Angespannt, den Blick immer wieder zur angelehnten Tür hebend, fuhr ich mit der Mine flach über den Block, sodass sich ein grauer Schleier über das Blatt legte, aus dem sich weiße Buchstaben hervorhoben.

Ein Lächeln breitete sich auf meinen Lippen aus und ich klopfte mir auf die eigene Schulter, während ich die Worte las, die zum Vorschein gekommen waren.

To-do-Liste

- *Florentines Schreibtisch aufräumen*
- *Kinderriegel für sie nachkaufen*
- *Müll*
- *Jasmin feuern (Hennings Begründung noch einmal überprüfen)*
- *Pressetermin Jeki verschieben*
- *Mut fassen*

Unter den Worten hatte Marius eine Reihe von beeindruckend akkuraten Herzchen gemalt. Alle sehr hübsch, wenn ich das bemerken durfte. Wenn ich Herzen malte, wurden diese meistens eckig und unförmig. Aber Marius' Zeichen der Liebe waren rund und perfekt.

Mein Blick flog wieder und wieder über die Zeilen, bis er schließlich an dem Punkt *Jasmin feuern* hängenblieb. Es hörte sich so an, als hätte Henning die Entlassung gefordert. Jetzt war er tot … und Jasmin arbeitete noch immer im Zoo. Das konnte durchaus als Mordmotiv gewertet werden.

Andererseits: Florentine Kamm versteckte eine beschissene Monopolybank in ihrem Schreibtisch!

Ich riss den von mir geschwärzten Zettel vom Block, stopfte ihn in meine Jeanstasche und –

Die Tür ging auf.

Kapitel 8

Ich zuckte so heftig zusammen, dass ich beinahe die Topfpflanze auf der Fensterbank hinter mir zu Boden gerissen hätte. Wie ein kriminelles Reh im Scheinwerferlicht blieb ich versteinert stehen und starrte auf den dunkelhaarigen Mann vor mir, der meinen Blick mit aufgerissenen Augen erwiderte.

„Was … was zum Teufel tun Sie hier?", wollte er verdattert wissen. Sein Ziegenbart erzitterte bei jedem seiner Worte.

Hastig drückte ich den Papierfetzen tiefer in meine Hosentasche, während mein Kopf nach einer plausiblen Notlüge suchte, die erklärte, warum ich in einem fremden Büro stand. Ich konnte schlecht mit: ‚Was? Das hier ist gar nicht das Madagaskarhaus?', antworten.

„Sind Sie nicht von der Polizei?", hakte Marius weiter nach und zog misstrauisch die Augenbrauen tiefer ins Gesicht.

„Bin ich", sagte ich sofort und streckte meinen Rücken durch. „Ich bin eine national anerkannte Spezialistin für die Papaver-Rhoeas-Analyse." Nicht zu vergessen auch die landesweit einzige Person, die diese erfundene Polizeimethode verwendete. „Ich hatte gehofft, Frau Kamm anzutreffen, um ihr noch ein paar Fragen zu stellen." Zum Beispiel warum sie Geld in ihrem Schreibtisch bunkerte wie ein Hamster Sonnenblumenkerne?

„Die Direktorin gibt zurzeit eine Pressekonferenz. Außerdem hat sie nichts mit dem Mord zu tun! Sie ist eine studierte Frau und opfert sich für diesen Zoo auf. Sie würde niemals …“ Er hielt inne, runzelte die Stirn und ließ seinen Blick über meine Aufmachung in Jeans und T-Shirt schweifen. „Moment mal, Sie sind gar keine Polizistin! Sie sind diese Blumenfrau, die das Erdmännchengehege zerstört hat!“

„Umgegraben“, rutschte es mir heraus, doch Gott sei Dank überhörte Marius das.

Sein Gesicht lief vor Zorn rot an, und im nächsten Augenblick huschte sein Blick zum Schreibtisch der Direktorin und … irrte ich mich oder loderte Panik in seinen Augen auf? Wusste er von dem Geld?

„Wie lange sind Sie schon hier?“, blaffte er mich an. „Wie sind Sie hier überhaupt reingekommen? Sie haben hier nichts zu suchen, Sie –“

„Hat mich sehr gefreut, Sie wiederzusehen“, stieß ich aus, glitt um den Schreibtisch herum und schob mich an dem Assistenten vorbei, bevor er noch weitere unangenehme Fragen stellen konnte. „Hey“, brüllte er mir hinterher. „Hey! Kommen Sie zurück. Was haben Sie hier drin getrieben?!“

Doch ich ignorierte seine höfliche Bitte, eilte den Gang entlang und stürzte aus der Tür.

Meine Schwester stand in einigem Sicherheitsabstand davor und lächelte mich an. „Und? Was gefunden?“

„Emmi!“, zischte ich, grapschte nach ihrem Ellenbogen und zerrte sie den Weg in Richtung Ausgang hinunter. „Du solltest Schmiere stehen, verdammt!“

„Habe ich doch!“

„Ach ja? Wie konnte mich der verdammte Lakai der Direktorin dann beim Durchwühlen seiner persönlichen Dinge überraschen?“

Mit unschuldig großen Augen sah Emily mich an. „Na ja, mir war langweilig und eine Freundin hat angerufen, da habe ich mir meine wohlverdiente Fünf-Minuten-Pause genommen. Ich werde mich doch wohl für ein paar Augenblicke entspannen dürfen."

„Nicht, wenn mein Leben davon abhängt, dass du ein einziges Mal aufmerksam bleibst!", fuhr ich sie an.

„Jetzt übertreib mal nicht", sagte Emily schnippisch und entriss mir ihren Ellenbogen, bevor sie mit gerecktem Kinn auf die Drehkreuze zuging. „Das hier ist ein Zoo, kein Hochsicherheitstrakt. Sie werden dich nicht gleich abschießen, weil du eine falsche Bewegung machst. Und offensichtlich ist doch alles gutgegangen, oder?"

Schnaubend folgte ich ihr zum Ausgang und sah immer wieder verstohlen über meine Schultern, aus Angst, dass Marius womöglich doch noch auf einem Flamingo hinter mir herflog. „Du bist die schlechteste Wache aller Zeiten", stellte ich fest.

Emmi hob eine Schulter. „Ich habe nie etwas anderes behauptet, oder?"

Und zu ihrer Verteidigung musste ich mir eingestehen: Nein, hatte sie nicht.

Wie viel Geld passte in eine Schublade? Das war die Frage, die mich beschäftigte, als ich vor meinem Geschäft hielt und überrascht feststellte, dass der Laden unversehrt schien und Rebecca mir fröhlich durch die Fensterscheibe zuwinkte. Das war die Frage, die mir Kopfschmerzen bereitete, als Emmi aus dem Wagen sprang, und ich allein zum Polizeipräsidium weiterfuhr. Und das war die Frage, auf die ich immer noch keine Antwort hatte, als ich auf den Parkplatz des grauen Betonklotzes einbog, den die Polizei stolz ihr Präsidium nannte.

Ich stellte den Motor ab und trommelte mit den Fingern auf dem Lenkrad. War es nicht eigentlich egal, wie viel Geld es gewesen war? Sollte ich mir nicht vielmehr die Frage stellen, *warum* so viel Bargeld in einem öffentlich zugänglichen Büro aufbewahrt wurde?

Also, entweder glaubte die Frau Zoodirektorin nicht an Banken oder sie rechnete damit, dass in naher Zukunft eine hohe, in Bargeld zu zahlende Summe fällig wurde. Aber wofür?

Lose Informationen sprangen in meinem Kopf herum und machten mein Gehirn zum reinsten Spielplatz. Ich hatte heute zu viele, womöglich wichtige Informationen erhalten. Was ich brauchte, war ein Stück Papier und ein Stift, damit ich all das Gelernte aufschreiben konnte. Oder aber auch eine dicke Polizeiakte, die mir diese Arbeit abnahm. Wenn ich die Wahl hätte, würde ich zu Letzterem greifen. Es arbeiteten eine Menge Leute im Zoo, und ich konnte nicht mit jedem Mitarbeiter reden – Rispo hingegen hatte das wahrscheinlich schon getan. Es wäre sehr selbstsüchtig von ihm, all diese Informationen für sich zu behalten. Außerdem hatte ich im Gegenzug Informationen, die ihn womöglich interessierten. Nur, wie erklärte ich ihm, dass ich über eine Schublade voll Geld gestolpert war?

Ich stieg aus und schüttelte den Kopf. Das spielte in diesem Moment keine Rolle, denn ich wollte sowieso nicht mit ihm reden. Nein, ich war nicht seinetwegen hier. Mein Ziel war ein deutlich schwächeres Exemplar der Männer in Blau. Und wie es der Zufall so wollte, stand genau dieses an dem Empfangstresen der Polizei, als ich die Glastür zum Präsidium aufdrückte.

„Hey, Lou", grüßte Marvin mich fröhlich, und auch die Empfangsdame, die ich mittlerweile öfter zu sehen bekam als meine Mutter, lächelte mir freundlich zu.

Es wunderte mich ein bisschen, dass alle stets nett und höflich zu mir waren. Ich hatte bereits den Chef erpresst, eine Akte geklaut, der Presse eingeredet, dass die Kölner Gesetzeshüter einen miesen Job machten, und schließlich einem Polizisten eine runtergehauen. Und dennoch waren immer alle freundlich zu mir.

Was einerseits daran liegen konnte, dass ich jetzt mit Rispo zusammen war, vor dem tendenziell alle den größten Respekt – um nicht zu sagen Angst – hatten, andererseits an meiner schillernden Persönlichkeit und meinem natürlichen Charme.

„Marvin, du bist genau derjenige, den ich gesucht habe“, sagte ich und stützte meine Unterarme auf den Empfangstresen.

„Wirklich?“ Marvins Miene erhellte sich kurzzeitig, bevor er misstrauisch die Augenbrauen ins Gesicht zog. „Aber doch nicht wegen des Falls, oder?“

„Wovon redest du?“, stellte ich mich dumm.

„Na, von der Leiche, an der Löwen, Tiger und Schweine genagt haben.“

Ha! Schon hatte ich eine Liste der Leichenschänder-Tiere. Aber Moment. Löwen, Tiger *und* Schweine? Meine Güte, der Mörder hatte sich ja wirklich Mühe gegeben, die Leiche verschwinden zu lassen. Das erklärte die unterschiedlichen Bissspuren, von denen Rispo erzählt hatte.

„Ach das“, sagte ich und hob eine Schulter. „Ja, Josh hat es erwähnt. Aber ich dachte, als Tatort sei eindeutig der Löwenkäfig identifiziert worden?“

„Oh ja. Der Löwe hat auch definitiv den … Löwenanteil an Bissspuren hinterlassen.“ Marvin kicherte über seinen eigenen Witz, und sein viel zu großes senfgelbes Sakko, das ihn zu verschlucken drohte, schlackerte bei jedem Lachhickser. „Aber die Täter haben die Leiche dann offenbar von Käfig zu Käfig getragen und –“ Er hielt abrupt inne und schlug sich die Hand vor den Mund. „Aber das darf ich dir alles gar nicht erzählen. Rispo hat uns deutlich zu verstehen gegeben, was wir tun sollen, wenn du –“ Er brach ab und seine Ohren liefen rot an.

Ich verengte die Augen und wiederholte leise: „Was ihr tun sollt, wenn ich was?“

Unangenehm berührt zog Marvin seine Hände in die Ärmel. „Ähm, na ja, er sagte, dass du versuchen würdest, dir einen Weg zur Fallakte zu wuseln, und dass ich alles in meiner Macht Stehende tun soll, um dich davon abzuhalten.“ Er runzelte die Stirn und legte den Kopf schief. „Aber ich glaube, auch das hätte ich dir nicht erzählen sollen.“

Missmutig verschränkte ich die Arme vor der Brust. Was für ein kluger Mistkerl!

„Marvin“, sagte ich eindringlich und zog ihn an den Armen weiter in die Mitte des Raumes. „Du musst lernen, deinen Mann zu stehen. Rispo ist nicht dein Boss.“

„Na ja, technisch gesehen –“

„Wenn du mir Informationen weitergeben wollen würdest, dann wäre das eine Entscheidung, die Josh zu respektieren hätte“, unterbrach ich ihn. „Du bist Polizist. Nicht sein Sekretär.“

Marvin verzog unsicher das Gesicht, während das Rot seiner Ohren sich vertiefte und sich über seine Wangen ausbreitete. In seinem gelben Sakko und seiner grünen Hose sah er nun aus wie eine peinlich berührte Ampel. Nervös blickte er sich im Raum um. Vielleicht auf der Suche nach seiner Mutter, die ihm die Entscheidung abnahm.

„Tut mir leid, Lou“, sagte er schließlich, trat unwohl von einem Bein aufs andere und zupfte an einem losen Faden, der aus seinem Hosenbund lugte. „Du weißt, ich mag dich, aber Rispo hat gesagt, dass ich mich nicht weichkochen lassen darf, nur weil du süß bist.“

Was war denn das für eine bescheuerte Regel? Diese Aussage war so rational, dass sie nur unsinnig sein konnte.

„Schön“, sagte ich knapp und machte einen Schritt zurück. Dieses Gespräch war anders verlaufen, als ich es mir erhofft hatte. Ich sollte mich womöglich darüber freuen, dass Marvin ein Rückgrat entwickelt hatte – sein Timing war jedoch bedauerlich.

„Soll ich Rispo etwas ausrichten?“, fragte Marvin, als ich mich umwandte und schon auf dem Weg zur Tür war.

„Nein.“ Die Worte, die ich gerne losgeworden wäre, waren nicht für zartbesaitete Ohren wie die Marvins bestimmt. „Aber danke.“

„Keine Ursache“, sagte er breit lächelnd und winkte mir hinterher.

Griesgrämig verließ ich die Wache und machte mich auf den Weg zu meinem Auto.

Es war sehr viel leichter, einen Mörder zu fangen, wenn man Zugang zu polizeilichen Hilfsmitteln hatte. Wie zeitaufwendig es sein würde, alles, was ich heute gelernt hatte, selbst aufzuschreiben und in eine logische Ordnung zu bringen.

Die Sonne schien mir hell ins Gesicht, und ich wandte den Kopf ab, um nicht von ihr geblendet zu werden, sodass mein Blick auf einen schicken schwarzen Audi A5 fiel. Ein Auto, mit dem ich nur allzu vertraut war, da mein Passat schon des Öfteren mit ihm geknutscht hatte. Es war Joshs Wagen.

Einem Impuls folgend machte ich einen kleinen Umweg um das Auto herum und lugte dabei verstohlen in das Innere. Mein Herz machte einen Hüpfer, als ich eine Akte auf dem Beifahrersitz liegen sah. Sie war leider nicht beschriftet, dennoch ging eine äußerst anziehende Wirkung von ihr aus.

Wie automatisch streckte ich die Hand vor und zog an der Fahrertür.

Sie war verschlossen. Natürlich.

Rispo war so paranoid, dass er auch mit seiner Waffe unter dem Kopfkissen schlafen würde, wenn ich es ihm nicht verboten hätte. Eine 45er-Halbautomatik im Schlafzimmer verbreitete einfach ein schlechtes Klima.

Verstohlen sah ich über meine Schulter und ließ den Blick vorsichtig über die umherstehenden Autos schweifen. Der Parkplatz war leer, deshalb schlenderte ich um den Wagen herum und probierte es auch noch einmal mit dem Kofferraum. Ebenfalls verschlossen.

Nervös tippte ich mit den Fingern gegen meine Unterlippe. Wäre es zu auffällig, wenn ich zurück in die Wache ging und Rispo erklärte, dass wir den nächsten Schritt in unserer Beziehung machen und Autoschlüssel austauschen sollten?

Vielleicht.

Ich wollte es auf jeden Fall nicht riskieren. Stattdessen öffnete ich die Handtasche und zog meine Kreditkarte aus dem Portemonnaie. In Filmen öffneten sie damit doch immer Haustüren, oder? Und Haustür, Autotür ... war doch alles dasselbe. Vorsichtig schlich ich zur Beifahrertür, zwängte die Karte zwischen Fensterrahmen und Karosserie und zog sie in einer fließenden Bewegung nach unten.

Die Karte rutschte wenige Zentimeter den Rahmen hinab und blieb dann stecken.

„Shit", fluchte ich leise und ruckelte an dem Stück Plastik.

Es bewegte sich keinen Millimeter.

Mit erhitztem Gesicht und vor Anstrengung weiß hervortretenden Fingerknöcheln zog ich an der Karte, versuchte sie mit roher Gewalt vor- oder zurückzubewegen, drückte sie nach unten, schob sie weiter nach oben und –

„Na?"

Ich zuckte zusammen, ließ die Karte abrupt los und stolperte einen Schritt von dem Auto weg, bevor ich den Kopf nach oben riss – nur um geradewegs in ein Paar interessiert wirkende braune Augen zu blicken. Rispos Augen.

„Hey", sagte ich atemlos, machte gleich noch einen weiteren Schritt zur Seite und vergrub die Hände in den Hosentaschen. „Alles klar?"

„Ich weiß nicht", überlegte Rispo laut. „Mir hat gerade ein Kollege gesagt, dass eine durchgeknallte Brünette versucht, mein Auto aufzubrechen ..."

Ich blickte erst über meine linke, dann über meine rechte Schulter. „Merkwürdig. Die muss ich gerade verpasst haben."

Rispo schnaubte und stützte sich mit dem Arm auf das Autodach. „Suchst du was Bestimmtes, Lou?"

„Nein! Nein", sagte ich hastig und versuchte das Blut niederzuringen, das unaufhörlich in meinen Kopf drängte. „Ähm, ich habe nur die Akte auf deinem Beifahrersitz gesehen und wollte dich darauf hinweisen, dass es nicht erlaubt ist, Akten aus dem Revier zu entwenden."

„Aha. Also, wolltest du mich verpfeifen?"

Ich neigte den Kopf zur Seite und dachte kurz über meine nächsten Schritte nach, bevor ich fragte: „Was ist schlimmer: wenn ich weiterlüge und Ja sage, oder wenn ich gestehe, was wir beide längst wissen?"

Rispo hob lediglich eine Augenbraue, bevor er sagte: „Du weißt schon, dass der Wagen eine Alarmanlage hat, oder?"

Ähm, nein. „Klar", antwortete ich. „Wieso fragst du?"

„Ach, ich habe nur überlegt, ob du extra hergekommen bist, um in mein Auto einzubrechen oder ob das einer deiner besseren Spontaneinfälle war."

„Letzteres", unterrichtete ich ihn. „Und weißt du, ich dachte immer, ein fester Freund sollte seine Freundin bei ihren Hobbys unterstützen, nicht seinen Kollegen dazu anweisen, sie rauszuschmeißen, sobald er sie sieht."

„Du hast das Kleingedruckte nicht gelesen", meinte Rispo weise und sah mich entschuldigend an. „Der Freund ist nur dazu verpflichtet, seine Freundin bei ihren Freizeitaktivitäten zu bestärken, wenn diese nicht lebensmüde sind."

Ich verschränkte die Arme und verdrehte die Augen. „Deine Definitionen von lebensmüde sind ein Kind, das im Sandkasten spielt, oder ein Mann, der seine Stammbiersorte wechselt!"

„Hey", sagte Rispo und hob entschuldigend die Hände. „Es sind nicht meine Regeln. Es steht im Beziehungskodex. Du kannst das gerne nachlesen. Der Kodex steht in der Hauptbibliothek des dritten Paralleluniversums, in dem Zivilisten Mordfälle aufklären und Hühner als ihre Spürhunde abrichten. Du musst auch nicht lange suchen. Es ist das Buch in dem Regal aus Zuckerwatte, das direkt neben dem Werk über Papaver-Rhoeas-Analysen und Einhörner steht."

Ich presste die Lippen zusammen, verengte die Augen und bemerkte dann schnippisch: „Ich würde nie auf die Idee kommen, ein Huhn abzurichten. Diese Vögel sind hinterlistig und gemein. Ich würde mir einen Zwerghamster zum Partner nehmen, der gerne Papierkram macht."

„Hamster machen gerne Papierkram?"

„Wenn man sie mit einem Sonnenblumenkern dazu ermutigt, ja."

Rispos Mundwinkel zuckte, bevor er die Lippen zu einem stummen: „Ah", formte. Dann fuhren wir damit fort, uns intensiv anzustarren. Schließlich seufzte ich laut und gab auf.

„Wärst du so nett, kurz dein Auto aufzuschließen?", bat ich und gestikulierte zum Wagen.

„Warum?"

„Weil die Kreditkarte der durchgeknallten Brünetten in der Tür feststeckt."

Überrascht blickte Rispo zu seinem Auto – bevor er leise anfing zu lachen. „Man kann dir ja eine Menge vorwerfen, aber nicht, dass du deinem Hobby des Wahnsinns nicht hingebungsvoll und kreativ nachgehen würdest. Jetzt stell dir mal vor, was passieren würde, wenn du mit dem gleichen Enthusiasmus anfingst, Jonglieren zu lernen."

„Jaja, ich wäre Meisterjongleurin und würde dich in den Wind schießen, weil du mich auf meiner Welttournee von Zirkus zu Zirkus nur behindern würdest", stellte ich trocken fest, während Rispo die Tür entriegelte und meine Kreditkarte befreite. „Du solltest also froh sein, dass ich die Verbrecherjagd bevorzuge."

„Mhm", machte Rispo und reichte mir das verbogene Stück Plastik. „Ich freue mich erst dann, wenn du diesmal nicht mit einer Waffe am Kopf endest."

„Das war nur ein einziges Mal", verteidigte ich mich.

„Stimmt. Davor waren es ein Steakmesser und eine Verrückte, die dich von der Straße rammen wollte", zählte Rispo im Plauderton auf.

Ich zog eine Grimasse und ließ die Kreditkarte zurück in meine Handtasche gleiten. „Ich weiß, das war sarkastisch, aber ich bin doch überrascht, wie entspannt du mit der ganzen Situation umgehst", stellte ich nachdenklich fest. „Du scheinst überhaupt nicht wütend auf mich zu sein."

„Ich werde meinem Schauspiellehrer noch heute Nachmittag die frohe Kunde überbringen", sagte Rispo düster.

„Also ist es okay für dich und du möchtest mir die Akte gerne geben?", übersetzte ich frei.

Rispos Augen verdunkelten sich und Hellbraun wurde zu Schwarz. Okay, womöglich hatte ich es gerade eine Spur zu weit getrieben.

„Weißt du, Lou, wenn es dir mit deinem idiotensicheren Plan gelungen wäre, die Akte zu stehlen, wärst du sehr enttäuscht gewesen. Es ist nämlich nicht die von Henning Wiese."

„Nicht?" Verwundert blickte ich durch das Fenster zu dem Pappordner. „Von wem ist sie dann?"

„Von: Geht-dich Nichts-an."

„Den kenne ich gar nicht. War sein Tod sehr tragisch?"

„Ja, er ist an einer Überdosis Schwachsinn gestorben", bemerkte Rispo, packte mich an den Schultern, drehte mich um und schob mich vor sich her zu meinem Wagen. „Darüber kannst du dir ja während der Fahrt ein wenig Gedanken machen."

Das würde nicht klappen. Ich musste über die Tatsache, dass Henning Jasmin hatte feuern wollen und Frau Kamms Schublade voller Geld war, nachgrübeln.

„Sehen wir uns heute Abend?", wollte Josh wissen, als er mich vor meinem Passat losließ.

Misstrauisch sah ich zu ihm hoch. „Willst du mich heute Abend nur sehen, um mich davon abzuhalten, einen nächtlichen Rundgang durch den Zoo zu machen?"

„Ja", sagte Rispo schlicht. „Also? Heute Abend bei mir? Du bringst die gute Laune mit, ich das Essen?"

Ich lachte. „Schön. Aber ich will Pasta und – oh, nein. Ich kann gar nicht", fiel mir plötzlich ein. „Ich", … verstummte.

„Du?", hakte Rispo argwöhnisch nach.

Ich räusperte mich und wusste, dass ich ihm jetzt die Wahrheit sagen musste. Alles andere wäre unverzeihlich gewesen. Ich wünschte nur, ich hätte es nicht so lange vor mir hergeschoben. Und ein wenig Harfenmusik im Hintergrund wäre auch von Vorteil gewesen.

„Ich habe total vergessen, dass ich heute Abend schon verplant bin“, erklärte ich langsam.

„Womit verplant?“, wollte Rispo wissen.

Verdammt sei sein Polizistenreflex, Fragen zu stellen!

„Ich bin mit Chris zum Abendessen verabredet“, sagte ich hastig.

Joshs Augenbrauen flogen in die Höhe. „Abendessen?“, wiederholte er, so als wolle er sichergehen, dass er sich nicht verhört hatte. „Und Chris ist dieser Typ von der Zeitung?“

Ich schluckte und nickte. „Genau. Wir wollen eine Richtigstellung meines letzten Interviews und einen möglichen weiteren Artikel besprechen.“

„Und das geht nicht bei einem Kaffee? Das muss bei einem Essen geschehen?“

„Ja, anscheinend“, sagte ich lahm und strich mir mit der flachen Hand über die Stirn, während eine kleine Stimme in meinem Kopf mich dazu antrieb, weiterzusprechen. Josh *alles* zu erzählen.

Doch es war so schwierig. Als würde ich in die Zukunft blicken und einen schweren Unfall vorausahnen. Ich könnte ihn verhindern, ich könnte ihn noch ein wenig hinauszögern, wenn ich nur einfach die Klappe hielt … aber mein Gewissen ermahnte mich dazu, mutig zu sein. Ich schuldete es Josh, ehrlich zu sein. Außerdem wollte ich unsere Beziehung unter keinen Umständen kaputtmachen. Ich schluckte erneut, rang fahrig die Hände ineinander und fragte schließlich leise: „Joshi, erwähnte ich eigentlich schon, dass der Chris von der Zeitung derselbe Chris ist, mit dem ich zur Uni gegangen bin?“

Die Worte verließen meinen Mund so schnell, dass meine Lippen anschließend wehtaten, doch ich konnte es nicht ertragen, den Moment unnötig in die Länge zu ziehen. So wie es Rispo jetzt zum Beispiel mit der Stille tat, die plötzlich entstand.

Ich zwang meinen Blick nach oben und sah Josh an, der mich ausdruckslos anstarrte. Eine Ewigkeit schien zu vergehen, bevor er tonlos fragte: „Bitte was?"

Nervös strich ich mir meine Haare hinter die Ohren. „Der Chris von der Zeitung ist derselbe Chris wie –"

„Ich habe dich schon verstanden, Lou", unterbrach mich Josh scharf, sein Gesicht nun eine kühle Maske der Unzufriedenheit. „Ist dir erst kürzlich aufgefallen, dass der Kontaktmann vom Kölner Blatt der Typ ist, in den du jahrelang verliebt warst, oder läufst du mit dem Wissen schon seit zwei Monaten herum und entscheidest dich erst heute, mir davon zu erzählen, weil du mit ihm zum Essen verabredet bist?"

Es war eine rhetorische Frage, deswegen fühlte ich mich nicht dazu gezwungen, sie zu beantworten. Stattdessen streckte ich meine Hand aus und berührte sacht die von Josh.

„Es tut mir leid", flüsterte ich. „Ich hätte es dir früher erzählen sollen. Es erschien mir nur nicht wichtig. Die Sache mit Chris ist schon eine Ewigkeit her, und ich wollte nicht, dass du dir unnötig Sorgen machst."

„Das hätte ich nicht", sagte Rispo gepresst und zog seine Hand weg. „Aber jetzt, da ich weiß, dass du es mir zwei Monate lang verschwiegen hast, sollte ich es vielleicht, was?"

„Nein!", sagte ich bestürzt. „Wirklich nicht. Ich will nichts von ihm. Ich will … was von dir. Und es ist nur ein Essen. Nichts weiter. Aber ich wollte ehrlich sein, deswegen erzähle ich es dir."

„Zwei Monate zu lügen und es mir dann aufgrund eines schlechten Gewissens zu sagen, bedeutet also Ehrlichkeit für dich?", fragte Josh leise.

Der Kloß in meinem Hals wurde größer. „Nein, ich …" Ich holte tief Luft. „Es tut mir leid", wiederholte ich dann. „Es war falsch. Es war ein Fehler. Es war dumm von mir. Wie gesagt: Es tut mir leid." Bittend sah ich ihn an. „Es läuft nur so gut mit uns, dass ich einfach … dass ich es einfach nicht kaputtmachen wollte. Verstehst du?“

Josh fuhr sich mit der Hand durch die schwarzen Haare, schloss kurz die Augen, stieß dann zischend Luft aus und nickte langsam. „In Ordnung“, sagte er schließlich, den Blick auf einen Punkt über meiner Schulter geheftet.

„Bist du sicher?“, hakte ich vorsichtig nach, denn er sah nicht danach aus. Er hatte die Augen verengt, die Lippen zu einer dünnen Linie gepresst und die Hände zu Fäusten geballt. „Ist denn auch das Essen heute Abend okay für dich?“

Josh lachte tonlos, bevor er mich endlich wieder ansah. Seine Augen schwarz und unleserlich. „Ich kann es dir schlecht verbieten“, stellte er bedauernd fest.

„Du hörst dich an, als würdest du gerne.“

„Na ja, Lou“, sagte er gepresst. „Alles, was ich über den Kerl weiß, ist, dass du furchtbar in ihn verliebt warst, also erwarte nicht von mir, dass ich in Begeisterungsstürme ausbreche, weil ihr euch zum Candle-Light-Dinner trefft.“

„Es ist ein Geschäftsessen“, sagte ich, strich ihm über die Hände, damit er die Fäuste öffnete, und sah ihn ernst an. „Nicht mehr, nicht weniger. Es geht bestimmt auch nicht lang. Und ich würde Chris nicht einmal mehr als Freund bezeichnen. Er ist ein Bekannter, der mir kostenloses Marketing ermöglicht, das ist alles.“

Rispo atmete tief durch, bevor er seine Hände öffnete und die Finger mit meinen verschränkte. „Es geht nur um die Arbeit?“

Ich nickte.

„Und er macht sich nicht an dich ran?“

Ich schüttelte den Kopf.

„Und er will sich auch ganz sicher nicht nur mir dir treffen, um das zu ändern?“

Ich lachte. „Nein! Er mochte mich nie auf diese Art.“

„Vollidiot. Aber in Ordnung. Dann werde ich dir da wohl … vertrauen müssen.“ Es kam mir vor, als würde er bei dem Wort *vertrauen* kurz zusammenzucken. Aber vielleicht bildete ich mir das auch nur ein. „Erzähl mir so was einfach das nächste Mal sofort, Lou, okay?", murmelte er schließlich, bevor er sich zu mir herunterbeugte und sanft küsste. „Du kannst rumhängen, mit wem du willst, aber … erzähl es mir. Wenn du sagst, dass nichts dabei ist und von keiner Seite aus ein Interesse besteht, dann glaube ich dir."

Ich nickte, und irgendwie war mir danach, zu weinen. Aber ich hielt mich zurück, denn sonst rutschte mir womöglich noch raus, dass ich ihn liebte und fand, dass er ganz tief in seinem Inneren ein sensibles Marshmallow war. Ich war mir fast sicher, dass Rispo zumindest Letzteres nicht hören wollte.

„Gut", sagte ich, und schlichtweg, weil ich es konnte, legte ich meine Handfläche an seine raue Wange und küsste ihn noch einmal. „Außerdem, wenn wir gerade schon bei Ehrlichkeit sind …" Ich kratzte mich am Kopf, öffnete die Autotür und ließ mich hinters Steuer sinken. „Es gibt da noch etwas, was ich für erwähnenswert hielt."

„Was?", wollte Rispo sofort misstrauisch wissen.

„Moment." Ich hob meinen Zeigefinger in die Höhe, schloss die Tür, schnallte mich an, steckte den Zündschlüssel ein und kurbelte das Fenster herunter. Dann sagte ich, den Fuß bereits auf dem Gas: „Die Zoodirektorin hat eine Schublade voll Geld in ihrem Büro", und fuhr davon.

Kapitel 9

Henning hatte Jasmin feuern wollen, konnte dies jedoch nicht mehr durchsetzen, weil er tot war.

Marcel hatte Hennings Job gewollt und würde ihn nun höchstwahrscheinlich bekommen. Außerdem war sein sehnsuchtsvoller Blick in Katrins Richtung schon recht selbsterklärend gewesen. Irgendetwas war zwischen den beiden. Da war ich mir sicher.

Der Zoo hatte große Geldprobleme, die Direktorin jedoch, nach ihrer Schreibtischschublade zu urteilen, nicht.

Katrin war die Verlobte von Henning gewesen. Marius, Florentine Kamms Sekretär, schloss den Zoo ab und malte schöne Herzen.

Peer und Valentin waren keine Fans von ihrem Boss gewesen, aber wirklich gehasst hatten sie ihn auch nicht.

Henning war ein Typ, den man als ‚okay‘ bezeichnen konnte. Sogar als ‚ganz cool‘, wenn es um die Pflege seiner Tiere ging.

Ich starrte auf das Blatt Papier, auf dem ich mir all diese Dinge notiert hatte, und musste feststellen, dass ich eine Menge wusste, aber keine Ahnung hatte, was ich mit den Informationen anstellen sollte. Es waren alles nur kleine Einzelheiten. Ich hatte noch kein richtiges Gefühl für den Fall bekommen. Für die Teamdynamik im Zoo. Man sollte meinen, dass es einfacher sein müsste, zwei Täter zu überführen als nur einen, weil diese zwei Täter sich genug mögen mussten, um gemeinsam einen Menschen umzubringen, aber dem war nicht so. Wer wusste schon, wer sich aus welchen Gründen mit wem verbündete? Um darüber zu urteilen, kannte ich die Mitarbeiter nicht gut genug.

Ich sah mich kurz in dem Restaurant um und versicherte mich, dass Chris nirgendwo zu sehen war – er war bereits sieben Minuten zu spät –, bevor ich nach meinem Handy kramte und Finn eine Nachricht schrieb, in der ich ihn bat, mir ein paar allgemeine Informationen über den Zoo und seine Mitarbeiter zu geben. Er arbeitete seit mindestens drei Wochen dort. Er würde sicherlich ein paar Insiderinfos für mich haben.

Ich kaute auf meiner Unterlippe herum und stellte mir wieder einmal die Frage, warum so viele verschiedene Tiere die Leiche angenagt hatten, nur damit sie am Ende doch in den Rhein geworfen worden war. Wozu das Ganze? Das erschien mir doch recht aufwendig. Hatten die Täter versucht, die Leiche verschwinden zu lassen, waren jedoch von den zu gut gefütterten Tieren enttäuscht worden? Warum dann alle Finger abschneiden und den Erdmännchen zum Fraß vorwerfen? Oder hatten sie den Körper lediglich bis zur Unkenntlichkeit verstümmeln wollen, sodass die Polizei länger brauchte, um den Toten zu identifizieren?

„Hey, Louisa."

Zum dritten Mal an diesem Tag zuckte ich erschrocken zusammen. Ich stieß mit meinem Knie gegen das Tischbein und sog zischend Luft ein, als ein scharfer Schmerz durch mein Bein zuckte. „Scheiße", fluchte ich, zog das beschriebene Blatt Papier vom Tisch und rieb mir meine Kniescheibe, bevor ich aufstand, um Chris mit einer kurzen Umarmung zu begrüßen.

Belustigt sah er auf mich herab und erwiderte die Umarmung. Ein bisschen zu fest und innig, wenn ich das bemerken durfte, aber vielleicht war mein Körper aufgrund des plötzlichen Schmerzes in meinem Knie auch einfach nur hypersensibel.

„Tut mir leid, dass ich zu spät bin. Ich habe keinen Parkplatz gefunden. Es war eine dumme Idee, in der Innenstadt etwas essen zu wollen. Und sorry, ich wollte dich nicht erschrecken."

„Ach, quatsch. Erschreckend wäre es gewesen, wenn du einen Parkplatz direkt vor der Tür gefunden hättest", meinte ich lächelnd.

„Das wäre das erste Zeichen für den Weltuntergang. Das und wenn die Bauarbeiten am Dom plötzlich beendet wären", stimmte Chris mir zu und ließ sich auf dem Platz mir gegenüber nieder.

Er hatte ein italienisches Restaurant ausgewählt, das im Herzen Kölns zwischen Rudolfplatz und Friesenplatz lag. Also hinter der Parkhölle gleich rechts. Außerdem schien es mir, als habe dieses Etablissement Geldprobleme. Zumindest wollte es offenbar Strom sparen, indem es eine Menge Kerzen verwendete.

Chris winkte dem Kellner, um sich etwas zu trinken zu bestellen; ich hatte bereits eine Cola vor mir stehen und nutzte die sich mir bietende Gelegenheit, um ihn gründlich zu mustern.

Er trug einen roten Pullover über einem weißen Hemd und schwitzte sich sicherlich zu Tode. Seine kurz geschorenen hellbraunen Haare betonten seine grünen Augen und sein glattrasiertes Kinn glänzte im Licht.

Er hatte sich kein Stück verändert. Er sah noch genauso aus wie der Mann, der mir vor fünf Jahren das Herz gebrochen hatte. Doch etwas war anders …

Ich konzentrierte mich auf seine Bewegungen, beobachtete ihn dabei, wie er einen Rotwein bestellte, und kam nicht darauf, was es war. Es war schon immer leicht gewesen, mit Chris zu reden. Er war gebildet, er war witzig, er war interessiert. Das hatte sich über die Jahre hinweg nicht geändert. Ich fühlte mich wohl in seiner Gegenwart, und in Augenblicken der Unaufmerksamkeit war es ein wenig so, als stünden die fünf Jahre, in denen wir nicht miteinander geredet hatten, nicht wie ein Klotz aus Beton zwischen uns. Es war alles gleich und doch …

„Du siehst hübsch aus", stellte Chris fest, nachdem er den Kellner wieder weggeschickt hatte.

„Danke", sagte ich lächelnd und sah an mir herunter. Gelbes T-Shirt, graue Hose, offene Haare. Emily hätte mich als Vogelscheuche bezeichnet. „Wie geht's dir Chris, hast du viel zu tun?"

„Oh, ich kann mich nicht beklagen. Die Scheidung ist durch, die Zeitung meint es gut mit mir. Es ist alles so, wie es sein sollte. Wie steht es bei dir?"

„Nun", sagte ich und seufzte. „Meine Mutter ist überhaupt nicht begeistert über das, was in der Zeitung stand, und deshalb würde ich gerne eine schriftliche Entschuldigung verfassen. Wäre das möglich? Außerdem bearbeite ich zurzeit einen weiteren Kriminalfall. Es geht um den Zoo, sodass sich das Thema bestimmt für noch einen weiteren Artikel eignen wür-"

„Darf ich offen mit dir sein, Louisa?", unterbrach mich Chris und berührte sacht meine Hand, die ich neben den leeren Teller gelegt hatte. „Ich bin nicht hier, um mit dir über Geschäftliches zu reden. Das mit der schriftlichen Entschuldigung ist überhaupt kein Problem, dafür wird das Kölner Blatt schon ein paar Zeilen erübrigen können. Und über einen weiteren Artikel können wir erst dann reden, wenn du tatsächlich einen weiteren Mörder geschnappt hast. Ehrlich gesagt wollte ich mir die Möglichkeit nicht entgehen lassen, mit dir über alte Zeiten zu quatschen und ein bisschen versäumte Zeit aufzuholen."

Mit großen Augen starrte ich ihn an und zog meine Hand unter seiner hervor. „Oh." Das hatte ich wirklich nicht kommen sehen.

„Louisa", fuhr er fort und sah mich ernst an. „Ich habe in letzter Zeit eine Menge über dich und darüber, ob ich damals nicht vielleicht einen Fehler begangen habe, nachgedacht."

Moment. Was passierte hier gerade?

Wir hatten doch noch nicht einmal die Vorspeisen bestellt! Leitete man solche Themen nicht normalerweise etwas sanfter ein?

„Du bist eine tolle Frau, *warst* schon immer eine tolle Frau. Du bist wunderschön und intelligent und führst dein eigenes Business. Das ist mehr als beeindruckend. *Du* bist mehr als beeindruckend, und das war mir schon immer klar. Damals wie heute. Aber es war so kompliziert, ich war verheiratet und du hast mich mit deinem Gefühlsausbruch damals etwas überfallen, wenn du verstehst …"

Ja. Ich wusste genau, was er meinte, denn, meine Güte, konnte er bitte sofort aufhören, zu reden?

„… und ich denke, wir beide hatten einfach ein schlechtes Timing und das ärgert mich bis heute."

Wovon zum Teufel redete er? Damals, als er mich für meine Gefühle ausgelacht hatte, hatte er nicht sehr verärgert gewirkt!

„Louisa, ich glaube, wir könnten ein tolles Team sein." Wieder fischte seine Hand nach meiner und wieder entzog ich sie ihm. „Denkst du nicht auch, dass wir gut zusammenpassen würden?", fragte er eindringlich, die Miene bestimmt, der Blick intensiv.

Oh mein Gott!

Da hatte jemand heute Morgen seine Pillen nicht genommen.

Abrupt stieß ich mich vom Tisch ab und stand auf. „Ich denke, es ist besser, wenn ich gehe", sagte ich lahm und griff nach meiner Handtasche.

Wie hatte ich das nicht kommen sehen können? Wie hatte ich heute Mittag noch mit voller Inbrunst behaupten können, Chris sei nicht an mir interessiert? Es musste doch Zeichen gegeben haben, oder nicht?

„Louisa, warte!"

Zu meinem Entsetzen lief Chris mir hinterher, und ich beschleunigte meinen Schritt. Wie sollte ich Rispo bitte erklären, dass er recht gehabt hatte? Dass dies hier definitiv kein

Geschäftsessen gewesen war? Nie als solches geplant gewesen war.

Ich öffnete die Tür des Restaurants und sog erleichtert die Sommerluft ein, die mir entgegenschlug, als eine Hand mich an der Schulter zurückzog.

„Louisa, ich …“

„Was soll das?“, fuhr ich ihn an und schlug seine Hand weg. „Chris, ich habe einen Freund! Das weißt du.“

„Na und?“ Irritiert hob er die Augenbrauen. „Ich war verheiratet! Das hat dich trotzdem nicht davon abgehalten, dich mir an den Hals zu werfen.“

Schamesröte stieg mir in die Wangen und ich presste den Mund zu einer dünnen weißen Linie zusammen. Es gab einige Dinge in meinem Leben, auf die ich nicht stolz war. Die Tatsache, dass ich selbstsüchtig genug gewesen war, bereitwillig eine Ehe zu sabotieren, stand auf den oberen Rängen meiner Liste.

„Das war falsch von mir“, sagte ich leise und schluckte. „Ich hätte dir meine Gefühle nie gestehen dürfen. Das weiß ich jetzt. Ich hatte nicht das Recht, mich in eure Ehe einzumischen.“

„Nein!“ Hektisch schüttelte Chris den Kopf. „Der Fehler liegt auf meiner Seite. Ich hätte nicht über dein Geständnis lachen dürfen.“

Oh, da würde ich ihm nicht widersprechen. Er hatte mich hingehalten, hatte mir Hoffnungen gemacht und mich dann fallen lassen. Ich war definitiv nicht die Alleinschuldige.

„Das ist Jahre her, Chris“, sagte ich kopfschüttelnd. „Das alles ist nicht mehr von Bedeutung.“

„Das sehe ich anders“, sagte er bestimmt und in der nächsten Sekunde beugte er sich zu mir herunter und küsste mich.

Ich war zu überrascht, um auszuweichen. Meine Glieder befanden sich in einer Schockstarre. Seine Lippen lagen auf meinen, seine Hand umschloss meine Taille – und das war der Moment, in dem mir auffiel, was anders war.

Ich.

Ich war anders.

Chris mochte sich nicht verändert haben, aber ich hatte es schon. Er küsste mich – jahrelang hatte ich von diesem Szenario geträumt – und ich fühlte rein gar nichts. Er hätte ebenso ein Wildfremder sein können, der mich sexuell belästigte. Es hätte keinen Unterschied für mich gemacht.

Abrupt hob ich die Hände und schubste ihn weg. „Bist du bescheuert?", fauchte ich ungläubig und wischte mir mit dem Handrücken über den Mund. „Wir kennen uns doch gar nicht mehr! Und selbst wenn wir uns kennen würden … ich will rein gar nichts von dir!"

Chris schüttelte den Kopf und sah mich eindringlich an. „Louisa, wir waren die besten Freunde. Du hast mich geliebt. Solche Gefühle verschwinden nicht einfach so."

„Nein, nicht einfach so", gab ich zu und machte einen weiteren Schritt zurück. „Aber sie tun es. Ich bin nicht mehr das junge Mädchen von damals, Chris. Das Mädchen, das dich angehimmelt hat und glaubte, nicht gut genug für dich zu sein."

Ich lachte laut auf. Gott, wie hatte ich so dämlich sein können? Die letzten Monate hatte ich lediglich mit ihm verbracht, um mir selbst zu beweisen, dass ich über ihn hinweg war. Dass ich es wert war, von ihm begehrt zu werden.

Weil er es damals geschafft hatte, mir dieses Gefühl so brutal auszutreiben. Aber wofür das Ganze? Um mein Ego ein wenig aufzublasen? Dabei brauchte ich das doch gar nicht! Keine männliche Bestätigung der Welt konnte mir sagen, was ich längst hätte wissen sollen: Ich war verdammt noch mal toll!

„Ich bin jemand völlig anderes", stellte ich überrascht fest und musste lachen. „Meine Güte, ich bin ein so viel reiferer Mensch geworden!" Wieder lachte ich, bevor ich mich umdrehte und ging.

„Louisa?", rief mir Chris verwirrt hinterher. „Wo stehen wir denn jetzt?" Ich hob die Hand über meine Schulter. „Fahr nach Hause und denk über dein Leben nach, Chris", empfahl ich ihm laut, bevor ich breit lächelnd meine Schritte beschleunigte.

Mir war es bis zu diesem Zeitpunkt nicht bewusst gewesen, aber das Abendessen mit Chris war das Beste, was mir hätte passieren können.

Weil ich nach einem Abschluss gesucht hatte. Weil ich hatte verstehen müssen, dass meine Vergangenheit nur so viel Bedeutung hatte, wie ich ihr beimaß. Dass niemand mir einreden konnte, nicht gut genug zu sein, außer mir selbst.

Ja, ich hatte ein letztes Treffen gebraucht, um zu dieser Einsicht zu kommen. Und mit Chris abzuschließen, fühlte sich verdammt noch mal gut an!

Ich war immer noch etwas durcheinander, als ich vor dem Haus des Menschen parkte, mit dem ich diesen Abend eigentlich hätte verbringen sollen, und mein Handy zu bimmeln anfing. Abwesend, mit den Gedanken immer noch bei dem absurden Theater, in das sich mein vermeintliches Geschäftsessen verwandelt hatte, stieg ich aus dem Wagen und hob ab.

„Ja?"

„Lou, deine Schwester hat sie nicht mehr alle!", brüllte jemand in mein Ohr.

Erschrocken hielt ich den Telefonhörer von meinem Ohr weg, während ich hastig in das Wohnhaus schlüpfte, aus dessen Tür gerade ein älterer Herr gekommen war.

„Finn?", fragte ich verwirrt.

„Natürlich Finn!", kam es aufgebracht zurück. „Wer hält es denn bitte sonst mit deiner Schwester aus? Emmi ist verrückt, Lou! *Verrückt*, sag ich dir!"

„Ich weiß. Aber ich dachte, das würdest du an ihr so mögen."

„Ja, natürlich, das ist eine ihrer besten Eigenschaften. Aber nicht dann, wenn sie völlig ohne Grund durchdreht und handgreiflich wird!"

Ich runzelte die Stirn und nahm die ersten Stufen. „Emily hat dich verprügelt?", wollte ich wissen.

„Oh, bitte, sie ist ein Hänfling. Sie könnte mich nicht mit der Hilfe eines Gabelstaplers umhauen. Aber sie hat ein Messer nach mir geworfen."

„Echt?" Ich war beeindruckt.

„Na ja, eines aus Plastik. Aber es war Essig dran und hat meine einzige noch saubere Jeans ruiniert. Es war also so was wie ein verdammter Anschlag auf mich!"

Ich verdrehte die Augen. Die schwer leidende Jugend von heute. Bedroht von ein paar Tropfen Essig.

„Finn, was genau ist passiert?"

„Ich möchte nicht darüber reden", erwiderte er pampig. „Eigentlich rufe ich auch nur an, um dir was über die Zooleute zu erzählen."

Das war jetzt gemein! Er konnte doch nicht einfach mit einem solchen Cliffhanger enden.

Doch Finn sprach bereits weiter: „Also. Henning war der Boss und hat gerne mal Leute herumkommandiert. Er hat sich ständig mit der Direktorin gefetzt, das weiß jeder. Seiner Meinung nach hat sie viel zu wenig Geld in die Sicherheit und Gesundheit der Tiere gesteckt."

Ich runzelte die Stirn. Das war nicht das, was Peer und Valentin mir erzählt hatten. „Okay. Und sonst versteht sich die Direktorin mit jedem?"

Finn prustete. „Gott, nein. Was Frau Kamm angeht, ist es recht simpel: Die Direktorin mag niemanden und niemand mag die Direktorin. Bis auf Marius vielleicht, aber der ist sowieso ein bisschen komisch. Hat ein paar zu viele Sondermülldämpfe eingeatmet, wenn du mich fragst."

Dazu konnte ich nichts sagen. Alles, was ich über Marius wusste, war, dass er es nicht mochte, wenn jemand ungefragt in seinem Büro herumschnüffelte.

„Was ist denn mit diesem Marcel?", hakte ich nach. „Ich hatte das Gefühl, zwischen ihm und Katrin wäre vielleicht etwas gelaufen?"

„Nee", sagte Finn sofort. „Die zwei sind schon super lange befreundet. Da ist nichts. Marcel und Henning waren außerdem beste Freunde, er würde ihm nie seine Freundin klauen."

„Was ist mit Jasmin?"

„Die will auch keiner klauen."

„Nein, ich meine: Hatte sie Streit mit Henning?"

Eine kurze Pause entstand, in der Finn offenbar nachdachte, bevor er sagte: „Glaub nicht. Jasmin ist die Freundin von Valentin, und mit dem versteh ich mich ganz gut. Das hätte er mir erzählt."

Also hatte sie womöglich nicht gewusst, dass Henning sie feuern wollte? „Okay, gibt es sonst böses Blut zwischen den Mitarbeitern?"

„Nicht wirklich. Zumindest nichts Dramatisches. Valentin mag Marcel nicht. Katrin mag Jasmin nicht. Marcel mag mich nicht. Wie in einer richtigen kleinen Familie eben."

Ich schnaubte. „Na, prima. Sonst noch was?"

„Keine Ahnung. Mir fällt gerade nichts ein. Aber das könnte auch daran liegen, dass deine blöde Schwester mich wahnsinnig macht! Wusstest du, dass ihre Nasenflügel auf die dreifache Größe anschwellen, wenn sie wütend wird? Wie ein beschissenes Pferd auf Drogen. Was ist los mit ihr? Wieso kann sie nicht wie ein normaler Mensch anfangen zu schreien? Stattdessen macht sie das Nüstern-Ding und wirft mit Gegenständen um sich. Wahnsinnig, Lou, sie ist wahnsinnig!"

Was sagte man dazu? Die Fähigkeit, andere Leute an den Rand eines Nervenzusammenbruchs zu drängen, lag offenbar in der Familie. Die Manus machten die Rispos wahnsinnig.

Der Sonntagsbrunch mit meiner Mutter stand unter einem unglaublich guten Stern.

„Hör mal, wenn du die Leute einzeln befragen willst, komm doch einfach morgen Abend um sieben zum Sommerfest", schlug Finn atemlos vor, so als würde er gerade rennen. Vielleicht war Emily ihm ja auf den Fersen, bereit, auch noch einen Pappteller nach ihm zu werfen. „Da betrinken sich alle und sind sicher sehr redselig."

Ein Sommerfest? Tatsächlich? Davon hatte ich gar nichts gewusst. Na, die Gelegenheit würde ich mir nicht entgehen lassen.

„Geht klar, ich werde da sein", versprach ich. „Danke, Finn."

„Jo", erwiderte er und legte auf.

Kopfschüttelnd starrte ich das Telefon an, bevor ich es in meine Handtasche sinken ließ. Was war denn nur los mit den beiden? Sie waren doch sonst immer ein Herz und eine Seele – kurzum: der Schrecken der Nation. Ich beschloss, Emmi am nächsten Tag nach dem Grund ihrer Streitereien zu fragen, erreichte Rispos Stockwerk und klingelte an der Tür.

Es war merkwürdig, aber aus irgendeinem Grund hämmerte mein Herz mir bis zum Hals und mein Kopf fühlte sich unglaublich leicht an, so als hätte ein Luftballonshop darin eröffnet. Als Josh keine zwanzig Sekunden später die Tür öffnete, hörte mein wichtigstes Organ einen Moment lang auf zu schlagen.

Er trug eine schwarze Jogginghose und ein graues T-Shirt, die Haare in Feierabendmanier verwuschelt, und augenblicklich leerten sich meine Gedanken. Nach dem Gespräch mit Chris hatte mich eine solche Sehnsucht überkommen, Josh zu sehen, dass sein Anblick jetzt wie der reinste Disneyfilm für meine Gefühle war.

„Was machst du hier?", fragte Josh überrascht, doch mein Gehirn war offenbar falsch verkabelt, denn für mich hörten sich diese vier Worte wie das Romantischste an, was er jemals zu mir gesagt hatte.

Grund genug: „Hey", zu hauchen, meine Arme um seinen Hals zu schlingen, seinen Kopf zu meinem heranzuziehen und ihm die Luft aus den Lungen zu küssen.

Ich konnte ihm nicht sagen, dass ich ihn liebte. Noch nicht. Aber ich konnte es ihm zeigen. Und das tat ich, indem ich mich wortwörtlich in seine Arme schmiss, sodass er perplex einige Schritte rückwärts in seine Wohnung stolperte. Doch wenn Josh eines hatte, dann waren es gute

Reflexe, und er ließ es sich nicht nehmen, sie zu nutzen, um aufzuholen, was ich schon längst begonnen hatte.

Seine Lippen brannten heiß auf meinen, während meine Hände in seinen Haaren versanken. Rispos Arm schloss sich fest um meinen Rücken, seine Hand auf dem freien Stück Haut zwischen meiner Jeans und meinem T-Shirt. Seine Finger wanderten nach oben, zogen den Stoff mit sich, während seine andere Hand sich warm in meinen Nacken legte und –

Jemand räusperte sich.

Erschrocken fuhr ich zusammen, riss den Kopf herum und hätte Josh mich nicht festgehalten, wäre ich glatt hingefallen – aber erwähnte ich seine guten Reflexe?

Mit offenem Mund blickte ich blinzelnd zur Couch.

Ein Mann saß dort.

„Nicht, dass ich die Vorstellung nicht genießen würde", begann er langsam und verschränkte die Hände hinter seinem Kopf. „Aber ich war mir nicht sicher, ob du wolltest, dass ich den BH deiner Freundin sehe, Joshi, oder ob das ein Versehen war …"

Ich quietschte laut, stieß Josh von mir weg und zog hastig mein hochgerutschtes T-Shirt herunter.

Joshs Gast war Ende zwanzig, hatte schwarze Haare, dunkle Augen und ein verschmitztes Lächeln auf den Lippen.

Wie es aussah, war meine Sammlung an Rispos nun komplett. Nur warum – *warum?* – konnte ich Joshs Familie nie unter normalen Umständen kennenlernen? Wieso musste ich immer einen peinlichen Auftritt hinlegen, wenn ich einen Rispo traf? Was zum Teufel dachte sich das Universum nur!? Und wenn ich schon mal dabei war …

„Wieso sagst du denn nichts?", fuhr ich Josh perplex an. „Ich konnte nicht wissen, dass er hier ist, aber du …?"

Rispo hob unbeeindruckt eine Schulter. „Muss mir wohl kurz entfallen sein."

„Oh Gott", stöhnte ich und legte den Kopf in den Nacken.

„Nennt sie dich immer Gott oder macht sie das nur, wenn Gäste anwesend sind?", wollte der neue Rispo wissen, und mein Stöhnen wurde lauter. Ob Josh seinen Ofen wohl sauber hielt und ein Plätzchen für meinen Kopf frei hatte?

Ich konnte Josh leise lachen hören, bevor er den Arm um meine Schultern zog. „Lou, darf ich dir Moritz vorstellen?"

Unter einiger Anstrengung und mit dunkelrotem Kopf senkte ich den Blick und reichte Joshs jüngerem Bruder, der aufgestanden war und nun vor uns stand, die Hand.

„Hey", murmelte ich kraftlos und musterte ihn kurz. Mo war braun gebrannt und ein Stück kleiner als Josh, aber seine Schultern waren dafür um einiges breiter. Josh war muskulös, aber Moritz sah aus, als würde er in seiner Freizeit Berge hochrennen, während er eine Kuh stemmte. Was bei allem, was ich über ihn wusste, durchaus der Wahrheit entsprechen konnte.

„Nett, dich kennenzulernen, Moritz", fügte ich schließlich hinzu. „Du bist also der Gutaussehende der Familie. Hab mich schon gefragt, ob es denn überhaupt irgendwen mit vernünftigen Genen bei den Rispos gibt."

Das war natürlich Schwachsinn, denn die Rispos waren allesamt hübscher als eine mit blühenden Orchideen gefüllte Kristallvase.

„Ich mag deine Freundin, Joshi", stellte Mo fest, ergriff meine Hand und schüttelte sie. „Sie scheint ein gutes Auge zu haben."

„Sie ist halb blind. Zumindest wenn man nach ihren Fahrkünsten urteilt. Bilde dir also nicht allzu viel darauf ein."

„Ach deswegen hält sie es mit deiner Visage aus."

„Hey", unterbrach ich die beiden. „Ich fahre wunderbar, Joshs Auto ist schlichtweg zu groß – und ihr seid niedlich zusammen. Tut so, als würdet ihr euch beleidigen, wo ihr einander doch am liebsten knuddeln würdet!"

Mo sah mich einige Momente mit hochgezogenen Augenbrauen an, bevor er feststellte: „Ich glaube, es wird Zeit, zu gehen. Ich bin eigentlich ohnehin nur wegen der Akte gekommen."

Er griff sich eine braune Akte aus Pappe, die mir merkwürdig bekannt vorkam, winkte damit, klopfte Josh auf die Schulter und wandte sich zur Tür. „Schön, dich kennengelernt zu haben, Louisa. Ich habe schon eine Menge von dir gehört. Wenn man den Geschichten meiner Brüder Glauben schenken darf, scheinst du unsere Familie erfolgreich infiltriert zu haben. Herzlichen Glückwunsch. Ich hoffe, du weißt, worauf du dich einlässt." Er warf einen vielsagenden Blick auf Josh.

Ich lief rot an und nickte. „Oh, Josh ist schon ganz okay", meinte ich achselzuckend und lehnte mich gegen seine Seite. „Sein Aggressionsbewältigungsproblem bekommt er auch immer besser in den Griff – und er liebt euch alle sehr."

Außerdem würde er mit *meiner* Familie fertig werden müssen. Da gestand ich ihm ein paar Charakterschwächen zu.

Josh schnaubte und legte mir von hinten eine Hand auf den Mund. „Sie ist vollkommen durcheinander", stellte er fest. „Meine Anwesenheit hat diesen Effekt auf sie."

Mo grinste nur. „Schon klar", meinte er, bevor er mir zuflüsterte: „Hübscher BH übrigens. Bis dann." Im nächsten Moment zog er die Tür hinter sich zu.

Ich schob Joshs Hand von meinem Mund und sah misstrauisch zu ihm hoch. „Das war die Akte von deinem Beifahrersitz."

Rispo runzelte angestrengt die Stirn, bevor er fragte: „Tatsächlich? Ist mir gar nicht aufgefallen."

Ich boxte ihm gegen den Oberarm, was ihn nur zu einem breiten Grinsen verleitete. „Du gibst deinem Bruder einfach so eine Polizeiakte und willst für mich nicht einmal einen simplen Backgroundcheck machen?"

Prustend schob mich Josh zum Sofa. „Deine neue Mitarbeiterin ist keine Drogendealerin!"

„Das weißt du doch gar nicht. Sie ist so normal und so nett. Sie *muss* Dreck am Stecken haben.“

„Der Übersetzer deiner Logik muss erst noch geboren werden.“

„Den brauche ich nicht, ich selbst spreche Louisa Manu fließend“, meinte ich weise und ließ mich auf die Couch fallen. „Und du wirst es schon noch lernen. Aber zurück zum Thema: Was steht jetzt in dieser Akte drin?“

„Überhaupt nichts Wichtiges. Was mich dagegen interessiert: Woher weißt du, dass sich in der Schreibtischschublade der Direktorin ein Haufen Geld befindet?“

Ich blickte ihn an, verengte die Augen und nickte dann langsam. „Vielleicht sollten wir beide uns heute Abend ein wenig im Schweigespiel üben“, murmelte ich, bevor ich seinen Kopf wieder zu meinem heranzog und dort weitermachte, wo wir vor fünf Minuten aufgehört hatten.

Kapitel 10

Am nächsten Morgen vermieden Rispo und ich es gekonnt, auch nur ein Wort über den Fall oder meine Informations-Beschaffungs-Methoden zu sprechen. Ich stellte keine Fragen und Rispo unterließ es, mich darauf hinzuweisen, dass Einbruch eine Straftat war. Vielleicht fragte er mich auch gerade deswegen nicht. Weil er sonst dazu gezwungen gewesen wäre, mich tatsächlich anzuzeigen, und weil ihm höchstwahrscheinlich klar war, dass das darauffolgende Gespräch nur in einen riesigen Streit ausarten konnte, den wir beide nicht wollten.

Ebenso verzichtete Rispo darauf, mich nach dem gestrigen Abendessen zu fragen. Vielleicht aus demselben Grund, vielleicht auch nur, um nicht eifersüchtig zu wirken. Letztendlich war es mir egal – ich war einfach nur froh darüber, dass ich nicht dazu gezwungen wurde, ihm zu erzählen, dass Chris mich am Vorabend geküsst hatte.

Josh hatte schlechte Erfahrungen mit Untreue gemacht, da seine Ex-Verlobte es für unumgänglich gehalten hatte, mit seinem Partner und besten Freund zu schlafen. Ich bezweifelte, dass er mir weiter zuhören würde, nachdem die Worte „Chris" und „geküsst" über meine Lippen gekommen waren.

Sobald ich jedoch im Laden war und die untypisch pünktliche Emmi vor der Tür stehen sah, hob ich mein selbstauferlegtes Frageverbot auf.

„Was zum Teufel ist gestern zwischen Finn und dir passiert?", begrüßte ich sie. Ich war so neugierig, dass keine Zeit für ein Hallo blieb.

Sofort wurde Emilys Miene feindselig. „Was soll schon passiert sein?", fragte sie pampig. „Finn hat sich wie ein Arschloch verhalten, und ich bin mit Besteck auf ihn losgegangen. Das ist wirklich nichts, über das man noch reden müsste."

„Nun, er meinte, du hättest seine Hose ruiniert …"

„Der Blödmann kann froh sein, dass ich sein Hirn nicht ruiniert habe!", fauchte sie und presste verbissen die Lippen aufeinander.

Kopfschüttelnd schloss ich den Laden auf. „Jetzt musst du mir auf jeden Fall sagen, was passiert ist. Alles andere wäre einfach nur unfair."

„Nö", war ihre Antwort.

„Komm schon, Emmi!"

„Nein. Es ist irgendwie …" Sie kratzte sich zögerlich am Kopf und sah unsicher durch das Schaufenster nach draußen. „Na ja … blöd", stellte sie fest.

„Was ist blöd?"

„Das, worüber wir uns gestritten haben." Sie seufzte, wandte sich wieder zu mir und legte eine Hand auf die Brust. „Schade, dass du nie erfahren wirst, worum es ging."

Ich schnaubte. „Komm schon. Wenn du mir sagst, was bei dir blöd ist, sag ich dir auch, was bei mir blöd ist."

„Uhhh." Ihre Augen leuchteten interessiert auf und sie stützte die Ellenbogen auf den Tresen, um sich verschwörerisch zu mir hinüberzubeugen. „Erzähl du zuerst und danach entscheide ich, ob deine Geschichte dramatisch genug war, als dass meine es wert ist, sie mit dir zu teilen."

Ich erkannte einen schlechten Deal, wenn ich ihn sah, aber ich war neugierig und verzweifelt genug, ihn einzugehen.

„In Ordnung. Ich war gestern mit Chris essen und es stellte sich heraus, dass er keine Geschäfte, sondern Babys mit mir machen will.“

Emilys Kinnlade klappte herunter. „Das hat er gesagt?“

Nun ja, nein, aber sie hatte doch Dramatik gewollt, oder?

„Er hat angefangen, davon zu reden, was für eine tolle Frau ich doch wäre und dass wir nur ein schlechtes Timing gehabt hätten – und dann hat er mich geküsst.“

„Nein!“

Ich war äußerst zufrieden mit Emilys Reaktion und nickte deshalb nur würdevoll.

„Was sagt Josh dazu?“

„Keine Ahnung. Ich habe es ihm nicht erzählt.“

„Ist vielleicht besser so, er würde ausrasten.“

Das war ein gutes Argument. Und wenn Josh ausrastete, dann weinten die Engel – und das wollte niemand.

„So, jetzt kennst du mein Geheimnis, jetzt verrate mir deins“, verlangte ich.

Emily sog ihre Unterlippe ein, sah sich im Verkaufsraum um, als erwarte sie, dass sich ein Journalist der Bild-Zeitung hinter den Rosen versteckte, um den Knüller aufzunehmen, den sie gleich erzählen würde, fand anscheinend jedoch nichts Verdächtiges. Schließlich holte sie tief Luft und sagte: „Finn hat mir eine Haarsträhne aus dem Gesicht gestrichen.“

Wortlos starrte ich sie an, und ich meinte, ein paar Grillen im Hintergrund zirpen zu hören, bevor ich fragte: „Und dann hat er versucht, dich damit zu erwürgen?“

„Was? Nein.“ Nervös knibbelte Emmi mit den Fingern an einem Brandfleck auf dem Tresen, den sicherlich Trudi dort hinterlassen hatte. „Danach hat er mir seinen letzten Pommes frites angeboten.“ Vielsagend hob sie die Augenbrauen.

„Und dann?“, fragte ich. Ich wartete auf die Pointe.

„Dann hat er so getan, als wäre nichts gewesen!“, fuhr Emmi mich an und stieß sich vom Tresen ab.

Ich hatte mich immer für relativ klug gehalten, aber ich musste ehrlich zugeben, dass ich nicht folgen konnte. „War Mayonnaise an den Pommes, obwohl er weiß, dass du die nicht magst?", hakte ich nach. Irgendetwas musste ich übersehen haben.

„Nein, natürlich nicht. Finn würde mir nie etwas mit Mayonnaise darauf geben! Er ist doch nicht total plemplem."

Nachdenklich kratzte ich mich am Kopf. „Lass mich zusammenfassen: Er hat dir eine Haarsträhne aus dem Gesicht gestrichen und dir sein Essen angeboten, und als Dank hast du ihn mit deinem Besteck beworfen?"

„Wir haben Grenzen, Lou", erklärte sie mir hitzig, die Arme fest um ihren Körper gezogen. „Wir haben ausgemacht, dass wir nicht miteinander schlafen werden – unserer Freundschaft wegen –, da kann er nicht einfach mein Gesicht anfassen und mir seinen letzten Pommes frites anbieten! Finn liebt sein Essen, Lou. Das ist als … als hätte er … als hätte er mir einen zärtlichen Zungenkuss gegeben!"

„Ahhh", sagte ich und verstand. „Dir war der Moment zwischen euch zu intim und du bist in Panik ausgebrochen." Ich nickte. „Was sagt man dazu. Du bist durch und durch meine Schwester."

„Schwachsinn." Emilys rechtes Augenlid begann nervös zu zucken. „Finn ist zu weit gegangen, und dann tut er auch noch so, als wäre *ich* es, die verrückt ist. Dabei hat *er* doch sein Essen zu mir herübergeschoben und … und …"

„Emmi", flüsterte ich vorsichtig, lief um den Tresen herum und tätschelte ihre Schulter. „Ich möchte mich nicht zu weit aus dem Fenster lehnen, weil du mich dann möglicherweise hinausschubst, aber kann es sein, dass du ein bisschen in Finn verliebt bist?"

Ungläubig öffnete meine Schwester den Mund. „Das nimmst du sofort zurück!"

„Emmi, überleg doch mal: Du reagierst total irrational bei Sachen, die Finn betreffen. Und ich weiß das, denn Irrational ist mein zweiter Vorname."

„Dein zweiter Vorname ist Josephine, und ich bin nicht verliebt", knurrte sie. „Schließ nicht von deinem Rispo auf andere!"
Ich öffnete den Mund, um einen neuen Versuch zu wagen, meine Schwester in Einklang mit ihren Gefühlen zu bringen, doch in diesem Moment ging die Tür auf und ein Kunde trat ein.

Ich hob einen Zeigefinger in Emilys Richtung, um ihr zu bedeuten, dass das Gespräch noch nicht beendet war, bevor ich dem älteren Herrn zulächelte, der die Hand hob und zielsicher auf die Rosen zuging. Ungelenk fischte er eine der Blumen aus dem Eimer und wandte sich dann zu mir um. „Hallo, Trudi. Schön Sie kennenzulernen", sagte er hölzern und streckte mir die Blume entgegen. „Die ist für Sie."

Perplex starrte ich ihn an. Ich wusste nicht, was ich sagen sollte. Ich schwankte zwischen: *Ich bin keine verdammte siebzig Jahre alt*, und: *Sie müssen die Pflanze erst kaufen, bevor Sie sie verschenken können.*

Letztendlich entschied ich mich für: „Hä?"

Der Mann blinzelte mich an, während Emily neben mir anfing zu kichern.

„Oh, entschuldigen Sie. Mögen Sie keine Rosen?"

„Doch", sagte ich automatisch, auch wenn ich Rosen tatsächlich tierisch unoriginell fand. „Aber ich glaube, Sie verwechseln mich. Ich bin nicht Trudi."

„Mhm?", machte der Grauhaarige und tastete nach der Brille, die ihm um den Hals hing. Mit gekräuselter Nase setzte er die mindestens zwei Zentimeter dicken Gläser auf, und ein Schatten der Erkenntnis huschte über seine Züge. „Ah, richtig. Sie sind ein paar Jahre zu jung." Wie wäre es mit ein paar Jahrzehnten?! „Sie sehen dem Profilbild nur sehr ähnlich", erklärte er weiter.

Okay. Ich musste wirklich anfangen, Feuchtigkeitscreme zu benutzen.

„Ist Trudi denn hier?", wollte der Mann wissen und sah sich im Verkaufsraum um. „Sie wollte mich um Viertel nach neun treffen. Sie sagte, dies sei der Ort, an den hippe Senioren heutzutage gehen."

Er blickte auf seine Uhr, und wie auf Kommando ging die Tür auf. Trudi trat ein, heute in einer Kombination aus verschiedenfarbigen Leopardenmustern, die Haare wunderbar vaselinefrei. In ihren Händen trug sie ein Tablett mit Schokoladenkeksen, das ihr Emily, selbstlos wie sie war, hastig abnahm.

„Trudi, hier ist ein Mann, der nach deiner Aufmerksamkeit verlangt", meinte meine Schwester grinsend. Der Zwischenfall war für sie offenbar eine willkommene Ablenkung.

Die alte Dame nickte, während sie ihr Gegenüber kritisch musterte. Wenn sie sich Mühe gab, ihre Emotionen zu verbergen, so konnte man es nicht erkennen. Sie verzog den Mund skeptisch nach rechts, bevor sie ein Auge schloss und nun aussah wie ein in die Jahre gekommener Pirat.

„Nein", sagte sie schließlich kopfschüttelnd. „Das wird nicht funktionieren. Sie sind mir zu hübsch, fürchte ich. Was sollen denn meine Freundinnen sagen, wenn ich mit einem jungen George Clooney bei ihnen auftauche? Ich bin bereits reich, ich kann ihnen nicht noch einen weiteren Grund geben, mich zu hassen. Sie würden mich von allen gemeinsamen Aktivitäten ausschließen. Nein, tut mir leid." Bedauernd hob sie die Schultern. „Außerdem haben Sie zu viele Haare auf dem Kopf. Wenn ich öfter staubsaugen wollte, könnte ich mir gleich einen Hund zulegen. Ich mag meine Männer gerne glatt um die Ohren."

Ich wechselte einen Blick mit Emily, deren Lippen vor Anstrengung, nicht zu lachen, zitterten, bevor ich zu dem älteren Herrn blickte, der knapp nickte.

„Das ist tatsächlich ein Problem, mit dem ich öfter konfrontiert werde", gestand er. „Aber vielen Dank für Ihre Ehrlichkeit." Er nickte Trudi zu und verließ den Laden.

Das Dating-Leben alter Leute unterschied sich offenbar drastisch zu dem jüngerer.

„Das war unhöflich, Trudi", fühlte ich mich verpflichtet, ihr zu erklären, als ihr Date die Tür hinter sich zufallen ließ. „Ach, papperlapapp." Sie machte eine wegwerfende Handbewegung, die bei einem Rapper recht cool hätte aussehen können. „In unserem Alter hat man keine Zeit für Höflichkeit. Ihr jungen Leute verschwendet eure kostbaren Jahre mit Menschen, die ihr nicht mögt, nur weil ihr zu feige seid, ihnen zu sagen, was ihr von ihnen haltet. Wir in der älteren Generation wissen es besser. Wir wollen nicht neben einem Menschen sterben, den wir nur ganz okay finden."

„Trudi hat recht", bestärkte Emily sie. „Außerdem ist der Kerl ein Ladendieb, Lou. Er hat dir eine Rose geklaut – das ist wohl kaum der richtige Umgang für eine unbefleckte Seele wie Trudi."

„Ganz genau", meinte die unbefleckte Seele lächelnd und stemmte die Hände in die Seiten. „Also: Gehen wir jetzt auf Mörderjagd? Was gibt es Neues zu dem Finger, den du gefunden hast? Ich habe frische Herzpillen bekommen. Ich bin so gut wie neu. Außerdem ist mein Date gerade geplatzt und ich habe nichts zu tun."

„Das ist eine wunderbare Idee!", sagte Emily begeistert. „Lou, du wolltest doch sowieso die Freundin des Opfers befragen, oder? Nimm Trudi doch einfach mit." Herausfordernd sah sie mich an.

„Hast du nicht gestern noch verkündet, dass *du* gerne bei dem Fall mitmachen würdest, weil die Sache ‚persönlich' ist?", wollte ich wissen.

„Tja, gestern war gestern und heute ist heute", konterte Emily neunmalklug.

„Pf. Du willst doch nur nicht, dass ich mit dir über deine Gefühle für Finn rede", flüsterte ich.

„Und du hast doch nur Schiss, dass du dieses Mal nicht klug genug bist, um den Fall alleine zu lösen", schoss Emmi zurück.

Beleidigt verschränkte ich die Arme vor der Brust. „Ich werde den Fall lösen. Ich weiß schon eine Menge!"

„Ja, eine Menge unwichtigen Kram, mit dem du nichts anzufangen weißt“, sagte sie augenverdrehend.

Das machte mich umso wütender – denn sie hatte recht. Gott, ich wusste, dass Emily mich absichtlich aufregte, damit ich ihr das Gegenteil beweisen wollte ... warum funktionierte es nur jedes Mal aufs Neue wieder so gut?

„Komm, Trudi“, sagte ich gepresst und griff mir vier Kekse. Einen für meine miese Laune, einen für meinen Blutzucker, einen für die lange Autofahrt und einen zum Genuss.

„Oh, wunderbar.“ Die alte Dame klatschte in die Hände. „Wo wohnt diese Freundin denn?“

Hm. Das war eine gute Frage. Verdammt sei Rispo und seine Unfähigkeit, Informationen zu teilen. „Ich rufe Finn an. Vielleicht kann er uns ja helfen.“

Konnte er.

Als Rebecca kam und Emmi sie mit: „Na, Becky, wie viele Drogen hast du heute Morgen schon verkauft?“, begrüßte, war ich unsicher, ob ich die zwei wirklich allein lassen sollte. Doch Trudi versicherte mir, dass junge Leute nun einmal so miteinander redeten, und fragte dann, ob Rebecca ihr wohl ein wenig Gras besorgen könne?

Ich beschloss, dass es Zeit war, zu gehen.

Katrin, die mit Nachnamen Laier hieß, wie Finn mir berichtet hatte, lebte in der Nähe des Tierparks im Stadtteil Köln-Lindenthal. Das Wohnhaus, in dem sie lebte, strahlte so hellgelb wie die Sonne und besaß einen kargen Vorgarten bestehend aus vertrockneten Buchsbäumchen, deren Anblick mir das Herz brach. Ich schritt Trudi voran zur dunkelbraunen Haustür und drückte den zweiten Klingelknopf von unten.

„Ich hoffe, sie wohnt im Erdgeschoss“, meinte Trudi und blickte die Fassade hinauf. „Meine Herzmedikamente mögen neu sein, aber meine Hüfte ist es nicht. Und ich bin heute schon sechs Stufen gelaufen. Mein Pensum ist voll.“

Die Freisprechanlage knisterte, bevor eine weibliche Stimme fragte: „Hallo, wer ist da?"

„Hey, mein Name ist Manu und ich bin … für die Polizei da. Es geht um den Mord an Henning Wiese?"
Das war noch nicht einmal gelogen, denn ich war immer für Rispo da und der war nun einmal Polizist.

„Oh, okay", kam es zurück und im nächsten Moment wurde der Summer betätigt.

Ich stieß die Tür auf, während Trudi anmerkte, dass es wirklich ungeheuerlich einfach sei, Zutritt zu einem fremden Wohnhaus zu bekommen. Insgeheim musste ich ihr recht geben, doch ich hatte von dieser Tatsache schon zu oft Gebrauch gemacht, als dass ich das Recht gehabt hätte, mich darüber aufzuregen.

Zu Trudis Erleichterung bewohnte Katrin Laier den ersten Stock. Stirnrunzelnd, in Jogginghose und Tank-Top, stand sie in ihrem Türrahmen. „Ich verstehe nicht", begrüßte sie uns, die Arme vor der flachen Brust verschränkt. „Die Polizei war schon gestern hier. Ich habe ihnen bereits alles gesagt, was ich weiß."

„Das stimmt. Kommissar Rispo, der leitende Ermittler, ist in letzter Zeit nur etwas durcheinander und hat seine Notizen aus Versehen verlegt", erklärte ich entschuldigend. „Er ist ja ganz hübsch anzusehen, aber nicht die hellste Birne im Kronleuchter, wenn Sie verstehen, was ich meine." Vielsagend klopfte ich mir mit dem Finger gegen die Schläfe. „Würde es Ihnen etwas ausmachen, noch einmal zu wiederholen, was Sie gestern gesagt haben?"

Unschlüssig rieb sich Katrin über die nackten, mit langen Kratzern übersäten Unterarme. „Sind Sie nicht die Frau, die den Finger gefunden hat?", wollte sie dann wissen.

„Welchen?" Ich hatte zwei gefunden. Da musste sie schon präziser werden.

„Den im Erdmännchengehege. Ich bin mir sicher, dass ich Sie dort gesehen habe …"

„Ja, haben Sie", bestätigte ich hastig. Leider war mein unkonventionelles Auftreten wohl recht einprägsam gewesen. „Es war Zufall, dass ich den Finger gefunden habe. Ich arbeite sonst als polizeiliche Beraterin.“

„Und sie ist sehr gut“, half mir Trudi und klopfte auf meine Schulter. „Sie berät … sehr beratend.“

„Aha.“ Kaum vorstellbar, aber Katrin schien nicht überzeugt. „Und Sie sind auch von der Polizei?“ Fragend sah sie zu Trudi, die gerade angestrengt die Falten auf ihrem Handrücken flachstrich und dann ihren pinken, aufgeklebten Fingernagel wieder geraderückte.

„Heute ist auf dem Revier Bring-deine-Oma-zur-Arbeit-Tag“, erklärte ich.

„Oh.“ Katrins Stirn blieb gerunzelt, aber offenbar kam sie zu dem Schluss, dass niemand eine so dreiste Aneinanderreihung von Lügen erzählen würde, denn sie nickte und trat beiseite. „Dann kommen Sie doch rein. Wenn es nicht lange dauert, ist das schon okay, denke ich. Ich bin nur leider nicht in der besten Verfassung.“ Ihre Wangen liefen pink an, und hastig wandte sie den Blick ab.

„Natürlich, das verstehe ich“, flüsterte ich, während Mitgefühl meinen Magen flutete und mein Herz schwer werden ließ. „Wir haben nur ein paar kleine Fragen.“

Katrin führte uns in einen Raum, der aussah wie eine Fusion von Wohnzimmer und Büro. Eine Couch stand an der langen Seite der Wand, ein beladener Schreibtisch direkt daneben und ein überquellender Mülleimer dazwischen.

„Entschuldigen Sie die Unordnung“, sagte Katrin, bot uns den Platz auf der Couch an und strich sich fahrig die Haare hinter die Ohren. „Henning wollte bei mir einziehen. Es ist sein Schreibtisch und …“ Sie schluckte hörbar. „Ich habe es noch nicht übers Herz gebracht, seine Sachen wegzuräumen.“

Meine Brust wurde eng, als ich die Tränen in ihren Augen glitzern sah, und ich nickte steif. Es war merkwürdig. Wenn ich eine Leiche sah, fühlte ich nicht so viel, wie wenn ich mit den Hinterbliebenen des Toten sprach. Denn tot zu sein, war schmerzlos. Zurückgelassen zu werden nicht.

„Mir tut Ihr Verlust wirklich leid“, murmelte ich und kam mir gleichzeitig albern vor. Denn diese Worte halfen nicht. Keine Worte würden den Schmerz lindern.

„Danke“, sagte Katrin dennoch mit zitternden Lippen. „Es war nur so plötzlich. Wir hatten so viele Pläne. Ich bin schwanger, wissen Sie?“ Schützend legte sie eine Hand auf ihren Bauch. „Wir hatten immer Probleme mit dem Geld, und Henning ist in Panik ausgebrochen, als ich es ihm erzählt habe, aber dann ...“ Sie schniefte. „Ein paar Tage später hat er eine komplette 180-Grad-Drehung hingelegt. Er hat sich so gefreut. Er meinte, dass das mit dem Geld gar kein Problem sei und dass ich mich nur um das Baby sorgen solle. Er war so ... so euphorisch. So glücklich. Und dann ...“ Sie verstummte und schüttelte den Kopf.

Ein Kloß drängte in meinen Hals und wieder nickte ich. „Ich verstehe. Haben Sie denn irgendeine Ahnung, wer ihm etwas Böses gewollt haben könnte?“

„Nein, mir fällt niemand ein. Er hat sich mit allen gut verstanden. Wirklich, das müssen Sie mir glauben.“

Es tat mir leid, aber das war Blödsinn. Kein Mensch wurde von allen gemocht. Mir zum Beispiel fielen direkt drei Leute ein, die mir den baldigen Tod oder zumindest eine hässliche Krankheit wünschten. Angefangen bei Anna Herling, der ich in der siebten Klasse absichtlich ein Kaugummi in die Haare geklebt hatte, bis zu Frederick Krims, dessen Freundin ich vor zwei Jahren aus Versehen eingeredet hatte, dass er nicht gut genug für sie sei.

„Was ist denn zum Beispiel mit der Zoodirektorin?“, hakte ich vorsichtig nach. „Gab es zwischen Henning und Frau Kamm böses Blut?“

Röte flutete Katrins Wangen, und einen Augenblick lang huschte ein Ausdruck der Unsicherheit über ihr Gesicht, bevor sie sich wieder fing und sagte: „Oh nein. Das waren nur kleine Kabbeleien. Das kann man nicht ernstnehmen. Frau Kamm ist eine sehr nette Frau. Sie ...“ Katrin räusperte sich, bevor sie sich zitternd erhob. „Entschuldigen Sie mich kurz, ich muss mir ein Taschentuch holen.“ Überstürzt flüchtete sie durch eine Tür im Flur, hinter der ich das Bad vermutete.

Stirnrunzelnd sah ich ihr nach.

Sie hatte gelogen. Sie hatte so offensichtlich gelogen, dass ich ihre Nase hatte wachsen sehen können. Aber warum? Warum sollte sie bezüglich der Direktorin lügen? Womöglich war Frau Kamm die Täterin! Ausgeschlossen werden konnte es nicht, aber weshalb sollte Katrin sie in Schutz nehmen?

„Ich hab mir eine Mördersuche irgendwie weniger deprimierend vorgestellt", flüsterte Trudi an meiner Seite. „Ist es sonst lustiger?"

Ich zuckte die Achseln. „Es gibt solche und solche Momente", gab ich zu und ließ meinen Blick wie automatisch zu dem Schreibtisch wandern, der laut Katrins Aussage Henning gehört hatte. Bücher und ausgedruckte Internetartikel über Löwen häuften sich darauf. Gefühlt jedes Blatt war außerdem mit pinken Haftnotizzetteln übersät. Marker und bunte Stifte tummelten sich zwischen leeren Kaffeebechern, und ein Fütterungsplan der Tiere prangte an der Wand über dem Tisch.

Ich kniff die Augen zusammen, um die gedrängte Handschrift entziffern zu können, und tatsächlich stand dort, dass Henning den Löwen Jeki Samstagabend zu füttern hatte. Die Frage war nur, wer wusste noch davon? Hatten die Mörder Henning aufgelauert? Oder war eine hitzige Diskussion mit einem seiner Kollegen aus dem Ruder gelaufen? Der Fütterungsplan schien kein Geheimnis zu sein. Jeder der Angestellten musste gewusst haben, wo Henning sich an einem Samstagabend befand.

„Der Mann hat auf jeden Fall eine Menge Zeitung gelesen", sagte Trudi plötzlich zufrieden. „Das lob ich mir. Die Jugendlichen von heute schauen doch nur noch dieses RTL 5 und gucken sich große Hintern an. Das hat es damals nicht gegeben. Wenn man einen großen Hintern sehen wollte, musste man seine beste Freundin bitten, mehr zu essen."

Ich schmunzelte. „Es gibt einige junge Leute, die Zeitung lesen", versuchte ich meine Generation zu verteidigen.

„Du hast also auch gleich fünf davon in deinem Mülleimer liegen?", wollte Trudi neugierig wissen. „Für so ambitioniert habe ich dich gar nicht gehalten."

„Fünf?", fragte ich verwundert und lugte zum Mülleimer, den Trudi so eingängig studiert hatte. Tatsächlich. Verschiedene Zeitungen – die Bild, das Kölner Blatt, die Süddeutsche – stapelten sich im Papierkorb.

Ich lachte und zog die oberste daraus hervor. Wer hatte bitte die Zeit, so viele Tageszeitungen zu lesen?

„Guck mal, er hat sogar ein paar Artikel ausgeschnitten", meinte Trudi und klang beinahe stolz. So als hätte der tote Henning Wiese etwas Gutes für die Gesellschaft getan.

Ich verdrehte die Augen, sah auf die Löcher, die Trudi angesprochen hatte – und hielt inne. Es fehlten keine ganzen Artikel, sondern lediglich Buchstaben.

Keine einzige Überschrift war vollständig, weil so viele der großen Lettern herausgetrennt worden waren. Mit leicht geöffnetem Mund blätterte ich durch die Zeitung – überall fehlten vereinzelte Buchstaben. Und wenn Henning Wiese keine Traumcollage gebastelt hatte, dann fiel mir nur ein anderer Grund ein, warum jemand Buchstaben aus einer Zeitung ausschnitt.

Eine Toilettenspülung wurde betätigt und hastig stopfte ich das Papier zurück in den Mülleimer. Gerade noch rechtzeitig, bevor Katrin zurück in den Raum glitt.

„Entschuldigen Sie", sagte sie und fuhr sich mit dem Handrücken über die Nase. „Ich weiß, ich konnte Ihnen nicht helfen, aber ich glaube, Sie sollten besser gehen. Die Morgenübelkeit nimmt wieder überhand."

„Oh, klar." Hastig sprang ich auf und bot Trudi meinen Arm an, um sie vom Sofa zu ziehen. Sie trug zwar Leopardenmuster, aber das war auch das Einzige, was sie mit dem Tier gemein hatte. „Nur noch ganz kurz: Hat sich Henning in den Tagen vor seinem Tod merkwürdig verhalten? Hat er

Ihnen gesagt, was er Samstagabend vorhatte? Ob er sich vielleicht mit jemandem treffen wollte?"

„Nein", sagte Katrin kopfschüttelnd. „Er wollte nach der letzten Fütterung zu mir kommen, aber ist nie aufgetaucht. Und merkwürdig war er auch nicht. Alles war ... gut. Tut mir leid. Ich wünschte, ich könnte eine größere Hilfe sein, aber ..." Verzweifelt hob sie die Achseln.

„Das macht nichts", sagte ich lächelnd. „Danke sehr für Ihre Kooperation und ruhen Sie sich ein wenig aus."

Fünf Minuten später standen Trudi und ich wieder draußen in der Sonne und mir kamen zwei Gedanken: Wen hatte Henning erpresst – und wo waren meine Kekse?

Kapitel 11

„Finn, wenn dich jemand erpressen würde, wo würdest du das Bargeld aufbewahren, das derjenige verlangt?"

„Weswegen werde ich erpresst?"

„Jemand hat dich dabei beobachtet, wie du dir widerrechtlich Zutritt zum Zoo verschafft hast." Abrupt wandte er mir den Kopf zu. „Willst *du* mich erpressen?"

Augenverdrehend blieb ich stehen, stützte mich auf dem Zaun zum Kamelgehege ab und hob meinen Fuß, um ein kleines Steinchen aus meinen Sandalen zu pulen, das mich schon seit zwanzig Minuten störte. „Nein. Du hast kein Geld. Was würde mir das bringen?"

„Oh, richtig." Einen Moment lang sah er verwundert in den Himmel, so als habe er vergessen, dass er pleite war, dann hob er die Schultern. „Ich schätze, wenn jemand auf die Idee käme, mich zu erpressen, würde ich mir einen dieser schicken Aktenkoffer besorgen, die alle immer in den Hollywoodstreifen mit sich herumtragen."

„Mhm. Du würdest es nicht in eine Schublade deines Schreibtisches stopfen?"

„Nee ... na ja, wenn ich es eilig hätte vielleicht. Wieso fragst du?"

„Ich versuche herauszufinden, warum jemand Geld in seinem Schreibtisch versteckt und wer im Zoo es wert sein könnte, erpresst zu werden“, erklärte ich.

„Vielleicht glaubt diese Person nicht an Banken und hat Angst vor einer neuen Finanzkrise.“

Wir liefen weiter den Weg entlang in Richtung der Zoo-Event-Räume, in denen das heutige Sommerfest stattfinden sollte. Es war bereits zwanzig nach acht, doch es war mir klug erschienen, erst aufzutauchen, wenn die Mitarbeiter schon Zeit gehabt hatten, sich zu betrinken. Mein Kopf rauchte, wenn ich an meine Verdächtigenliste und die vielen neuen Informationen dachte, die ich über Henning gesammelt hatte. Ich brauchte dringend jemanden, mit dem ich über meine Theorien reden konnte. Wenn ich über den Fall sprach, taten sich Zusammenhänge auf, die ich in meinem Kopf noch nicht gebildet hatte. Wozu hatte Sherlock Holmes immer Watson mit sich herumgeschleppt? Bestimmt nicht nur, damit er seine Pfeife hielt. Leider war Finn nicht ganz so hilfreich.

Ich war mir sicher, dass Henning irgendjemanden im Zoo erpresst hatte. Die Buchstaben, die er aus der Zeitung ausgeschnitten hatte, der plötzliche Gefühlsumschwung bezüglich des Babys trotz Geldsorgen. Es passte zusammen. Aber wer hatte so viel Dreck am Stecken, dass er bereit war, jemanden zu töten, nur um ihn zum Schweigen zu bringen?

Natürlich war mein erster Gedanke die Zoodirektorin gewesen, die furchtbar viel Kohle an einem denkbar schlechten Ort gebunkert hatte. Aber was sollte man ihr zur Last legen?

Vielleicht hatte Henning damit gedroht, ihre Mutter anzurufen und ihr zu erzählen, dass ihre Tochter eine furchtbare Chaotin war. Dann hätte Florentine Kamm aber immer noch jemanden dazu überreden müssen, gemeinsam mit ihr die Leiche zu entsorgen. Laut Video muss der Täter einen Komplizen gehabt haben. Wenn tatsächlich die Direktorin die Mörderin war, würde ich darauf wetten, dass Marius, ihr Lakai, ihr bei der Beseitigung der Leiche geholfen hatte.

Die Sache war nur die: Ihr mögliches Motiv war viel zu schwammig. Und dennoch wollte ich sie nicht aus dem Kreis der Verdächtigen ausschließen. Genauso wenig wie Marcel, der Henning aus dem Weg hätte räumen wollen können, um an Katrin heranzukommen, oder Jasmin, die ihren Job nicht hatte verlieren wollen.

Und wieso zum Teufel war die Leiche so schlampig und aufwendig zugleich entsorgt worden? Das war das eigentliche Problem, das ich mit diesem Fall hatte. Selbst wenn die Tat möglicherweise ein Akt aus Leidenschaft und nicht von langer Hand geplant gewesen war – warum erst Teile des toten Körpers den Tieren vorwerfen und dann den Rest im Rhein entsorgen? Schweine fraßen doch alles. Mit Sicherheit hätte man die Leiche effektiver verschwinden lassen können. Es war fast so, als hätten die Täter gewollt, dass Überreste der Leiche gefunden wurden.

Ich hakte mich bei Finn unter. „Und du bist sicher, dass niemand der Mitarbeiter sich in den Tagen vor Hennings Tod merkwürdig verhalten hat?", fragte ich nach.

„Natürlich bin ich nicht sicher. Ich bin ein sehr unaufmerksamer Mensch, Lou", erinnerte mich Finn. „Ich würde mich auf nichts von dem, was aus meinem Mund kommt, verlassen."

Ich schnaubte. „Du bist *nicht* hilfreich."

„Und du hörst dich an wie deine Schwester", sagte er säuerlich. „Apropos deine Schwester: Hat Emily dir heute zufällig erklärt, warum sie sich so bescheuert verhalten hat?"

„Hat sie."

Abrupt blieb Finn stehen, und anhand des Rucks, der plötzlich durch meinen Arm ging, knickte ich beinahe um. „Ja, und?", wollte er drängend wissen und fummelte nervös an dem Reißverschluss seiner Kapuzenjacke herum.

„Ich bin mir ziemlich sicher, dass sie nicht will, dass ich es dir sage. Das ist eines dieser Dinge, auf die der Kerl selbst kommen muss", meinte ich und hob entschuldigend eine Schulter.

„Aber das ist unfair!", rief Finn empört. „Ihr Frauen habt Gehirne wie Labyrinthe. Wie soll eine arme Ratte wie ich da je hindurchfinden?"

Das war eine berechtigte Frage, auf die ich leider keine zufriedenstellende Antwort hatte.

Aufmunternd tätschelte ich Finns Arm. „Ich weiß. Aber ich kann dir einen kleinen Tipp geben, wenn du willst: Manchmal sagen Frauen, dass sie keine Beziehung wollen, obwohl das gar nicht stimmt."

Mit geöffneten Lippen starrte Finn mich an, bevor er fragte: „Welche Frauen?"

„Du arme, arme Ratte", murmelte ich kopfschüttelnd und wandte den Blick ab. „Komm, wir gehen rein, vielleicht haben sie drinnen Käse für dich."

Ich zog ihn weiter die Straße entlang auf die Tür der Event-Räumlichkeiten zu, die ein schwarz gekleideter Mann mit langen dunklen Haaren und aufgepumpten Muskeln bewachte.

Unglaublich. Der Zoo hatte einen Türsteher.

Finn nickte dem Typen zu, während ich nur lächelte, doch bevor wir durch die Tür treten konnten, streckte der Mann den Arm aus und versperrte uns den Weg.

„Tut mir leid, Sie können nicht rein."

„Aber ich arbeite hier!", beschwerte sich Finn.

„Von Ihnen spreche ich nicht. Sie können durch. Ich rede von der da." Er deutete auf mich.

„Bitte was?" Hastig drehte ich mich um – vielleicht stand ja eine Frau mit Steakmesser in der Hand hinter mir –, doch da war niemand.

„Der junge Typ darf rein. Sie nicht", wiederholte der Türsteher.

„Nein, nein. Sie gehört zu mir", erklärte Finn. „Sie ist mein Date für heute Abend."

Der Schwarzhaarige runzelte die Stirn, blickte dann kurz auf das Klemmbrett, das er in den Fingern hielt, und schüttelte schließlich erneut den Kopf. „Sorry. Nein."

„Aber warum nicht?", wollte ich ungläubig wissen. Ich hatte noch nie Probleme damit gehabt, in einen Club zu kommen. Ich war eine Frau!

„Nun, Sie sind doch Louisa Manu, oder?", meinte er.

„Nein", sagte ich sofort, denn es erschien mir die richtige Antwort zu sein.

„Doch, sind Sie", widersprach Möchtegern-Hulk. „Ich habe Ihr Foto", er hielt mir einen wenig vorteilhaften Schnappschuss entgegen, auf dem ich halb schlafend auf meiner Couch fläzte, „und die Anweisung bekommen, Sie unter keinen Umständen durchzulassen. Tut mir leid."

„Aber das ist diskriminierend gegenüber allen Louisa Manus dieser Welt", sagte ich ungläubig.

„Anweisung ist Anweisung", beharrte Hulk.

„Wer, bitte, hat Ihnen diese bescheuerte Anweisung gegeben?"

Hulk hob die massigen Schultern. „Irgendein Typ mit schlechter Laune, bedrohlicher Ausstrahlung und glänzender Polizeimarke."

Neben mir fing Finn leise an zu lachen. „Mann, Joshi weiß wirklich, wie er mit Frauen umgehen muss." Er ließ mich los und klopfte mir auf die Schulter. „Sorry, Lou. Ich habe es versucht. Aber ich kann es mir nicht leisten, Josh noch weiter ans Bein zu pissen. Die Sache mit dem Einbruch in den Zoo hat ihn schon ziemlich aufgeregt, und wenn ich einen weiteren Fehler mache, erzählt er es noch Papa." Er hob die Hand und verschwand im nächsten Moment durch die Tür.

Wütend presste ich die Lippen aufeinander. Mir war klar, dass ich tot umfallen müsste, sollte mein Blut tatsächlich kochen – aber es fühlte sich dennoch verdammt danach an.

„Sie entschuldigen mich", presste ich zwischen den Zähnen hervor, wandte dem Anabolika-Opfer den Rücken zu, lief ein paar Meter die Straße hinab und zog energisch mein Handy aus der Tasche.

Rispo meldete sich nach dem zweiten Klingeln. „Na, Lou? Hast du einen schönen Abend?"

„Na, Josh? Hast du Todessehnsucht?", begrüßte ich ihn meinerseits.

„Nein, da verwechselst du was. Das mit dem Todeswunsch bist du. Nicht ich. Ich bin Polizist. Ich habe einen Waffenschein. Ich darf Mörder jagen. Du bist Blumenladeninhaberin. Du hast keinen Waffenschein. Du darfst keine Mörder jagen. Das bedeutet, dass ich mich auf dem Sommerfest umgucke und du nicht."

„Das ist nicht witzig, Josh!", fuhr ich ihn an. Ich war so wütend, dass ich nicht einmal wertschätzen konnte, dass er mich Ladeninhaberin und nicht Verkäuferin genannt hatte.

„Hörst du mich lachen?", wollte er trocken wissen. „Wenn du einen Mann mit Humor willst, musst du in der Clownschule auf Männerjagd gehen."

Meine Zähne gruben sich in meine Unterlippe und meine Nägel sich in mein Bein. „Du kannst nicht einfach entscheiden, wohin ich gehen darf und wohin nicht", zischte ich.

„Ah, ich widerspreche dir nur ungern, aber vielleicht fragst du besser den Türsteher noch einmal nach seiner Meinung zu diesem Thema."

„Ich bin nur hier, weil ich eingeladen wurde, Josh!"

„Von wem?"

„Von Finn."

„Interessant. Ich wusste gar nicht, dass du mit meinem Bruder ausgehst. Irgendwie hatte ich im Kopf, wir beide würden eine Beziehung führen."

Witzig, dass er sich da noch so sicher war. „Ich darf hier sein und ich darf mich mit Leuten unterhalten, Josh! Es ist ja nicht so, als würde ich einbrechen."

„Natürlich nicht, denn wie wir beide wissen, wäre das eine Straftat, die du als gesetzestreue Bürgerin niemals begehen würdest, nicht wahr? Eine Bürgerin, die falsch damit gelegen hat, dass die Direktorin Geld in ihrer Schreibtischschublade versteckt hielt."

„Was? Nein. Es war da, ich ..." Ich räusperte mich. Ich konnte ihm schlecht sagen, dass ich in das Büro der Direktorin eingedrungen war. „Ich hatte eine starke hellseherische Vision diesbezüglich.“

„Nun, deine Vision hat sich in Luft aufgelöst, zusammen mit dem Geld.“

„Das ist jetzt auch vollkommen egal“, fuhr ich ihn an. „Ich will auf dieses Fest! Ich will grillen und Spaß haben und tanzen …“

„Du bist nicht wegen des Falls hier?“

„Ähm … Nein. Natürlich nicht.“

„Aha. Und heute Morgen warst du nur aus Jux und Tollerei bei der Freundin des Opfers?“

„Nun ja, ich wollte sie trösten, sie sah sympathisch aus und –“ Abrupt hielt ich inne und verengte misstrauisch die Augen. „Moment, woher weißt du das?“

„Deine hellseherischen Fähigkeiten müssen wohl auf mich übergegangen sein“, sagte er knapp. „Und wenn du grillen und tanzen willst, Lou, geh ins Brauhaus.“ Dann legte er auf.

Fassungslos starrte ich das Telefon in meiner Hand an. Jetzt wusste ich, wie sich ein überrolltes Opossum fühlen musste. Mir war bewusst gewesen, dass Josh nicht wollte, dass ich mich schon wieder in einen Fall einmischte. Aber ich hatte nicht damit gerechnet, dass er so drastisch vorgehen würde! Und woher wusste er, dass ich am Morgen Katrin Laier besucht hatte? Ließ er mich etwa beschatten? Oder hatte er mit Trudi geredet?

Wütend stopfte ich das Handy wieder in die Tasche. Das hier war noch nicht vorbei. Es musste noch einen anderen Weg auf das Fest geben. Sicher war der Zoo ein Freund von Hintertüren.

Ich warf einen Blick zu dem Türsteher, der sich mittlerweile mit neuen Gästen unterhielt, und nutzte die Gunst der Stunde, um am Gebäude vorbeizuhuschen. Es dämmerte bereits und die Laternen, die die Wege säumten, sprangen an. Mein Blick schweifte den Weg auf und ab – er war menschenleer. Alle schienen sich auf dem Sommerfest zu amüsieren. Den Kopf nach links auf die Hauswand gerichtet, die ja irgendwann ein Ende nehmen musste, verließ ich den Weg und lief stattdessen auf dem schmalen Streifen Rasen entlang, der das Gebäude säumte – bis ich an eine braune Doppeltür gelangte, die zwar nicht mehr ins Haus, aber in einen dahinterliegenden Hof zu führen schien.

Es drang keine Musik durch das Holz oder über die mannshohe Mauer, die die Tür umgab. Ich ging also davon aus, dass das dahinterliegende Areal nicht mehr zu der Partylocation gehörte. Versuchshalber drückte ich die Klinke, doch die Tür war verschlossen. Missmutig machte ich ein paar Schritte nach links und sah die rote Backsteinmauer hinauf. Sie war bestimmt zwei Meter hoch. Ich ließ meinen Blick schweifen und blieb schließlich an einer knorrigen Eiche hängen, deren dicke Äste ausladend bis über die Mauer hinweg reichten.

Hm. Ich war nicht talentiert darin, zu klettern, aber mein Wille war groß. Kurz entschlossen schwang ich mir die Träger meiner Handtasche über die Arme, sodass sie nun wie ein merkwürdig geformter Rucksack auf meinem Rücken hing, und lief zum Baum, den es zu bezwingen galt.

Nach mehreren Minuten musste ich zwei Dinge feststellen. Erstens: Sandalen waren eine denkbar schlechte Schuhwahl, um zu klettern. Zweitens: Ich besaß Beinmuskeln, aber keinen Bizeps. Letzteres hatte ich schon immer geahnt, aber dass mir die elende Herumschlepperei von Blumenerde so gar nichts dazu beigetragen haben sollte, einen Baum erklimmen zu können, war doch recht ernüchternd. Die raue Rinde zerkratzte mir meine Unterarme und Beine, doch ich ignorierte das Brennen und robbte mich weiter den Stamm hinauf. Meine Bewegungen mussten in etwa so elegant aussehen wie ein Orang-Utan im Jogginganzug, und als ich zu dem Ast gelangte, der über die Mauer hing, war ich froh, unbeobachtet zu sein.

Ich blickte durch das ausgedünnte Blätterdach in den Hof, und ein unzufriedenes Stöhnen entglitt meiner Kehle.

Er war mit silberglänzenden Müllcontainern vollgestellt.

Wieso wurde ich eigentlich bei jedem Kriminalfall, den ich näher betrachtete, früher oder später mit Müll konfrontiert? Das konnte doch kein Zufall sein! Sperrmüll, Bioabfall aus der Zoohandlung, Papiermüll. Egal, was ich tat, eine Mülltonne war nicht weit. Als versuchte das Universum mich in die Tonne zu kloppen. Das war diskriminierend!

Hinter dem Containerfriedhof lag ein kleines Waldstück, durch das sich ein schmaler Weg wand, von dem ich hoffte, dass er auf den Terrassenbereich der Location führte. Wissen konnte ich das natürlich nicht, aber jetzt, da ich schon einmal hier oben hockte, konnte ich genauso gut auf die andere Seite klettern.

Einen Vorteil hatten die Container ja: Ich würde nicht zwei Meter die Mauer hinabspringen müssen, sondern konnte auf eine der Metallboxen steigen. Die Container hatten allesamt keine Räder, ich musste mich also nicht davor fürchten, dass sie mir unter den Füßen wegrutschten.

Mit jeder Minute wurde es dunkler, und als ich mich endlich traute, über den beängstigend ächzenden Ast zu robben und über die Mauer auf die Tonne zu klettern, hatte die Sonne ihren Arbeitstag offiziell beendet. Mit einem sachten Rums landete ich auf der metallenen Oberfläche, und zufrieden mit mir selbst klopfte ich mir den Dreck von der Kleidung. Das letzte Mal, als ich so hoch geklettert war, war ich sieben Jahre alt gewesen. Jannis hatte einen meiner Schokoriegel auf dem Apfelbaum in unserem Garten versteckt – und ich war wirklich hungrig gewesen. Vorsichtig hangelte ich mich vom Container zu Boden, holte mein Handy aus der Tasche und betätigte die Taschenlampenfunktion. Das Licht wurde so hell von einem an dem Container klebenden, einlaminierten weißen Zettel reflektiert, dass ich reflexartig die Augen zusammenkniff. Es stand nicht viel drauf.

Papiermüll: jeden zweiten Mittwoch 12 Uhr.
Rest- und Plastikmüll: montags 7 Uhr.

Spannende Lektüre.

Ich wandte mein Gesicht ab und rümpfte die Nase aufgrund des Geruchs, der plötzlich aus mehreren Ecken zu mir herüberwehte und über mir zusammenschlug. Ich wollte gar nicht wissen, was ich da alles roch, deswegen legte ich mir lediglich die Hand über die Nase und wollte gerade in Richtung des kleinen Waldstücks gehen, als ich Stimmen hörte.

Ich hielt den Atem an und spitzte die Ohren – doch die Stimmen waren kaum wahrzunehmen und schienen weit weg. Keine Gefahr. Solange ich leise war, würde bestimmt niemand in diese Richtung kommen. Zur Sicherheit schaltete ich dennoch meine Taschenlampen-App aus, bevor ich weiterlief.

Ich kam zwei Schritte weit, bevor mein Fuß gegen etwas Hartes trat. Ein Knacken ertönte, etwas rollte über den Boden, bevor es mit einem dunklen metallenen Scheppern gegen einen Container krachte, zurückprallte und begleitet von einem deutlich helleren Scheppern gegen eine weitere Metallbox flog.

Erstarrt stand ich da, meinen Blick auf den Durchgang zwischen den Bäumen gerichtet, aus dem plötzlich sich zielstrebig nähernde Schritte zu vernehmen waren.

Verdammt. Ich war mir ziemlich sicher, dass ich nicht hier sein durfte!

Geistesgegenwärtig genug, nicht laut zu fluchen, huschte ich in gebückter Haltung zwischen die zwei Container zu meiner Rechten und quetschte mich an dem kühlen Metall entlang. Etwas Klebriges blieb an meinem Arm haften und ich verzog angewidert das Gesicht, zwang mich jedoch dazu, stumm zu bleiben. Ich zwängte mich immer weiter durch den Spalt, bis ich hinter dem Container kauerte, die raue Wand in meinem Rücken.

„... schon wieder eine Ziege ausgebüxt ist, kriege ich Migräne", wehte eine weibliche Stimme durch die Nacht.

„Es ist nicht meine Aufgabe, Nutztiere wieder einzufangen.
Es ist nicht meine Aufgabe, die Polizei herumzuführen. Das
alles ist nicht meine Aufgabe! Und trotzdem muss ich sie
erledigen."
Ein Lichtkegel tastete den Boden vor den Containern ab,
und ich presste mich fester an die Wand.

„Ich bin sicher, hier ist nichts", ertönte eine männliche
Stimme, die mir sofort bekannt vorkam, die ich aber nicht
gleich zuordnen konnte. „Wahrscheinlich nur eine Ratte
oder so etwas."

„Ratten? Marius, wenn es hier Ratten gibt, müssen wir
einen Kammerjäger anfordern, und dieser Zoo hat nicht das
Geld dafür, Ungeziefer entfernen zu lassen!" Die Stimme
der Frau überschlug sich, und augenblicklich wusste ich,
dass es sich bei diesem Geschrei um das der Zoodirektorin
handeln musste. Ich hatte sie nur einmal getroffen, aber
genau so stellte ich mir die Stimme einer Frau vor, die eine
halbe Apotheke in ihrer Schreibtischschublade beherbergte.

„Das müssen wir nicht", sagte Marius gelassen. „Die Polizei wird bald abziehen und die finanziellen Probleme
werden sich legen."
Eine kurze Stille folgte, während der Lichtstrahl weiterhin
die Umgebung absuchte, bevor Frau Kamm erwiderte:
„Dein Optimismus ist beneidenswert. Aber du hast recht.
Danke dir. Ich weiß nicht, wie du das gemacht hast, Marius.
Du hast die Kosten bereits um dreißig Prozent gesenkt. Das
ist wirklich unglaublich. Hätte ich gewusst, dass du so
talentiert im Umgang mit Finanzen bist, hätte ich dir diese
Aufgabe schon früher übertragen und dich nicht mir der
Müllentsorgung belästigt. Vielleicht wird es Zeit, diese
Aufgabe an jemand anderen zu delegieren."

„Oh, nein, das ist schon in Ordnung. Das macht mir nichts
aus."

„Nun gut. Wie du willst. Wie es scheint, haben wir uns
wirklich verhört. Ich kann nichts erkennen. Ach, Marius, da
wir gerade über Müll reden. Hast du –"

„Ist alles entsorgt."

Ich konnte hören, wie die Direktorin erleichtert ausatmete. „Wunderbar. Wie sieht es mit der Pressekonferenz für Jeki aus? Wie weit bist du mit den Vorbereitungen?" Die Schritte entfernten sich und Marius' Antwort war nur noch ein verrauschtes Murmeln.

Ich wartete, bis auch das letzte Knirschen von Kies verstummt war, bevor ich den Atem ausstieß, von dem ich nicht gewusst hatte, dass ich ihn anhielt.

Was hatte Marius für Frau Kamm entsorgt?

Mein erster Gedanke war das Geld aus ihrem Schreibtisch. Aber das zu ‚entsorgen', wäre doch etwas schade gewesen. Was also hatte die Zoodirektorin verschwinden lassen wollen?

Während ich diese Frage in meinem Kopf wälzte, quetschte ich mich durch den Spalt zwischen den Containern zurück, nur um auf dem letzten Zentimeter mit dem Ellenbogen gegen das Metall zu hauen. Wieder ertönte ein helles Scheppern, und ich sandte ein Stoßgebet gen Himmel, dass die Direktorin und Marius bereits zu weit weg waren, um es zu hören.

Sicherheitshalber, und um mein Missgeschick nicht zu wiederholen, nutzte ich erneut mein Handy als Lichtquelle. Der Container, der mir den fiesen Schmerz im rechten Arm zugefügt hatte, war zu meiner Überraschung offen und komplett leer. *Sondermüll* wies ein Etikett seinen nicht vorhandenen Inhalt aus.

Kopfschüttelnd stolperte ich in Richtung des schmalen Waldwegs. Der Zoo sollte dringend seine Liste der Müllabholzeiten auf Vordermann bringen, denn offenbar stimmte sie nicht mehr. Der Sondermüll hätte laut Plan nämlich eigentlich erst Donnerstagmorgen abgeholt werden sollen.

Ich hielt meine Finger vor das Handylicht, damit es nicht ganz so grell war, und schlich den schmalen Waldweg entlang. Ich tapste an einem kleinen Schuppen vorbei, vor dem allerhand Gartengeräte standen, umging eine Ansammlung brusthoher Büsche und gelangte schließlich auf eine gefliese Terrasse, auf der schmutzige weiße Plastikstühle und zwei Gestalten standen.

Hastig stolperte ich zurück und schaltete das Licht an meinem Handy aus. Die trockenen Äste der Büsche stachen mir in den Rücken, und ich verzog das Gesicht wegen des Raschelns, das ich verursachte – doch die zwei Personen, deren Umrisse sich gegen die weiße Hauswand abhoben, schienen keine Notiz davon zu nehmen. Ich ließ mich noch ein bisschen weiter in den Schutz der Büsche sinken, bevor ich die Hand ausstreckte und ein paar Äste aus dem Weg schob, um besser sehen zu können. Die Enden zweier Zigaretten glommen in der Nacht auf, und den Staturen nach zu urteilen, waren es zwei Männer, die dort standen und rauchten. Aber sicher war ich mir erst, als ich sie sprechen hörte.

„… alles hier ist total unangebracht."

Das war Marcel. Seine autoritäre Stimme war sehr einprägsam.

„Die Kamm meckert doch andauernd, dass der Zoo kein Geld hat. Warum die Party nicht absagen? Die Stimmung ist sowieso gedrückt, und der Bulle, der hier herumschnüffelt, trägt auch nicht gerade zur guten Laune bei."

Zu Rispos Verteidigung: Er hasste Partys. Er war nicht mit Absicht ein solcher Spielverderber, er mochte nur einfach keine Menschenmengen.

Mhm, wenn ich genauer drüber nachdachte, hatte er vielleicht insgesamt ein Problem mit der menschlichen Rasse. Es gab einfach zu viele Lügner und Mörder unter ihnen.

„Ja, und was ist mit dem Clown, der ihm die ganze Zeit an den Fersen haftet?" Oh, Marvin war also auch hier. Die Stimme wiederum gehörte zu Peer, dem Glatzkopf, den ich zusammen mit Valentin befragt hatte. „Als der Kerl mich nach meinem Alibi gefragt hat, hat er so stark gezittert, dass er sich Bier über seinen Anzug geschüttet hat."

„Keinen Schimmer. Vielleicht ist er noch in der Ausbildung. Ist mir auch egal. Ich könnte meine Zeit wirklich besser nutzen, als mir darüber Gedanken zu machen", sagte

Marcel genervt. „Aber jeder, der nicht zum Sommerfest kommt, wäre natürlich direkt auffällig.“

„Deine Zeit besser nutzen, ja?“ Peer schnaubte. „Zum Beispiel damit, bei Katrin vorbeizusehen?“

„Halt die Klappe. Ihr geht es nicht gut.“

„Natürlich geht es ihr nicht gut! Was hast du erwartet? Für sie ist es schwerer als für uns. Sie ist nervös. Mit dem Baby und allem ...“

„Denkst du, das weiß ich nicht?“, blaffte Marcel ihn an. „Katrin ist unsicher. Sie weiß nicht, was sie wegen des Geldes machen soll.“

Sofort spitzte ich meine Ohren.

Geld? Was für Geld?

Geld im Allgemeinen? Eine bestimmte Summe? Worum ging es? Warum sprach Marcel nicht weiter?!

„Ach, sie wird das schon schaukeln. Sie weiß, was alles davon abhängt“, meinte Peer leichthin. „Sie ist tough.“

„Ich hoffe es“, sagte Marcel vage. „Wie läuft es eigentlich mit Jeki? Gewöhnt er sich an dich?“

„Es ist okay. Ich bin nicht Henning, aber ... er macht sich. Und er ist verdammt noch mal wunderschön.“

„Wo du recht hast ...“

Ich konnte sehen, wie die zwei Männer ihre Zigarettenstummel auf den Boden warfen und sie mit den Füßen austraten.

„Wie sieht's aus?“, meinte Peer, während die beiden sich umwandten und entfernten. „Machen wir nächste Woche wieder einen Pokerabend? So wie immer?“

„Ich weiß nicht. Ist vielleicht noch zu früh ...“, murmelte Marcel, bevor sie in der Dunkelheit verschwanden.

Ich blieb in den Büschen stehen, mein Mund leicht geöffnet. Ich hatte zwei Gespräche belauscht und beide kamen mir bedeutend vor – nur dass ich partout nicht sagen konnte, was ich gerade Wichtiges gelernt hatte. Die Konversationen waren mir so trivial erschienen und dennoch ...

Die Direktorin hatte Marius gefragt, ob er etwas für sie entsorgt hätte. Aber wenn ich an ihren Schreibtisch dachte, könnte das alles sein! Von Kinderriegelpapieren bis zu abgelaufenen Aspirintabletten. Wobei Letzteres eher unwahrscheinlich war, da Frau Kamm sicherlich so viele Tabletten am Tag schluckte, dass diese kaum jemals das Haltbarkeitsdatum überschritten.

Marcel mochte Katrin – das war mir nicht neu –, aber ob das Grund genug war, Henning zu töten? Und dann hatte er darüber gesprochen, dass Katrin nicht wusste, was sie wegen des Geldes tun sollte ... was überhaupt nichts heißen musste. Als baldige alleinerziehende Mutter konnte man sich schon mal über Geld Gedanken machen. Ich neigte den Kopf zur Seite und ging meine Verdächtigenliste durch. Hennings Erpressungsopfer stand ganz oben darauf. Dann gab es noch den möglicherweise eifersüchtigen Marcel, die möglicherweise über ihre bevorstehende Kündigung wütende Jasmin, die möglicherweise zu gestresste Zoodirektorin ... aber wenn ich ehrlich war, war mir kein Motiv stark genug. Wenn ich ehrlich war –

Hinter mir knackte etwas und abrupt riss ich den Kopf herum. Doch es war stockduster und ich konnte nichts erkennen. Wieder knackte es und mein Herz sprang mir in den Hals, während ich angestrengt blinzelte, um in dem kleinen Waldstück oder auf dem schmalen Weg etwas sehen zu können. Ich hielt den Atem an und griff nach meinem Handy. Wahrscheinlich nur ein Tier.

Ein Vogel. Eine Ratte. Doch mit ein wenig Licht, würde ich mich sicherer füh-

Eine Hand presste sich auf meinen Mund und zog mich ruckartig nach hinten.

Kapitel 12

„… und du wärst tot", flüsterte eine Stimme an meinem Ohr, bevor die Hand mich wieder losließ.

Eine Lampe leuchtete auf und blendete mich, während mein Herz gegen meinen Kehlkopf schlug. Ich schnappte nach Luft, bekam sie nicht in meine Lungen gepresst, denn Panik vernebelte meinen Geist und machte es mir schwer, normal zu atmen. Mit zitternden Fäusten wirbelte ich herum, starrte meinen Angreifer an – und schlug im nächsten Moment fest gegen seine Brust.

„Was soll der Scheiß?!", fuhr ich Josh an und boxte gleich noch einmal zu, diesmal gegen seinen Oberarm. „Du hast mich zu Tode erschreckt!"

„Gut", sagte Rispo tonlos, fischte meine Fäuste mit nur einer Hand aus der Luft und zog sie aus der Gefahrenzone, hinunter zu seinem Handy, das als Lichtquelle diente.

„*Gut?*", rief ich fassungslos, während mein Gesicht vor Wut immer heißer wurde. Ich hatte Todesangst erlitten! Ich hatte mehrere Sekunden lang damit gerechnet, dass mein Leben vorbei war.

„Ja. Gut", wiederholte er, sein Blick so hart wie der Winter in der Arktis. „Dann revidierst du vielleicht noch einmal deine Meinung darüber, ob es so eine kluge Idee ist, nachts allein im Dunkeln durch die Büsche zu streifen, während sich im Umkreis von zweihundert Metern ein beschissener Mörder herumtreibt." Seine Stimme war leise und gefasst.

Die Ruhe vor dem Sturm. Doch das war mir egal. Er war zu weit gegangen.

„Es interessiert mich nicht, ob du die Idee für dumm hältst. Das gibt dir nicht das Recht, mich so zu erschrecken!", zischte ich und riss meine Hände los. „Josh, es ist *mein* Leben, und ich habe einen Newsflash für dich: Nur weil du jetzt mein Freund bist, heißt das nicht, dass du plötzlich das Recht hast, jeden meiner Schritte zu kontrollieren."

„Na und?", fragte er kühl. „Du hast nicht das Recht, dich in diesen Fall einzumischen. Und du tust es trotzdem. Wieso sollte ich auf deine Wünsche Rücksicht nehmen, während du meine ignorierst?"

„Weil deine Wünsche mich in meiner Freiheit einschränken!"

„Deine Freiheit, was zu tun?", wollte er ungläubig wissen. „Meine Tatorte zu zertrampeln und dein Schicksal herauszufordern? Denn dann kann ich nichts Schlechtes darin sehen, dich ein wenig einzuschränken. Denn du hast hier verdammt noch mal nichts zu suchen!"

„Hättest du dem Türsteher nicht gesagt, dass er mich abfangen soll, hätte ich auch nicht allein im Dunkeln herumstreunen müssen! Du kannst dir also an die eigene Nase packen, Mister."

„*Müssen?*", wiederholte Josh eindringlich und sein Kiefer war so angespannt, dass er drohte, zu zerspringen. „Du musst überhaupt nichts. Ich versteh nicht einmal den Grund dafür, warum du hier bist!"

„Ich will den Mörder finden."

„Wieso? Es ist nicht deine Aufgabe. Der Fall ist nicht persönlich. Du brauchst die Publicity nicht mehr. Du musst nicht die Unschuld eines deiner Freunde beweisen. Warum kannst du mich nicht einfach meinen Job machen lassen? Oder willst du nur deinen schönen Journalisten-Ex-Freund damit beeindrucken?"

Ich lachte freudlos auf. „Gott, Josh! Ist das der Grund, warum es dich so aufregt? Weil du denkst, dass ich Chris damit imponieren will? Chris ist mir egal. Das hier hat rein gar nichts mit ihm zu tun.“

„Womit dann?“

„Damit, dass ...“ Ich zögerte, wandte den Blick ab, verschränkte die Arme vor der Brust – und sagte ihm die Wahrheit. „Es macht Spaß“, gab ich zu. „Es macht Spaß, Geheimnisse zu lüften. Ein Puzzle aus Teilen zu lösen, von denen ich nicht einmal weiß, dass sie welche sind.“

„Natürlich macht es Spaß! Weshalb, glaubst du, mache ich den Job? Aber das ist kein Argument dafür, dich von einer Todesfalle in die nächste zu stürzen!“

„Der Einzige, der mich in den letzten Tagen bedroht hat, bist du, Josh!“, erinnerte ich ihn mit erhobenem Zeigefinger. „Außerdem bin ich gut darin, Leuten auf den Zahn zu fühlen. Sie erzählen mir Dinge und ich sehe Dinge ... Wusstest du zum Beispiel, dass Henning jemanden er-“

„Erpresst hat?“, fiel mir Rispo ins Wort.

„Oh.“   Das   war   ernüchternd. „Ja, Lou. Auch ich mache meinen Job“, stellte Rispo leise fest. „Faszinierend, dass du das immer noch nicht weißt.“

„Aber ihr habt das Geld nicht gefunden“, bemerkte ich knapp. „Das Geld in der Schreibtischschublade von Frau Kamm.“

„Frau Kamm hat ein Alibi, Lou“, sagte Josh ungeduldig. „Das Geld ist also nicht relevant.“

„Nicht relevant?“, echote ich ungläubig. „Das waren mindestens zwanzigtausend Euro, die einfach so in ihrem Büro herumflogen!“

„In einem Büro, in dem du nichts verloren hattest!“

Ja, aber darüber wollte ich jetzt nicht reden. „Henning muss irgendein Druckmittel gegen sie gehabt haben“, sprach ich weiter. „Er muss irgendetwas über sie gewusst haben ... irgendetwas Wichtiges ...“

„Lou.“ Josh packte mich an beiden Schultern und fixierte mich fest mit seinem Blick. „Florentine Kamm ist nicht einmal auf unserer Verdächtigenliste, also lass sie in Ruhe. Sie war den ganzen Samstagabend bei ihrer Schwester.“

„Ihre Schwester könnte lügen!"

„Aber das hat sie nicht", beharrte Rispo.

„Wer ist denn dann bitte auf eurer Liste?", hakte ich ungläubig nach. „Sie ist die beste Kandidatin."

„Nein, ist sie nicht."

Ich schloss den Mund und musterte Rispo nachdenklich. Möglicherweise sollte ich aufhören, ihn anzublaffen. Es erschien mir ratsam, einen neuen Weg einzuschlagen. Deswegen seufzte ich schwer und sah ihn bittend an. „Ich weiß, du willst mir nicht helfen, aber gib mir nur diese eine Information, okay? Dann lass ich es für heute Abend gut sein und gehe. Wen verdächtigt ihr?"

„Du bist in keiner verdammten Verhandlungsposition!"

„Und doch willst du, dass ich von hier verschwinde", erinnerte ich ihn und klimperte mit den Wimpern.

Joshs Blick war so düster, dass es mich wunderte, dass die Lampe in seiner Hand noch leuchtete. „Es gibt 160 Mitarbeiter im Zoo, Lou. Die Liste ist lang."

Ich glaubte ihm kein Wort. „Ach, bitte. Als hättet ihr nicht schon eine Theorie."

„Schön. Ich sag dir was." Josh lehnte sich nach hinten, damit er mich besser ansehen konnte. „Ich verrate dir, wen wir zurzeit verdächtigen, und du gibst mir die Hand darauf, dass du nirgendwo mehr einbrichst."

„Ich bin noch nie irgendwo eingebrochen!", verteidigte ich mich sofort.

„Nur, weil eine Tür offensteht, heißt das nicht, dass es legal ist, durch sie hindurchzugehen." Josh sprach mittlerweile so leise, dass ich ihn kaum verstand. „Ich hätte dich schon wegen vier verschiedener Vergehen anzeigen können, Lou, also hör auf zu diskutieren!"

Ich zögerte einen Moment, doch dann begegnete ich seinem Blick aus Granit und spürte mich nicken.

„In Ordnung", flüsterte ich. „Keine fremden Türen mehr."

Ich war verzweifelt. Ich musste wissen, was die Polizei herausgefunden hatte! Gleichzeitig war mir klar, dass Josh Versprechen sehr ernst nahm und ich das würde respektieren müssen. Ich würde mich von jetzt an also ankündigen müssen, bevor ich mich irgendwo hineinstahl.

„Haben wir einen Deal?", wollte ich wissen und streckte die Hand aus.

Josh ergriff sie, bevor er knapp sagte: „Katrin Laier."

Ungläubig riss ich die Augen auf. Damit hatte ich nicht gerechnet. „Hennings Freundin? Aber warum?"

„Weil sie ihren Freund bereits am Samstagabend vermisst hat, aber selbst zwei Tage später deswegen noch nicht zur Polizei gerannt ist."

„Oh." Darüber hatte ich noch gar nicht nachgedacht. „Aber ist das wirklich so merkwürdig?" Vielleicht war ja etwas Gutes im Fernsehen gelaufen und sie hatte einfach nicht die Zeit gefunden.

„Lass es mich so fragen: Wenn wir am Samstag verabredet wären und ich unser Treffen versäumen würde, würdest du dir Sorgen um mich machen und nachsehen, ob es mir gut geht?"

Kniffelig. „Wie wütend bin ich zu dem Zeitpunkt auf dich?", wollte ich wissen.

Verdutzt hob Josh die Augenbrauen. „Warum gehst du davon aus, dass du wütend auf mich bist?"

„Ich orientiere mich an meinen Erfahrungswerten."

Verrückt, aber wahr: Joshua Rispo ließ sich zu einem Augenverdrehen herab! „Du bist wütend, weil du denkst, dass ich dich versetzt habe", erklärte er dann.

„Oh. Na, dann würde ich bei dir zu Hause vorbeifahren, um dich ein wenig anzuschreien. Und wenn ich dich nicht fände, dann ..." Ich legte den Kopf schief.

Scheiße, er hatte recht. Es war merkwürdig, dass Katrin Laier sich nicht früher an die Polizei gewandt hatte.

„Okay", seufzte ich ergeben. „Aber was für ein Motiv könnte Katrin haben?"

„Henning hatte eine Lebensversicherung. Bei einem nicht durch einen Arbeitsunfall bedingten Tod bekäme seine Familie zweihunderttausend Euro. Doch Henning hat keine

Familie, die Einzige, die in der Lebensversicherung eingetragen ist, ist seine Verlobte."

„Das ist … kein schlechtes Taschengeld", flüsterte ich.

„Nein, keineswegs", stimmte Rispo zu.

„Aber sie ist so nett. Und sie hätte einen Komplizen gebraucht. Außerdem ist sie doch schwanger, sie darf ja gar nicht so schwer heben, oder?"

Rispos Mund öffnete sich vor Überraschung. „Sie ist schwanger?"

„Ach." Selbstgefällig verschränkte ich die Arme vor der Brust. „Ist das dem lieben Herrn Kommissar etwa durch die Lappen gegangen?"

„Das bedeutet gar nichts", fing er sich schnell wieder und in seinen Augen sah ich den Anflug von Ehrgeiz. So als sei ich eine Herausforderung, die es zu bezwingen galt. „Auch schwangere Frauen können Menschen umbringen. Wenn man an die vielen Hormone denkt, die durch ihren Körper fliegen, macht sie das vielleicht sogar noch verdächtiger."

„Mhm, das glaube ich nicht." Ich hob eine Schulter. „Ich weiß ja nicht, wie du das siehst, aber wenn ich schwanger wäre, würde ich dich, auch wenn ich schon wirklich oft darüber nachgedacht habe, nicht umbringen. Denn du, Mister", ich deutete mit dem Zeigefinger auf ihn, „wirst unseren Kindern ebenso viele Windeln wechseln wie ich!"

Rispo hob eine einzelne einsame Augenbraue. „Unseren Kindern?", wiederholte er langsam. Jede Silbe eine Frage.

Blut stieg mir in den Kopf und ich spürte, wie meine Wangen heiß, heißer, die Sonne wurden. „Ähm … du weißt schon, was ich meine. Es war ein Beispiel."

Die andere Augenbraue folgte.

Ich hatte das Bedürfnis, mich auf den Boden zu werfen und ein Loch in die weiche Erde zu graben, um mich dort hineinzulegen.

„Alles, was ich sagen wollte, ist … also … Einen Mann zu haben, dem man die Schuld dafür geben kann, dass sein Kind verkorkst ist, ist sehr viel mehr wert als zweihunderttausend Euro und …" Ich räusperte mich und kratzte mir die Wange, so als könnte ich so die Röte aus ihr vertreiben. „Wenn ich in Katrins Schuhen stecken würde, wäre ich … nun, ich würde wollen, dass du für unsere Kinder da bist und … also, nicht dass ich übermäßig oft darüber nachdenken würde, Kinder mit dir zu kriegen …" Hastig wandte ich den Blick ab. „Nur, in den Momenten, wo ich darüber nachgedacht habe …" Sofort fuhr mein Kopf wieder nach oben. „Also in den *seltenen* Momenten", fügte ich übermäßig betont hinzu. „Da dachte ich, dass es besser wäre, dich da zu haben, als gar keinen Vater."

Rispo verengte die Augen.

„Also, nicht dass ich denke, dass du ein schlechter Vater wärst!", sagte ich bestürzt und legte meine Hand auf seinen Arm. „Das klang jetzt vielleicht blöd. Ich denke, dass du ein wunderbarer Vater wärst! Du bist so ziemlich der beste Vaterkandidat, den ich mir vorstellen kann, und … na ja, wenn ich jetzt schwanger wäre, hätte ich überhaupt keine Angst davor, dass du deine Verantwortung nicht ernst nehmen würdest und … Gott, Josh, würdest du mich bitte endlich unterbrechen?!"

Stöhnend legte ich eine Hand über meine Augen und als ich wieder aufblickte, zog ein Lächeln an Rispos Mundwinkeln. „Ich weiß nicht. Es war ein guter Monolog. Goethe hätte ihn nicht besser schreiben können."

Erneut presste ich die Augen zusammen, nur um nicht in sein amüsiertes Gesicht sehen zu müssen. „Darum geht es jetzt doch gar nicht. Mein Punkt ist: Einen Menschen zu haben, der dir dabei hilft, ein Kind großzuziehen, ist mehr wert als zweihunderttausend Euro."

„Was ist, wenn der baldige Vater sich aus der Affäre ziehen und abhauen will?", gab Rispo zu bedenken.

Ich winkte ab. „Das glaube ich nicht. Henning liebt die Zootiere abgöttisch. Ich bezweifle, dass es sich da bei Kindern so viel anders verhält."

„Ich sage nicht, dass du recht hast … aber mich würde interessieren, wen du verdächtigst, wenn Katrin für dich ausscheidet."

Das war eine schwierige Frage. Aber so auf Anhieb dachte ich an … „Marcel. Er wollte Hennings Job und seine Freundin."
Rispo atmete tief durch. „Wenn du jetzt damit anfängst, dass sie möglicherweise eine Affäre hatten –"

„Nein, ich glaub nicht, dass sie eine hatten", unterbrach ich ihn wirsch. „Aber ich denke, dass Marcel gerne eine angefangen hätte. Und dann wäre da noch immer die Zoodirektorin, die …"

„… ein Alibi hat", beendete Rispo meinen Satz.

„Also hat Marcel keins?", schlussfolgerte ich triumphierend, meine Zeigefinger beide auf Rispos Gesicht gerichtet.

Genervt zog er meine Hände hinunter, nur um in der Bewegung innezuhalten und auf meine Unterarme zu starren.

„Du blutest", stellte er fest, eher überrascht als besorgt.

„Ich habe mit einem Baum gekämpft", erklärte ich. „Aber es ist halb so wild."

„Glaub mir, Lou. Nichts an dir ist halb so wild", versicherte mir Josh, bevor er mich an den Schultern herumdrehte und aus dem Busch schubste. „Wasch dir die Kratzer lieber aus, bevor sie sich entzünden. Danach können wir gehen. Ich bin hier ohnehin fertig. Ich habe bekommen, was ich wissen wollte."

„Das da wäre?"

„Pinguine haben eine Brutzeit von 32 bis 68 Tagen … und du sprichst von unseren Kindern in der Mehrzahl. Was ich sehr beruhigend finde; ein Einzelkind kommt mir nämlich nicht ins Haus."
Mein Mund öffnete sich leicht, und unsicher darüber, ob ich mich verhört hatte oder ob er das gerade nur gesagt hatte, damit ich nicht weiter nach dem Fall fragte, versuchte ich in sein Gesicht zu blicken. Doch Rispo war ein Mann auf einer Mission, und bevor ich die Chance bekam, seine Worte zu hinterfragen, hatte er mich schon um mehrere Ecken geschoben und schließlich in das Innere der Partylocation bugsiert.

Ich hätte mich gerne umgesehen, doch ich sah die roten, von der Decke hängenden Lampions und die weitläufige Terrasse, auf der sich die meisten Leute tummelten, nur im Vorbeigehen. Rispos warme Hand lag ungünstigerweise in meinem Nacken und geleitete mich schnellen Schrittes durch die angeheiterte Menschenmenge. Mit weißen Leinen bedeckte Stehtische flogen an mir vorbei, während sanfte Jazzmusik im Hintergrund spielte, die dank des Gelächters und der lauten Gespräche der Umherstehenden jedoch kaum zu hören war.

Ich rammte Rispo zärtlich meinen Ellenbogen in die Seite. „Lass mich los, Josh, ich lauf dir schon nicht weg." Denn er war leider zu schnell für mich.

„Aber du wirst prompt anfangen, dich mit irgendwem zu unterhalten, weil es unhöflich von mir wäre, dich direkt weiterzuschleifen", raunte Josh.

Verdammt. Warum hatte ich mich nicht in einen Dummkopf verlieben können? „Du leidest unter Wahnvorstellungen."

„Ja, merkwürdig nur, dass ich erst welche habe, seit ich dich kenne."

„Das liegt daran, dass ich durch meinen innovativen Charakter deine Kreativität ankurbele. Gern geschehen."

Rispo gab einen unbestimmten Knurrlaut von sich und hätte zu diesem Kommentar sicher noch etwas beizutragen gehabt, kam jedoch nicht dazu.

„Oh, hey, Lou!", sagte eine fröhliche Stimme, und ein Mann in grellorangefarbenem Polohemd, das zur Hälfte in seiner Hose steckte, sich dann jedoch dazu entschieden haben musste, mehr Freiheit zu brauchen, drängte sich in mein Sichtfeld. „Was machst du denn hier?"

„Gehen", antwortete Rispo für mich und schob mich weiter.

„Hey, Marvin", begrüßte ich Rispos Partner, Schrägstrich Fan, Schrägstrich Lakaien. „Josh hat mir gerade von dem wasserdichten Alibi erzählt, das Marcel für die Tatzeit hat."

„Ich würde allein zu Hause sein nicht als gutes Alibi bezeichnen“, sagte Marvin verdutzt.

Ich grinste, Rispo stöhnte. „Oh, dann habe ich da wohl was falsch verstanden“, sagte ich unschuldig und machte mir eine mentale Notiz. Marcel war noch nicht entlastet.

„Marvin, tun Sie mir einen Gefallen und gehen Sie nach draußen, um der Zoodirektorin für ihre freundliche Kooperation zu danken“, wies Rispo ihn an.

„Wo ist die Zoodirektorin denn genau?“

„Ich habe keine Ahnung, aber gehen Sie trotzdem.“

Marvin wechselte einen unsicheren Blick mit mir, tat dann jedoch wie geheißen.

Wir hatten mittlerweile einen schmalen Flur erreicht und Josh nickte nach rechts. „Die Toiletten sind gleich dort drüben. Ich warte hier auf dich.“

„Ach, das musst du nicht, ich …“ „Bis gleich, Lou“, sagte Josh mit Nachdruck.

Augenverdrehend wandte ich ihm den Rücken zu, lief den Gang hinunter und stieß dann die Tür zu meiner Rechten auf, an der das Symbol einer Frau hing.

Ein weiß gefliester Raum mit lavendelfarbenen Wänden tat sich vor mir auf, doch ich war nicht allein hier. Auf der Anrichte, in die zwei Waschbecken eingelassen worden waren, saß eine junge dunkelhaarige Frau in grünem Kleid. Ihr Gesicht konnte ich nicht erkennen, denn das klebte an dem eines jungen rothaarigen Mannes, dessen Hände an FSK-18-Stellen lagen.

Das Mädchen kicherte und flüsterte Loverboy etwas ins Ohr. Er grinste und ließ seine Hände unter ihrem Rock hervorfahren. „Baby, du weißt, dass ich alles für dich tun würde …“

Okay. Es wurde Zeit, mich bemerkbar zu machen.

Ich ließ die Tür fallen, die mit einem lauten Rums in den Rahmen krachte.

Erschrocken stob das knutschende Pärchen auseinander, und erst jetzt erkannte ich, dass es sich um Jasmin und Valentin handelte. Mit geröteten Wangen rutschte die Tierpflegerin vom Waschbeckenrand und strich sich ihr Kleid glatt. Valentin grinste mich verschmitzt an und wirkte nicht im Geringsten verlegen. In seinem Gesicht schienen die Überreste eines ganzen Lippenstifts zu hängen, den Jasmin hastig versuchte, mit den Händen von seiner Haut zu wischen, aber stattdessen nur immer weiter verteilte. Karminrot, wenn ich mich nicht irrte.

„Sorry", flüsterte sie verlegen und gab schließlich auf. „Aber das Männerklo war besetzt."

Ich nickte. „Natürlich."

Valentin grinste noch immer und hob jetzt die Hand. „Hey. Wie läuft die Mördersuche?"

„Schleppend", gab ich zu und machte ein paar Schritte in den Raum hinein, um die Tür freizugeben. „Ihr könnt euch nicht zufällig daran erinnern, ob Henning sich am Samstag oder die Tage zuvor komisch verhalten hat?"

Mein Blick landete auf Jasmin, aus deren Gesicht langsam die Röte wich.

„Nope", meinte Valentin. „Wir waren Samstag aber auch gar nicht auf der Arbeit. Haben den Tag zusammen auf dem Balkon verbracht. Sorry." Entschuldigend hob er die Achseln.

Jasmin nickte, lächelte mir ein letztes Mal schüchtern zu und lief dann zur Tür. Valentin folgte ihr, bückte sich aber kurz vorm Ausgang noch einmal. Es sah aus, als würde er etwas aufheben.

„Was tust du?", fragte Jasmin kichernd.

„Na, nur so bringt er jemandem Glück", stellte Valentin lachend fest und verschwand aus der Tür.

Stirnrunzelnd blickte ich auf die Stelle, über die er sich gehockt hatte. Es lag ein Centstück dort. Mit dem Eichenblatt nach oben. So wie es sich gehörte.

Ich lächelte und hob es auf. Glück konnte man nie genug haben.

Kapitel 13

Ich schwieg.

Das passierte mir nicht oft, aber es kam vor.
Rispo war mit Marvin zur Party erschienen, da sein Auto zurzeit in der Werkstatt war, und ich hatte mich dazu bereit erklärt, ihn nach Hause zu bringen.

Ich hatte darauf verzichtet, das Radio anzuschalten, und so hatten wir die letzten zehn Minuten in unangenehmer Stille verbracht, die ich dazu genutzt hatte, mich auf die Fahrbahn und meine neue Verdächtigenliste zu konzentrieren.

Es gefiel mir nicht, aber trotz Schwangerschaft schien Katrin Laier das nachvollziehbarste Motiv zu haben. Abgesehen vielleicht von dem Erpressungsopfer, von dem ich weder wusste, ob es tatsächlich existierte, noch, womit es in die Enge getrieben worden war. Marcel hatte auch kein Alibi und Jasmin … nein. Sie erschien mir zu schüchtern, um eine Mörderin zu sein. Andererseits hatte ich gelernt, dass man sich nie von dem ersten Eindruck eines Menschen täuschen lassen sollte. Ich hatte Rispo ja auch für ein Arschloch gehalten und jetzt, da ich ihn kannte, wusste ich, dass er nur manchmal eins war.

Als hätte Josh meine Gedanken gelesen, fragte er: „Bist du wütend auf mich?"

Ich blinkte, blickte über meine Schulter, um nicht aus Versehen einen tollkühnen Radfahrer zu überfahren, und bog in seine Straße ein.

War ich wütend auf ihn?

Darüber musste ich erst einmal nachdenken. Einerseits hatte er mich zu Tode erschreckt und mich unnötig herumkommandiert. Andererseits hatte ich zumindest Ersteres herausgefordert. Dann wiederum hatte Rispo erneut seinen Gottkomplex ausgelebt, indem er bestimmte, was ich zu tun und zu lassen hatte – was mich wirklich unglaublich aufregte.

„Ein bisschen", einigte ich mich letztendlich mit mir selbst. „So sehr, dass ich es okay fände, wenn ein Vogel auf deine Schulter kacken würde, aber nicht so sehr, dass ich dir gefleckten Schierling ins Essen rühren würde."

„Schierling? Wie bei Sokrates?"

Ich nickte, fuhr in eine der Parklücken vor Rispos Apartmentblock und zog die Handbremse an. „Du würdest nicht sofort sterben, weißt du? Zuerst würdest du ein Brennen im Mundraum verspüren, dann träte auch schon die Zungenlähmung ein, gefolgt von Erbrechen. Als Nächstes würde dich ein Kältegefühl überfallen, das in Gefühllosigkeit ausartet. Dein Herzschlag würde immer langsamer, bis schließlich eine Ganzkörperlähmung einsetzen würde. Erst in den Beinen, dann auch in der Brust – letzten Endes würdest du ersticken, weil deine Lungen aufhören würden zu arbeiten. Je nachdem, welche Menge ich dir verabreichen würde …", ich wiegte den Kopf hin und her, „träte dein Tod in ein bis fünf Stunden ein."

Ich schaltete den Motor aus und begegnete Joshs Blick.

Er sah zufriedenstellend beeindruckt aus. „Meine Güte", murmelte er. „Ich sollte dich wirklich nicht allzu zornig machen, was?"

Ich lächelte. „Besser nicht. Wie sieht es bei dir aus? Bist du wütend auf mich?"

Josh ließ seinen Kopf gegen die Stütze sinken, schloss kurz die Augen und verschränkte dann die Finger im Nacken. „Ich bin nicht wütend“, sagte er schließlich leise. „Ich bin …“

„Wenn du jetzt *enttäuscht* sagst, zersteche ich dir deine Autoreifen!“

Joshs Mundwinkel zuckten. „Meine Güte, du bist wirklich besessen davon, meinen Wagen kaputtzumachen – und ich wollte nicht *enttäuscht* sagen. Ich bin … nervös. Und vielleicht ein wenig genervt.“

Überrascht ließ ich die Hände sinken, die immer noch auf dem Lenkrad gelegen hatten. „Was meinst du?“

„Nun, mich nervt, dass du dich in Sachen einmischst, die –“

„Jaja.“ Ich winkte ab. „Alte Geschichte. Was meinst du damit, dass du nervös bist?“

Josh holte tief Luft, bevor er sie in einem zischenden Schwall wieder ausstieß und mich mit aufmerksamem Blick betrachtete. „Lou, ich weiß nicht, ob es dir aufgefallen ist, aber alles, was du anfasst, endet in einem Chaos. Und diese Tatsache, gerade in Kombination mit einem frei herumlaufenden Mörder, dem du zusehends auf die Pelle rückst, macht mich sehr, sehr nervös.“

„Und daraus resultiert, dass du dich wie ein Arschloch verhältst?“, folgerte ich und strich mir die Haare hinter die Ohren.

„Nicht die Formulierung meiner Wahl, aber von mir aus.“

Seufzend rieb ich mir mit den Fingern über die Augen. „Das Ding ist, Josh, ich möchte, dass wir funktionieren. Sehr. Aber … es könnte zum Problem werden, dass ich Gesetze gerne dehne und du das Gefühl hast, jeden meiner Schritte kontrollieren zu müssen. Das brauche ich nicht, dafür habe ich schon meine Mutter.“

„Es geht nicht um Kontrolle, Lou“, sagte Josh gereizt. „Es geht um Sicherheit. Ich weiß, dass du gut darin bist, Leuten Antworten zu entlocken, die sie eigentlich nicht preisgeben wollten. Mir ist vollauf bewusst, dass du klug und scharfsinnig bist. Aber ebenso weiß ich, dass du ohne jeden Grund stolperst, von einem Fettnäpfchen ins nächste trittst und die Gabe hast, Leute sehr, sehr wütend zu machen. Und das sind alles Eigenschaften, die dir nicht dabei helfen, am Leben zu bleiben."

„Auf der Straße lag ein Stein!", verteidigte ich mich sofort lautstark. „Nur deswegen bin ich neulich gestolpert!"

„Es war ein Kieselstein, Lou, und in der Zeit, in der wir zusammen waren, bist du bereits zweimal aus dem Bett gefallen. Und nicht etwa, weil wir es zu wild miteinander getrieben hätten, sondern weil du mit deinem Kissen gekämpft und verloren hast!"

Ich presste die Lippen aufeinander. Es war ein sehr großes, muskulöses Kissen gewesen! Und nur, weil mein Gleichgewichtssinn öfter mal auf Kreuzfahrt ging, hieß das nicht, dass mein Leben gefährdet war. Die Sache mit den Fettnäpfchen war mittlerweile fester Bestandteil meines Alltags, damit kam ich klar. Und dass ich Menschen so wütend machen konnte … na, das lag nur daran, dass ich mit Jannis aufgewachsen war und somit ein großes Vorbild und eine Menge Zeit zum Üben gehabt hatte.

„Vielleicht sollte ich doch einen Waffenschein machen", überlegte ich. „Was denkst du? Möglicherweise bist du dann beruhigter."

„*Beruhigter?*", echote er ungläubig. „Ein *Kieselstein*, Lou! Du bist über einen Kieselstein gestolpert. Wenn ich mir dich mit einer Pistole nur vorstelle … Gott, bist du wahnsinnig?"

„Ich weiß nicht, ich habe mich nie testen lassen", sagte ich genervt. „Dir geht es doch nur darum, dass du denkst, ich könnte mich nicht verteidigen."

„Mir geht es darum, dass du dich in lebensgefährliche Situationen begibst, aus denen du nur lebend rauskommst, weil es da offenbar einen beschissenen Glückskobold gibt, der dein größter Fan ist. Aber irgendwann wird ihm langweilig werden und er wird weiterziehen, Lou. Und wenn dann ein Kerl mit seiner Waffe auf dich zielt, wird er verdammt noch mal abdrücken."

Schweigend sah ich Rispo an, dessen Augen so ernst geworden waren, dass sein Blick mir eine Gänsehaut bereitete.

Ich erinnerte mich noch daran, wie es sich anfühlte, in den Lauf einer Pistole zu blicken, und musste schlucken. Das war keine Erfahrung gewesen, die ich gerne wiederholen würde, und es erwärmte mein Herz, dass Rispo eine solche Angst davor hatte, mich zu verlieren, aber gleichzeitig –

Ich atmete tief durch. „Ich verstehe dich. Glaub mir, ich verstehe dich. Denkst du, ich mache mir keine Sorgen um dich, wenn du nachts um zwei zu einem Einsatz gerufen wirst? Aber es ist dein Job, und ich vertraue darauf, dass du vorsichtig bist – so wie du darauf vertrauen solltest, dass ich vorsichtig bin.“

Rispo hob die Augenbrauen. „Erwähnte ich dein Wrestling-Match mit einem Kissen?“

„Halt die Klappe“, sagte ich verärgert. „Ich war müde und das Kissen hat mich überrascht. Außerdem: Beim letzten Fall habe ich nicht ein einziges Mal in Lebensgefahr geschwebt!“

„Was nicht daran liegt, dass du es nicht versucht hättest.“

„Dein Optimismus ist bemerkenswert.“

„Ich weiß, ich bin etwas Besonderes“, meinte Rispo trocken.

Ich musste lächeln. „Das sowieso. Aber pass auf, ich habe dir versprochen, keine geschlossenen Türen mehr einzurennen, und jetzt verspreche ich dir noch etwas: Ich werde nachts nicht mehr alleine an Tatorten herumhängen.“

Rispo stöhnte leise, nickte jedoch. „Das ist wohl besser als nichts, oder?“

„Definitiv. Denn nichts ist nichts. Und es tut mir leid, dass ich dich nervös mache. Das ist nicht meine Absicht.“

„Ich weiß. Das ist ja das Tragische daran.“ Er ließ die Hände aus seinem Nacken gleiten. „Kommst du noch mit rein?“ Er nickte zu dem Haus, in dem seine Wohnung lag.

Zögerlich folgte ich seiner Geste mit meinem Blick. „Ich weiß nicht, vielleicht ist es besser, wenn –"

„Komm mit rein, Lou", bat mich Josh, seine Stimme auf einmal so weich wie Moos.

Als hätte ich jetzt noch Nein sagen können.

Wir stiegen aus und Josh nahm meine Hand. Ich wusste nicht, wer das Händchenhalten erfunden hatte, aber ich würde ihm gerne eine Dankeskarte schreiben. Denn jedes Mal, wenn sich Joshs raue Finger um meine schlossen, fühlte ich mich geliebt. Die Geste war so unschuldig und doch so intim. Wärmer als ein Kuss und so beschützend wie eine Umarmung.

Josh machte noch kurz Halt an seinem Briefkasten und holte ein braunes Pappstück daraus hervor. Nein, kein Pappstück. Die Akte von gestern. Mo hatte sie offenbar lange genug studiert.

Mein Blick kletterte zu Joshs Gesicht hoch, und so, als hätte er ihn erwartet, fing er ihn auf. Schließlich murmelte er: „Es ist die Akte des Mordfalls meiner Mutter. Mo wollte sie gerne sehen."

„Oh."

Verblüfft über seine ungewohnte Gesprächigkeit öffnete ich den Mund, doch Rispo sperrte bereits die Tür auf und zog mich die Treppen zu seinem Apartment hinauf. Meine Hand schlang sich wie automatisch fester um seine. Mit sechzehn Jahren hatte Josh seine Mutter verloren. Sie war Enthüllungsjournalistin gewesen und hatte sich wohl etwas zu tief in einen Fall verstrickt. Bis heute war der Mörder nicht geschnappt worden. Der Tod lag nun fast sechzehn Jahre zurück, aber ich konnte mir nicht vorstellen, dass es leichter wurde, mit dem Verlust zu leben.

„Du …" Ich zögerte, bevor ich mich leise räusperte und weitersprach. „Du redest nicht viel über deine Mutter."

„Richtig", bestätigte Rispo tonlos und öffnete seine Wohnungstür.

Okay, ich hatte mir eine etwas längere Antwort gewünscht.
„Erinnerst du dich noch an Vieles aus der Zeit mit ihr?"
„Schon."

Ich unterdrückte ein Seufzen, während Josh meine Hand losließ, um mir den Vortritt in seine Wohnung zu lassen. Ich hatte ihm am Tag, nachdem wir offiziell zusammengekommen waren, einen kleinen Kaktus mitgebracht, der nun vor der großen Fensterfront stand, die eine Wand des Apartments ausmachte. Ansonsten war Rispos geradlinige, schwarze und weiße Möbellandschaft noch frustrierend pflanzenfrei. Aber jedes Mal, wenn ich vorgeschlagen hatte, er solle sich eine Pflanze aus dem Laden mitnehmen, hatte er nur mit den Schultern gezuckt und „Zu viel Verantwortung" gemurmelt.

Was ich äußerst amüsant fand, wenn man bedachte, dass er nicht nur die Verantwortung für sich selbst, sondern auch für drei seiner jüngeren Brüder übernahm. Wie genau er zu Moritz stand, konnte ich noch nicht sagen. Dafür hatte ich sie noch nicht lang genug miteinander erlebt.

Josh schloss die Tür hinter uns ab und lief in die Küche, während ich mich auf sein schwarzes Ledersofa niederließ. Ich konnte ihn im Kühlschrank rumoren hören, wahrscheinlich, um Getränke zu bergen, und tatsächlich ließ er sich eine Minute später mit zwei Flaschen Kölsch in der Hand neben mich sinken. Meine Lieblingsmarke, wenn ich das erwähnen durfte. Etwas Warmes breitete sich in meinem Magen aus.

„Wie war deine Mutter so?", wagte ich einen neuen Versuch und nahm einen Schluck aus der Flasche.

Für eine Weile antwortete Rispo nicht, und ich rechnete schon fast damit, dass er das Thema somit als beendet ansah, als er doch noch den Mund aufmachte. „Beeindruckend. Meine Mutter war ... beeindruckend. Sehr strukturiert und organisiert. Sehr ... beschäftigt, aber trotzdem für uns da."

Ich nickte, den Blick auf Rispos ausdrucksloses Gesicht gerichtet, während er aus dem Fenster sah. „Sie war Enthüllungsjournalistin?", hakte ich leise nach. „Das stelle ich mir aufregend, wenn auch zeitintensiv vor."

„Ja."

Meine Güte, es war, als würde ich mit einem geschwätzigen Stein reden.

„Was war mit deinem Vater? Haben er und deine Mutter sich bis zum Schluss gut verstanden?"

„Ich denke schon. Mein Vater war sehr viel öfter zu Hause als meine Mutter. Hat den Haushalt geschmissen. Aber jeden Mittwochabend sind er und meine Mutter zusammen ausgegangen, also ..." Er verstummte und ließ sich tiefer in das Leder seiner Couch sinken.

Ich nickte lediglich, während mein Hals eng wurde. In dem einen Jahr, das ich Josh nun kannte, hatte er sich kein einziges Mal darüber beschwert, was ihm genommen wurde. So war er schlichtweg nicht gestrickt. Er hatte seine Mutter und mit ihr seine Jugend verloren. Er hatte die letzten Jahre damit verbracht, seine Familie zusammenzuhalten, und dennoch hatte er bisher nur einmal zugegeben, dass er diesen Umstand als anstrengend empfand. Danach hatte er nie wieder ein Wort darüber verloren. Ich wusste nicht, ob er generell nicht gerne darüber redete oder ob er ... sich noch nicht wohl genug mit mir fühlte, um es zu tun. Der Gedanke daran, dass es Letzteres sein könnte, versetzte meinem Herzen einen kleinen Stich.

Josh mochte mich. Das wusste ich. Er wollte mit mir zusammen sein, und offensichtlich wollte er auch nicht, dass ich mich umbringen ließ. Und auch, wenn das zwei Dinge waren, die darauf hindeuteten, dass er es ernst mit mir meinte, so war ich immer noch unsicher darüber, an welchem Punkt genau Josh sich in unserer Beziehungsachterbahn befand. Ob er sich noch in den Startlöchern bei Wirhaben-nur-Spaß tummelte oder sich bereits in der Abfahrt nach Ich-liebe-dich befand.

Und das – wie hatte er es noch genannt? –, das machte mich nervös.

Denn ehrlich gesagt hatte ich Schwierigkeiten damit, mir vorzustellen, dass ein Mann mich ehrlich lieben konnte. Dass ich nicht doch *zu viel* war, wie Josh es einmal ausgedrückt hatte. Denn bis jetzt hatte es schlichtweg noch niemand getan. Meinen Vater und meinen Bruder mal außen vor gelassen. Und es half mir nicht, dass Josh ab und an Abende hatte, an denen ein gut trainierter Papagei mehr gesprochen hätte. Es verunsicherte mich jedes Mal, wenn er sich vor mir verschloss und in seiner eigenen Welt zu versinken schien.

„Wie war es, ohne deine Mutter aufzuwachsen?", fragte ich leise.

„Es war okay."

Natürlich.

Vielleicht hätte ich an diesem Abend doch nach Hause gehen sollen.

„Ich bin ihretwegen Polizist geworden", murmelte Josh. „Weil ihr Mord nie aufgeklärt wurde, und ich weiß, was dieses Gefühl der Unsicherheit mit einem macht."

Und was ist das?, wollte eine leise Stimme in meinem Kopf sofort wissen. Doch stattdessen fragte ich: „Du untersuchst den Fall noch? Deswegen die Akte?"

„Ja und nein. Ihr Tod ist über 15 Jahre her. Da gibt es nicht viel zu untersuchen. Jede Spur verläuft im Sand. Und je mehr Zeit vergeht, desto schwieriger ist es, den Tathergang zu rekonstruieren. Und ..." Er seufzte und ließ die Schultern fallen. „Ich weiß, ich sollte aufgeben. Es hat keinen Zweck, aber ..." Er hielt inne.

„Du kannst nicht", flüsterte ich.

Josh nickte.

Meine Hand suchte vorsichtig nach seiner, und als ich sie fand, verwob ich meine Finger mit seinen. Josh sagte nichts weiter, doch er ließ meine Hand nicht los. Und für heute Abend, zumindest für diesen Moment, war das genug für mich.

Kapitel 14

„Ich brauche Viagra!"

„Ich brauche einen Affenbrotbaum."

„Was?" Trudi sah mich irritiert an.

„Keine Ahnung", gab ich zu und stützte mich mit den Ellenbogen auf dem Tresen ab. „Ich dachte, wir sagen einfach unsinnige Dinge."

„Unsinnig?" Trudi reckte ihr Kinn, als würde sie das Konzept hinter diesem Wort nicht verstehen. Dabei müsste gerade sie doch wissen, was es bedeutete. Es war vierundzwanzig Grad warm und sie trug einen Pelzmantel! Wenn das nicht unsinnig war, dann wusste ich auch nicht.

„Louisa, jetzt ist nicht der Zeitpunkt, um zu spaßen", unterrichtete mich meine ehemalige Mitarbeiterin ernst. „Dort draußen steht ein nicht allzu attraktiver Mann, der noch seine echten Zähne und keine Haare mehr hat. So eine Chance kriege ich nicht so schnell wieder. Ich weiß, dass du die blauen Pillen nutzt, um deine Pflanzen länger am Leben zu halten. Ich brauche eine!"

Trudi hatte nicht unrecht. Ich zerstampfte Viagrapillen und gab sie meinem Blumenwasser hinzu, um die Schnittblumen länger frisch zu halten. Es kam mir trotzdem etwas merkwürdig vor, plötzlich der lizenzierte Drogendealer einer Zweiundsiebzigjährigen zu sein. „Trudi, warum geht deine Eroberung nicht einfach in eine Apotheke?", schlug ich vor.

Mir war das ganze Gespräch äußerst unangenehm. Erstens, weil Trudis Blick so intensiv und hitzig war, dass ich Angst hatte, sie könne damit ein weiteres Mal meinen Laden in Brand stecken. Zweitens, weil Trudis Brüste auf meine frisch geputzte Theke purzeln würden, sollte ein weiterer der Knöpfe an ihrer pinken Bluse platzen, die ohnehin schon erschreckend großzügig ausgeschnitten war.

„Keine Zeit!", erklärte mir Trudi knapp. „Er steht vorm Laden und hat um eins einen Termin beim Urologen, den er einhalten muss. Außerdem sind die Teile verschreibungspflichtig. Mir ist es ohnehin ein Rätsel, wie du an sie drankommst. Also?"

Ich kannte Mittel und Wege.

„Ähm ...", sagte ich unschlüssig und kratzte mich am Kopf. Hilfesuchend sah ich mich nach Rebecca um, doch die war so tief in ein Gespräch mit einem Kunden vertieft, dass Trudi mich auch mit einer Schusswaffe hätte bedrohen können – sie hätte es wohl nicht bemerkt. „Ich weiß nicht, ob ich noch welche habe, Trudi."

Zweite Schreibtischschublade hinter dem Locher.

„Sie sind in der zweiten Schreibtischschublade hinter dem Locher, also wirklich Louisa", wies mich Trudi zurecht. „Du scheinst heute etwas durcheinander zu sein."

Unglaublich. Ein Dreivierteljahr lang hatte Trudi Schwierigkeiten damit gehabt, einen Fliegenpilz von einem Champignon zu unterscheiden, aber wo ich das Viagra aufbewahrte, wusste sie?

Und natürlich war ich durcheinander! Mein Kopfkino war funktionstüchtig und fleißig am Drehen. Danke vielmals.

„Jetzt stell dich nicht so an und erfüll einer alten Dame ihren Wunsch", meckerte Trudi ungeduldig, bevor sie den Kopf drehte, durch das Schaufenster auf die Straße sah und mädchenhaft kicherte. „Er ist süß, oder?"

Mein Blick glitt zu einem Mann mit drei Haaren auf dem Kopf, einem kräftigen Schnauzer, wässrigen Augen und einem beeindruckenden Bierbauch, in dem er mindestens vier Sixpacks aufbewahrte.

Ähm. Ja. Ich nahm das Oder.

„Weißt du, ich dachte schon, ich müsste übermorgen wieder zum Speed-Dating gehen, um meine Chancen auf ein bisschen Action zu erhöhen", flüsterte Trudi verschwörerisch, „aber dann habe ich den Jackpot geknackt und Erwin kennengelernt. Wenn er lächelt, sieht er aus wie ein dicker Hamster. Es ist unglaublich putzig."

Jede Aussage, die Trudi in den letzten Minuten von sich gegeben hatte, war zweifelhafter Natur. Aber sie war alt. Sie würde schon wissen, wonach sie suchte.

„Schön", knickte ich ein und kramte nach Trudis Wunschdroge. „Hier hast du eine Tablette. Aber sei vorsichtig und schütz dich. Mit Chlamydien ist nicht zu spaßen."

„Wer hat Chlamydien?", wollte Emily neugierig wissen, die genau in diesem Moment durch die Tür fegte. „Möglicherweise der Mann, der vor deinem Laden steht und mich nach einem Kondom gefragt hat? Er sah sehr verzweifelt aus. Es scheint, als sei jenes, das er in seiner Brieftasche herumträgt, 1993 abgelaufen."

Trudis Wangen glühten, und mit leuchtenden Augen legte sie eine Hand auf ihr Herz. „Siehst du, wie sehr er sich um mich sorgt?", flüsterte sie ergriffen.

„Ach, gehört der Hecht zu dir?", fragte Emmi beeindruckt und klopfte der alten Dame lobend auf die Schulter. „Aber hallo, Trudi. Nicht zu hübsch, um deine Freundinnen eifersüchtig zu machen, aber trotzdem ein interessanter Mann. Von dir kann man noch eine Menge lernen! Hat er Geld?"

„Nein, aber noch alle Zähne", sagte Trudi stolz.

„Na, das ist dann ja so was wie eine Goldanlage", stellte Emmi zufrieden fest. „Bist du hier wegen des Viagras? Das liegt in der zweiten Schublade hinter dem Locher."

Okay, gleich am nächsten Tag würde ich meinen Schreibtisch neu sortieren.

„Wir waren heute Morgen frühstücken und er hat Brot gegessen", sagte Trudi verträumt. „Nicht diesen labbrigen Toast, sondern Brot mit richtiger Kruste." Stolz schob sie ihre Brust vor, sodass die Knöpfe ihrer Bluse bedrohlich knarzten. „Erwin hat einfach Stil."

Ja. Und offenbar einen Popel in der Nase – oder wonach genau suchte er da mit dem Zeigefinger in seinem Riecher?

„Das freut mich, Trudi", sagte Emmi aufrichtig und drückte die bepelzte Frau kurz an sich. „Heutzutage ist es so schwer, jemand Kompatiblen zu finden. Ich meine, guck dir Lou an: Sie ist ein Schnellkochtopf, ist aber mit einem Typen zusammen, der eindeutig der Deckel für einen Wok ist."

Hey! Ich konnte ein Wok sein, wenn ich mir Mühe gab.

„Okay, genug der freundlichen Worte", unterbrach ich die beiden verärgert. „Hier hast du deine blaue Zauberpille, Trudi, und Emily, könntest du –"

Doch meine Schwester würde nie erfahren, was sie konnte, denn in diesem Augenblick schwang die Tür auf ein Neues auf und ein griesgrämig dreinblickender Finn trat ein. „Es reicht", sagte er laut, schlug mit den Fäusten auf einen imaginären Tisch und fixierte Emmi düster. „Du wirst mir jetzt auf der Stelle sagen, was ich falsch gemacht habe, damit ich dir genau erklären kann, warum du wahnsinnig bist!"

Ich war kein Beziehungsexperte, aber meiner Meinung nach war das ein denkbar schlechter Anfang für ein Versöhnungsgespräch.

Meine Schwester dachte offenbar ähnlich, denn sie verschränkte die Arme vor der Brust und schob den Unterkiefer vor.

„Du hast da was im Gesicht, Finn. Oh ja, es ist der Schatten, meiner baldig eintreffenden Faust."

Hastig lief ich um den Tresen herum, um meine Schwester notfalls zurückhalten zu können. Sie machte in der Regel keine leeren Versprechungen.

„Ich habe nichts getan“, fuhr Finn sie an und raufte sich die Haare, die Augen ungläubig geweitet.

Gott, war er putzig. Wie ein Sesamstraßencharakter, der aus der Show geworfen worden war.

„Ich habe dir meinen letzten Pommes frites angeboten. Dafür habe ich einen verdammten Orden verdient!“

„Du hast unsere Regeln gebrochen!“, zischte Emmi und stieß mit ihrem Zeigefinger durch die Luft.

„Was für Regeln? Herrgott, ich habe dir etwas von meinem Essen geben wollen, nicht meine Jungfräulichkeit.“

Ich prustete. Emily fuhr zu mir herum und sah mich zornig an. Entschuldigend hob ich eine Schulter. „Finn und jungfräulich in einen Satz zu packen, ist witzig“, erklärte ich. „Und Trudi, wolltest du nicht los?“

Trudi schüttelte den Kopf und sah begeistert zwischen Emily und Finn hin und her. „Nein, nein, ich gehe nach der Vorstellung.“

Finn verdrehte so ausdrucksstark die Augen, dass ich fürchtete, sie könnten ihm aus dem Kopf fallen. „Ihr habt doch nicht mehr alle Teller in der Kommode! Wisst ihr, Josh hat mich davor gewarnt, mich mit den Manu-Frauen anzufreunden, aber wer konnte ahnen, dass er ein einziges Mal in seinem Leben recht haben würde?!“

„Wir sind nicht das Problem“, schnappte Emily zurück und legte loyal einen Arm um meine Schultern. „Ihr Rispos seid einfach nur unsensible Waschlappen, die ihren Charme so frei versprühen wie eine zu hoch eingestellte Sprinkleranlage.“

Eigentlich wollte ich mich nicht in Emmis und Finns absurdes Geplänkel, das mit einem Nachmittag voll Eiscreme und Sex aus dem Weg geschafft werden könnte, reinziehen lassen, aber mir gefiel Emmis Vergleich, deswegen nickte ich tatkräftig.

„Ach ja? Und ihr versprüht Schwachsinn wie ein Bauer Pestizide“, konterte Finn. Sein Gesicht lief mit jedem Wort, das seinen Mund verließ, noch ein wenig röter an, sodass die hinter ihm stehenden roten Rosen vor Neid zu erblassen schienen.

„Hey", meldete sich plötzlich eine dünne Stimme zu Wort, und unsere Köpfe fuhren herum. Meine neue Mitarbeiterin blickte mich verlegen an. „Dürfte ich wohl an die Kasse?"

„Nein!", fuhr Emmi sie sofort an. „Wir sind nicht hier, um Blumen zu verkaufen."

Meine Schwester klang so überzeugend, dass ich schon nicken wollte, als mir einfiel, dass sie nicht ganz recht hatte.

„Natürlich darfst du an die Kasse", sagte ich hastig und sah den Kunden, der mit einem Blumentopf Lavendel und einem verdatterten Blick dastand, entschuldigend an.

Trudi kicherte vergnügt, nahm sich einen Keks aus ihrer Handtasche und beobachtete Finn und Emmi dabei, wie sie mit gesenkten Stimmen weiterstritten. Kurzerhand streckte ich die Arme aus und schob Emily samt Finn weiter in Richtung Eingangstür.

„Reißt euch mal zusammen ihr beiden", flüsterte ich. „Oder regelt das draußen."

„Was hast du gesagt, Lou?", wollte Trudi wissen. „Sprich lauter, Kleine, wir wollen alle mithören."

„Er hat das Ganze doch angefangen", sagte Emmi vorwurfsvoll und deutete auf Finn.

„*Was* habe ich angefangen?!", wollte dieser verzweifelt wissen. „Meine Güte, ich weiß ja, dass ich eine Menge Mist baue, aber normalerweise weiß ich, was ich getan habe!"

Die Türglocke erklang, als der Kunde hastig und scheinbar verängstigt den Laden verließ, und im nächsten Moment trat Rebecca zu uns.

Sie räusperte sich leise, bevor sie sagte: „Es scheint hier eine Meinungsverschiedenheit zu geben, vielleicht könnte ich als Außenstehende ja helfen? Manchmal ist es nützlich, ein Problem aus einer anderen Perspektive zu betra-"

„Nein, *Rebecca*, kannst du nicht", entgegnete Emily angriffslustig. Sie spuckte den Namen aus wie einen verfaulten Kirschkern. „Geh du mal weiter deine Drogen verkaufen."

Dem erdbeerblonden Mädchen fiel die Kinnlade herunter, und erschrocken stellte ich fest, dass sich Tränen in ihren Augen sammelten. „Tut mir leid", sagte sie mit hoher Stimme. „Ich wollte doch nur ..."

Ich wollte sie beruhigen und ihr versichern, dass Emmi wieder normal sein würde, sobald sie ihre Pillendosis erhöht hatte, doch Finn kam mir zuvor.

„Becky, Süße, mach dir nichts draus", sagte er und schenkte ihr das charmante Rispo-Lächeln, von dem Emily gerade noch gesprochen hatte. „Emmi ist eben keine Lady. Nicht so wie du. Sie kann ihr Mundwerk nicht kontrollieren. Das ist genetisch bedingt, sie trägt also keine Schuld an diesem groben Charakterfehler. Vielleicht würdest du dich besser fühlen, wenn wir beide kurz vor die Tür gehen? Du siehst aus, als könntest du eine Umarmung gebrauchen."

Emily schubste Finn um.

Einfach so.

Ohne Vorwarnung. Und mit einer beeindruckenden Menge an Kraft.

Vollkommen überrascht taumelte der junge Rispo nach hinten, stolperte und fiel rücklings in die Rosensträuße.

Die Vasen klirrten, das Wasser spritzte, die Stiele brachen.

Finn fluchte, ich schlug die Hand vor den Mund, Rebecca fing an zu weinen, Trudi kicherte laut und Emily verschränkte die Arme.

Auf dem Boden befand sich ein Klumpen Chaos. Große Scherben, abgetrennte Rosenköpfe und ein wütender, achtzig Kilo schwerer Mann lagen in einer Pfütze aus Viagra-Wasser. Und das Verrückteste war: Ich trug keine Schuld an diesem Durcheinander! Diesmal nicht.

„Scheiße, warum sind hier denn überall Dornen dran?", schrie Finn, rappelte sich auf und starrte auf seine Hände, mit denen er sich abgefangen hatte. „Hättest du mich nicht in die Sonnenblumen schubsen können? So wie jeder andere vernünftige Mensch es getan hätte?"

Emily riss den Mund auf und den Arm empor – bereit für
einen neuen Angriff –, und hastig sprang ich zwischen die
beiden.

„Geh, Finn", wies ich ihn an. „Sofort. Ich kann mir euren
Streit nicht leisten. Wortwörtlich."

„Aber ..."

„Ich weiß", flüsterte ich, schubste ihn vor mir her zur Tür
und zog eine Grimasse, als ich meinen Zeigefinger an einer
der Dornen stach, die an seinem T-Shirt hingen.

„Schön", sagte Finn zähneknirschend. „Ich schätze, wir
sehen uns heute Abend, Lou. Und wehe, du erzählt Josh
hiervon!"

Heute Abend? Ach ja! Familienessen bei den Rispos. Halleluja.

Bevor ich Finn versprechen konnte, den Mund zu halten,
rannte er bereits die Treppen hinunter. Auch Rebecca
schien geflohen zu sein, wie ich bemerkte, als ich mich
umwandte. Sie musste ins Büro gerannt sein. Vielleicht, um
nach Taschentüchern zu suchen.

Stöhnend besah ich mir das Rosenmassaker vor meinen
Füßen, bevor ich einen Schritt aus der Pfütze heraus machte. Dann fixierte ich Emily, die mit zusammengepressten
Lippen zurückstarrte.

„Es reicht", sagte ich streng. „Das ist mein Laden und es
sind meine Regeln. Und es ist ein verdammtes ungeschriebenes Gesetz, dass wir keine Männer in die teuren Rosen
schubsen!" Mir wären die Sonnenblumen tatsächlich lieber
gewesen. „Was ist nur in dich gefahren?"

„Er hat mich provoziert!"

„Na und? Da schlägt man ihm mit einem Windspiel gegen
den Kopf, aber man zerstört nicht mein Eigentum!"

Wieder sah ich zu dem Durcheinander vor meinen Füßen.
Den Scherben, den Pflanzenresten, den verschwendeten
Rosen. Ich schloss die Augen und atmete tief durch.

„Weißt du was, Emily?", sagte ich dann und hob die Hände im Zeichen der Kapitulation. „Ich werde gehen. Das hier ist nicht meine Baustelle. Ich werde für ein paar Stunden verschwinden und wenn ich zurückkomme, sieht alles genauso aus wie zuvor, wenn nicht besser! Außerdem wirst du dich bei Rebecca entschuldigen und Trudi ein Autogramm geben, denn sie ist offenbar dein größter Fan." Ich nickte augenverdrehend zu Trudi hin, die so verzückt aussah, dass das Durcheinander auf dem Boden auch ein Pferch voll Hundewelpen hätte sein können. „Und meine Güte", setzte ich laut hinzu. „Du hast Gefühle für Finn! Es ist nicht, als hätte dir eine Wahrsagerin den Tod vorausgesagt. Du bist in ihn verliebt, und ich weiß, dass du diesen Gedanken so sehr hasst wie das Wort Monogamie – aber möglicherweise ist es an der Zeit, erwachsen zu werden und ihm einfach deine Gefühle zu gestehen. Wer weiß? Er mag bekloppt genug sein, sie zu erwidern!"

„Aber … woher weiß ich denn, was ich genau fühle?" Emily war so weiß geworden wie ein Gespenst, das sich soeben vor einem Gespenst erschreckt hatte.

„Du hast ihn in einen Haufen Rosen geschubst, weil er mit einem anderen Mädchen geflirtet hat, Emily", sagte ich schnaubend. „Die Zeichen sind eindeutig."

Ich wandte mich um, weil ich die Unordnung nicht mehr ansehen wollte, und schritt zur Tür. Doch kurz bevor ich an die frische Luft trat, konnte ich Trudi noch etwas murmeln hören.

„Sie hat recht, weißt du. Ich habe meinem Günter mal mit einem Luftgewehr in den Fuß geschossen, weil er sagte, die Postbotin habe hübsche Beine."

Und somit war die Sache besiegelt.

Ich war nicht ganz sicher, was ich vorhatte, doch ehe ich's mich versah, parkte ich bereits vor dem Kölner Zoo. Meine Möglichkeiten, an Informationen zu kommen, hatten sich beträchtlich geschmälert.

Die Polizeiwache war keine Option. Die Mitarbeiter waren auch keine Hilfe, und es gab keinen anderen Ort als den Zoo, der für den Fall relevant schien. Um ehrlich zu sein, war ich kurz davor, aufzugeben. Ich wusste eine Menge über die verschiedenen Mitarbeiter. Jeder hatte das ein oder andere Problem mit Henning gehabt. Die Direktorin hatte ein Vermögen in ihrem Büro versteckt gehalten. Katrin machte sich Gedanken über Geld – ob über Geld im Allgemeinen oder das der Lebensversicherung ihres Freundes, wusste ich nicht. Jasmin hätte – wäre Henning noch am Leben – ihren Job verloren. Marcel liebte Katrin. Marius liebte es, Herzen zu malen. Valentin liebte Jasmin. Und alle liebten die Tiere.

Ja, das hatte ich wunderbar zusammengefasst, aber helfen tat es mir nicht!

Seufzend ließ ich den Kopf auf das Lenkrad sinken und zog kurzerhand mein Handy aus der Tasche. Dann rief ich die einzige Person an, die mir schon einmal bereitwillig bei einem Fall geholfen hatte. Na ja, nicht bereitwillig. Aber er hatte sich leicht erpressen lassen und das war eine vielversprechende Eigenschaft.

„Hey, Loubalou. Wo brennt's?"

„Hilf mir, Jannis", sagte ich, vorsichtshalber schon einmal in dem weinerlichen Ich-bin-deine-kleine-Schwester-und-du-liebst-mich-Ton, den ich über die Jahre hinweg perfektioniert hatte.

„Steckt deine Hand wieder im Nutellaglas fest?"

Ich verdrehte die Augen. Einmal! Einmal war mir das passiert. „Nein, du Blödmann."

„Muss ich dich wieder aus dem Gefängnis abholen? Oder soll ich für dich mit deinem Freund schlussmachen? Oh, hast du deinen Autoschlüssel wieder in einen Gulli fallen lassen und bist zu schwach, den Deckel alleine anzuheben?"

Wieso hatte ich es noch einmal für eine gute Idee gehalten, meinen älteren Bruder anzurufen?

Ach ja. Er war Anwalt für Strafrecht und arbeitete daher oftmals mit der Polizei zusammen. Verrückt, welch wichtige Ämter von den größten Vollidioten besetzt wurden.

„Jannis, halt die Klappe!", wies ich ihn an. „Du hast Gras gegessen, bis du zwölf warst."

„Ich musste meinen Magen für den Tag trainieren, an dem du mich bei dir zu Hause zum Essen einladen würdest. Der übrigens immer noch nicht gekommen ist."

Na ja, mein Bruder nervte zwar oft, aber vergiften wollte ich ihn auch nicht. „Jannis, jetzt hör mal kurz auf, ein Dummbatz zu sein, und hilf mir stattdessen dabei, mich weiter in einen Mordfall einzumischen. Du hast doch bestimmt von der zerkauten Leiche gehört und hast Zugang zu Akten und Informationen."

„Natürlich. Wenn ich die Polizei lieb darum bitte."

Gott sei Dank. „Wunderbar, würdest du diese Akten also für mich einfordern?"

„Nein."

„Was?"

„Tut mir leid, Lou", sagte Jannis. „Mir wurde strengstens untersagt, mit dir über polizeiliche Angelegenheiten zu reden."

Ich runzelte die Stirn. „Wer bitte hat –" Abrupt brach ich ab. „Josh hat dich angerufen", stellte ich tonlos fest. Der Bastard war gründlich.

„Ja, schon vor drei Tagen. Hat mir im Gegenzug einen Babysitting-Gutschein versprochen. Ich mag den Kerl, Lou. Ich hoffe, du versaust es diesmal nicht."

„Wow, vielen Dank für dein Vertrauen", sagte ich trocken.

„Ich meine ja nur. Sobald eine Beziehung ernst wird, neigst du dazu, durchzudrehen. Als wolltest du testen, ob dein Freund dich genug mag oder dich bei dem ersten Anzeichen von Stress links liegen lässt."

Seit wann war Jannis Beziehungsspezialist? Nur weil er seit mehr als zehn Jahren eine glückliche Ehe führte, hieß das nicht, dass er … na ja, okay. Es sprach jetzt auch nicht gegen ihn.

„Ich werde es nicht versauen", sagte ich leise, mehr zu mir selbst als zu meinem Bruder.

„Dann ist ja gut. Ach, Loubalou, da ich dich gerade schon an der Strippe habe, sollte ich dich vielleicht warnen: Ich war gestern kurz bei Mama, und sie war gerade fleißig dabei, eine Liste an Fragen zusammenzustellen, die sie Rispo am Sonntag beantworten lassen möchte. ‚Wie viele Kinder willst du?', stand ganz oben."

Mhm. Das war gar nicht so schlecht. Die Antwort dazu würde mich nämlich auch interessieren. „Okay, danke. Aber mir war schon klar, dass Sonntag ein Tanz auf Scherben wird."

„Ja, vielleicht warnst du deinen Lover besser vor."

„Vielleicht."

„Gut. Bist du jetzt wütend auf mich, weil ich dir nicht helfen kann?"

„Ich bin nicht wütend, ich bin enttäuscht."

Jannis lachte. „Ah, du wirst eine wunderbare Mutter abgeben. Apropos Mutter: Ich will die meiner Kinder Sonntagabend zum Essen ausführen. Passt du währenddessen auf die kleinen Monster auf?"

„Natürlich, du Blödmann. Ich freu mich drauf", sagte ich zerknirscht und legte auf.

Und jetzt?

Mein Blick schweifte zur Mauer, hinter der sich der Zoo verbarg. Ich würde mir den Tatort noch einmal ansehen. Vielleicht kam mir ja am Ort des Mordes ein Geistesblitz. Und falls nicht … würde ich meiner Beziehung mit Josh einfach etwas Gutes tun und den Fall in Ruhe lassen.

Gott, ich hoffte wirklich, dass mir etwas einfiel!

Kapitel 15

Die Frau an der Kasse kannte mich schon und schlug mir vor, doch eine Jahreskarte zu kaufen, wenn ich so oft zu Besuch käme. Sie verstünde es ja; umringt von Tieren fühle man sich weniger einsam.

Ich fragte sie, ob sie Henning Wiese ermordet habe. Danach war das Gespräch beendet.

Ich lief mit dem Plan in den Zoo, mich vors Löwengehege zu stellen und von einem Blitz der Erkenntnis getroffen zu werden. Zugegeben, das Ganze war etwas weit hergeholt, aber einen Finger im Erdmännchengehege zu finden, war es ja auch, oder?

Der Zufall, nicht die Logik, war mein Freund, und weil ich hoffte, möglicherweise auf die Zoodirektorin zu treffen, nahm ich den Umweg über den Streichelzoo und an dem Zoo-Event-Gebäude entlang, um zu den Großkatzen zu gelangen.

Auf dem Weg begegnete ich Valentin, der lächelnd die Hand hob und: „Hey, Sie geben immer noch nicht auf, was?", rief. Ich grüßte zurück und hob die Schultern, bevor ich weiterging. Immer der gepflasterten Straße entlang.

Den Blick auf die Gehege und Häuser gerichtet, die ich passierte, wäre ich beinahe in den Müllwagen gelaufen, der den Weg blockierte. Als ein plötzlicher Schatten über mich fiel, sah ich jedoch glücklicherweise auf und ersparte mir

somit eine unangenehme Platzwunde oder einen gebroche-
nen Zeh.

Der Wagen stand rückwärts in der Einfahrt, an dessen Ende
das Tor lag, das ich am Vortag noch mithilfe der daneben-
stehenden großen Eiche hatte überwinden müssen. Jetzt
jedoch stand es offen.

Ich blieb stehen und lugte an dem Wagen vorbei auf die
Reihe an dahinterliegenden Containern. Das musste ein
Zeichen sein, oder? Der Pseudoprivatdetektivgott wollte
mir zu verstehen geben, dass ich im Papiermüll nach dem
wühlen sollte, was Frau Kamm von Marius hatte entsorgen
lassen.

Na gut, die Wahrscheinlichkeit, dass das, worüber die
beiden geredet hatten, Papier war, sich genau in diesem
Container befand und für mich erkenntlich sein würde, war
sehr gering. Aber erwähnte ich, dass der Zufall mein
Freund und ich verzweifelt war?

Verstohlen blickte ich mich um, konnte jedoch niemanden entdecken. Vielleicht machten die Müllmänner ja gerade eine Kaffeepause. Ich lief an der Seite des Lasters entlang – und ein stämmiger Mann in orangener Warnkleidung
sprang vom Heck des Wagens in meinen Weg.

„Hey", grummelte er. „Wir arbeiten hier."

Stolz darauf, nicht zusammengezuckt zu sein, reckte ich
das Kinn. „Ja, ich auch." Irgendwie.

„Ah." Die Miene des Mannes, dessen Bizeps in etwa so
dick wie mein Hals war, erhellte sich. „Sie sind die Direktorin, ja?"

Er hatte gefragt, ob ich die Direktorin kannte, oder? Ach,
von der lautstarken Streiterei zwischen Emily und Finn
waren meine Ohren furchtbar angeschwollen. Ich würde ihn
da schon richtig verstanden haben, deswegen war es auch
nicht falsch, knapp zu nicken. „Ich fürchte, ich habe etwas
in den Papiermüll geschmissen, das ich doch noch brauche,
und wollte kurz danach suchen."

„Tja, Sie kommen zu spät. Den Papiermüll haben wir gerade entsorgt." Er nickte zu dem massigen, metallenen Bauch des Lasters hinüber. „Sorry."

„Oh, aber sind Sie nicht für den Sondermüll hier?", fragte ich verwirrt. Ich erinnerte mich noch gut an die Liste und daran, dass heute der Sondermüll abgeholt werden sollte.

„Nee, Papiermüll", sagte der Kerl. „Der Zeitplan wurde doch geändert, seit Sie Ihre externe Firma haben."

Der Mann sprach in Rätseln. „Externe was?"

„Na, die Firma, die sich jetzt um Ihr giftiges Zeug kümmert", sagte er lauter, die Augen weit aufgerissen. Es war deutlich, dass er mich für leicht zurückgeblieben hielt. „Meine Güte, es ist Ihr Laden, sollten Sie so was nicht wissen?"

„Doch, klar", sagte ich hastig und nickte. „Logisch. Wir haben eine externe … danke für Ihre Arbeit! Dann ist die Packungsbeilage für meine Pillen wohl für immer verloren. Entschuldigen Sie die Störung!" Ich lächelte breit, hob die Hand und flüchtete in Richtung des Hippodoms.

Der Zoo hatte einen externen Anbieter beauftragt, der sich um den Sondermüll kümmerte? Stirnrunzelnd blieb ich vor dem Eingang des Nilpferd-Hauses stehen. Kam nur mir das nicht ganz koscher vor? Meine Gedanken fingen an zu rattern, doch bevor ich mich ernsthaft in mein ungutes Gefühl hineinsteigern konnte, sah ich Frau Kamm in schwarzem Hosenanzug und pinker Bluse den Weg hinabhetzen.

Mit ihr hatte ich noch nicht geredet. Alles, was ich über sie wusste, hatte ich ihrem Schreibtisch und belauschten Gesprächen entnommen.

Hastig folgte ich ihr, während mein Kopf fieberhaft nach einem Weg suchte, sie anzusprechen. Schließlich kam mein inneres Genie auf das laut ausgestoßene Wort: „Hey!".

Florentine Kamm lief einfach weiter. Vielleicht wollte sie nicht mit mir reden, vielleicht hatten die Nebenwirkungen der vielen Medikamente, die sie nahm, auch ihr Hörvermögen beeinträchtigt.

„Hey!", rief ich lauter, holte auf und berührte die Direktorin an der Schulter.

Die Frau wirbelte herum und fixierte mich mit zusammengezogenen Brauen, die vermuten ließen, dass sie mir in etwa so viel Bedeutung beimaß, wie einer Fliege, die gegen ihre Windschutzscheibe geklatscht war.

„Was wollen Sie?", fragte sie in aufforderndem Tonfall. „Die Fütterungszeiten stehen auf dem Lageplan!"

„Ähm."

Mein inneres Genie war nur bis zur Ausarbeitung des Wörtchens ‚hey' gekommen, nicht dahinter.

Ungeduldig taxierte mich die Direktorin. „Haben Sie Ihre Aufseherin verloren?", wollte sie mit lauter Stimme wissen, so als sei ich es, die Probleme mit den Ohren hatte. Offensichtlich erinnerte sie sich nicht an mich.

„Nein", sagte ich hastig. „Ich habe mich nur gefragt … wofür, würden Sie sagen, bewahrt man einen Haufen Geld in seiner Schreibtischschublade auf?"

Elegant gelöst, Lou, jubelte eine sarkastische Stimme in meinem Kopf.

Halt die Klappe, du hattest auch keine bessere Idee!, gab ich zurück.

„Was?" Das Blut verließ Frau Kamms Gesicht wie Ratten das sinkende Schiff. „Wovon reden Sie?"

„Über Geld in Schreibtischschubladen", wiederholte ich langsam.

Mit misstrauischem Blick trat Frau Kamm einen Schritt zurück. „Wer sind Sie?", blaffte sie.

Ihr schlimmster Albtraum!

Nein, zu dramatisch.

„Louisa Manu", erklärte ich.

„Ach, Sie sind diese Manu-Person, die hier überall herumschnüffelt?", wollte sie feindselig wissen. „Sie gehören doch überhaupt nicht zur Polizei. Was interessieren Sie unsere Probleme?"

Dass mir alle immer dieselbe Frage stellten! Ich räusperte mich. „Könnten wir noch einmal zu dem Geld in der Schreibtischschublade zurückkommen?", bat ich geduldig.

„Sie sind bei mir ins Büro eingebrochen! Ist Ihre Mutter stolz auf Sie?"

„Grundsätzlich schon, glaube ich. Es fällt ihr nur schwer, das zu zeigen", überlegte ich laut und neigte den Kopf. „Sie wollte immer, dass ich Grundschullehrerin werde, aber den Wunsch konnte ich ihr nicht erfüllen. Deswegen ist sie, glaube ich, immer noch etwas enttäuscht."

Die Zoodirektorin war nicht angetan von meiner emotionalen Geschichte, das konnte ich an ihrem Gesichtsausdruck erkennen, der mich an den meiner Nichte erinnerte, nachdem sie eine Nacktschnecke angefasst hatte.

„Lassen Sie uns einfach in Ruhe", forderte sie abgehackt. „Es geht Sie nichts an, wo ich wie viel Geld aufbewahre. Der gesamte Zoo geht Sie nichts an!" Sie streckte mir ihren Zeigefinger ins Gesicht, bevor sie: „Marius!", bellte.

Mein Kopf fuhr herum, und tatsächlich hastete ihr Sekretär mit fleckigem Gesicht, bebendem Ziegenbart und vor Zorn beschlagener Brille den Weg herunter und auf uns zu. Als er mich erkannte, verzog sich seine Miene zu einer Grimasse der Abscheu. Meine Güte, so viele negative Emotionen nur für mich? War denn heute schon mein Geburtstag?

„Was ist hier los?", fragte er sofort, die Brust geschwollen, das Kinn gereckt.

„Frau Manu stellt unangenehme Fragen und kriegt Hausverbot", sagte Frau Kamm wirsch.

„Hausverbot?", echote ich und hätte beinahe angefangen zu lachen. „Ist das Ihr Ernst?"

„Mein voller Ernst. Marius, würden Sie Frau Manu bitte vom Gelände geleiten?"

„Sie wissen schon, dass nur schuldige Leute versuchen, etwas zu verbergen, oder?", fragte ich gelassen.

Frau Kamm antwortete mir jedoch nicht mehr. Sie hatte mir bereits den Rücken zugewandt und preschte davon.

„Kommen Sie mit", sagte Marius düster. Er scheuchte mich mit einer Hand in meinem Rücken den Weg entlang, immer auf den Ausgang zu.

„Marius, Ihre Chefin benimmt sich äußerst merkwürdig", sagte ich im Plauderton. „Sie können mir nicht zufällig sagen, woran das liegt, oder?"

Marius' Miene war so versteinert, dass ihn wohl Medusas Blick getroffen haben musste.

„Die Wahrheit kommt immer irgendwann ans Licht. Immer", flüsterte ich. Eine absolut leere Drohung, aber das musste Marius ja nicht wissen.

„Sie sollten sich um Ihren eigenen Kram kümmern, Frau Manu", sagte er tonlos. „Müll wie Sie wird einfach von der Straße gekehrt."

Zwei Minuten später war ich offiziell aus dem Zoo verbannt worden und stand wieder auf der Straße, ein einziges Wort in meinem Kopf: Müll.

Marius war für den Müll zuständig und nahm seine Aufgabe sehr ernst. Er hatte sie nicht einmal abgeben wollen, als die Direktorin ihm ebendies vorgeschlagen hatte. Und wer war schon gerne freiwillig der Müllmann eines Zoos?

Mit verengten Augen bewegte ich mich in Richtung Parkplatz. Der Zoo hatte Geldprobleme und Marius hatte die Kosten reduziert. Und der Sondermüll ... den Sondermüll zu entsorgen, musste teuer sein. Wenn nach Gewicht abgerechnet wurde, mussten Unsummen in die vorschriftsmäßige Verwertung des Abfalls geflossen sein. Bis jetzt. Denn der Zoo beauftragte den Abfalldienst nicht mehr. Sie beschäftigten jetzt eine externe Müllentsorgungsfirma.

Ich   schnaubte   laut. Als ob. Marius würde alles für seine geliebte Direktorin tun, und wie schwer konnte es schon sein, den Sondermüll zu entsorgen? In den Rhein zu kippen beispielsweise.

Marius ging immer als Letzter, das hatten Peer und Valentin gesagt. Es dürfte nicht schwierig für ihn sein, abends, nachdem alle gegangen waren, den Sondermüll zu entsorgen.

Was, wenn ich einen Denkfehler gemacht hatte? Wenn es nicht die Direktorin gewesen war, die Henning hatte erpressen wollen? Was, wenn Henning herausgefunden hatte, dass Marius den Müll einfach wegkippte, und ihm damit gedroht hatte, es zu verraten? Das war definitiv ein Motiv, Henning aus dem Weg zu schaffen! Und das Geld von Florentine Kamm … das hatte ja trotzdem aus demselben Grund in ihrem Büro gebunkert werden können.

Vielleicht hatte Marius sie um Hilfe gebeten. Vielleicht hatte er das Geld, das Henning verlangt hatte, nicht gehabt. Und –

Vielleicht war es auch ganz anders gewesen. Was wusste ich schon.

Aber wenn herauskäme, dass der Zoo illegal Sondermüll entsorgte, dann würde das eine Menge schlechte PR, eine Geldbuße und möglicherweise auch eine Gefängnisstrafe bedeuten.

Hallo, Motiv!

Es wäre auch in Florentine Kamms Interesse gewesen, diese Sache zu vertuschen. Marius und sie hätten sich also ohne Weiteres zusammentun können, um Henning um die Ecke zu bringen.

Aber was hat Marius dann für die Direktorin entsorgen sollen?, flüsterte die altbekannte Stimme in meinem Kopf.

Keine Ahnung, war mir auch egal.

Vielleicht hatte das ja überhaupt nichts mit diesem Fall zu tun. Ich hatte eine Theorie, die mich mit neuer Energie, nicht zu vergessen Euphorie, flutete, und daran würde ich festhalten.

Natürlich fehlten mir die Beweise. Man müsste Marius auf frischer Tat ertappen, damit man ihm die illegale Müllentsorgung anlasten konnte. Doch das war nicht meine Aufgabe. Das war Sache der Polizei. Ich würde mit Rispo reden. Er würde entzückt darüber sein, dass ich an ihn gedacht hatte.

Lächelnd und mit aufgeregtem Flattern im Bauch überquerte ich den Parkplatz, während ich in meiner Handtasche nach dem Autoschlüssel suchte.

Taschentücher, Mascara, die Überreste eines Reclam Heftes, das ich mal hatte lesen wollen, aber in meiner Handtasche vergessen hatte ... Kein Schlüssel.

Ich hatte den Passat mittlerweile erreicht und schob ungeduldig meinen ganzen Arm in die Tasche, die zugegebenermaßen eine Menge Stauraum besaß, der seit Monaten in einer Unordnung aus Kassenbons, Stiften und Labellos versank. Doch so sehr ich auch wühlte, ich fand den Schlüssel nicht. Schließlich gab ich ein frustriertes Stöhnen von mir, hockte mich in den Schatten meines Wagens und stülpte die Tasche kurzerhand um. Geduld war schon immer eine meiner Schwächen gewesen.

Ich verteilte den Inhalt mit meinen Fingerspitzen auf dem Asphalt und fand den Schlüssel unter einer angefangenen Packung Hustenbonbons. Erleichtert steckte ich ihn in meine Jeanstasche, bevor ich den restlichen Müll – ähm, ich meine die restlichen Wertgegenstände – zurück in meine Tasche schob. Emilia Galotti, Lippenpflegestift eins, zwei und drei, ein schwarzes rechteckiges Plastikkästchen, eine angebrochene Tüte Gummibärchen, ein –

Moment.

Meine Hand hielt inne und ich zog das schwarze Plastikdingsbums erneut hervor.

Das Teil gehörte mir nicht. Das hatte ich in meinem Leben noch nicht gesehen. Ich kannte meinen Kram!

Stirnrunzelnd führte ich das Rechteck an mein Gesicht. Es nahm etwa ein Viertel meiner Handfläche ein und ein grünes kleines Lämpchen blinkte in der oberen rechten Ecke. Langsam drehte ich es in meinen Händen, bis mein Blick an einem kleinen weißen Schriftzug auf der Oberkante des Geräts hängenblieb. Ein einziges Wort stand da: *Tracker*.

Perplex öffneten sich meine Lippen, und wie automatisch schloss sich meine Faust um das Gerät.

Das war ein Peilsender.

Ich war nicht technikaffin, aber ich war auch nicht dumm.
Dieses kleine, unschuldige schwarze Kästchen sandte GPS-
Daten an … ich schloss die Augen und zerquetschte das
Plastik zwischen meinen Fingern.

„Oh Josh", flüsterte ich und schüttelte den Kopf. „Jetzt
hast du ein Problem."

Meine Euphorie war von meiner Wut verschluckt worden
wie Pinocchio vom Wal. Wie ein kleiner schwarzer Ball
aus Pech hatte sie sich um mein Zwerchfell geschnürt und
wollte nicht mehr loslassen.

Wie hatte er …? Wie *konnte* er …?

Das waren die zwei Fragen, die ich mir immer wieder
stellte.

Als ich in den Laden zurückkehrte, lagen weder Rosen
noch Scherben auf dem Boden. Emily stand hinter der Kasse und bediente gerade einen Kunden, sah aber vorsichtig
auf, als ich eintrat. Ihr Blick war so unsicher, dass meine
Ungeduld mit ihr sofort verpuffte. Sie war und blieb meine
kleine Schwester. Das Mädchen, dem ich die Ostereier
wieder und wieder versteckt hatte. Das Mädchen, das ich
getröstet hatte, als sie von ihrem ersten Freund in den Wind
geschossen worden war. Das Mädchen, das sich Mühe gab,
das Richtige zu tun, aber so viel mehr Spaß daran hatte,
Mist zu verzapfen.

Liebe machte verrückte Dinge mit einem – das wusste ich
aus eigener Erfahrung –, und Emily hatte das Potenzial,
sehr viel mehr Schaden anzurichten, als nur ein paar Blumen und Finns Ego zu zerstören.

„Hey", meinte sie leise, als der Kunde den Laden verließ.
„Ich habe Rebecca nach Hause geschickt. Sie konnte einfach nicht aufhören zu weinen."

Ich nickte. „Kommt sie wieder?"

„Keine Ahnung. Vielleicht."

Wieder nickte ich. „Okay. Wenn was ist, ich bin hinten
im Büro." Und bevor Emmi fragen konnte, was los war,
stahl ich mich durch die Tür in mein kleines Hinterzimmer,

das dem Wort *klein* mehr als gerecht wurde, denn ich musste unter der Platte des Schreibtisches hindurchklettern, um an meinen Stuhl zu gelangen. Mehrfach wählte ich Joshs Nummer auf meinem Handy, nur um sofort wieder aufzulegen.

Nein, ich wollte keine blöden Ausreden hören. Ich wollte eine Erklärung und ich wollte, dass er sie mir ins Gesicht sagte. Er wollte mich sowieso am Abend um halb acht zum Familienessen bei seinem Vater abholen. Davor würden wir sicherlich noch Zeit haben zu … schreien.

Nein, reden. Wir waren erwachsen. Wir würden offen miteinander kommunizieren.

Und dann würde ich Josh mit meiner Gartenschere niederschlagen.

Kapitel 16

Ich hatte mir vorgenommen, die verbleibende Zeit im Geschäft zu nutzen, um mich zu beruhigen. Doch als Josh den Verkaufsraum betrat und die Dreistigkeit besaß, mich anzulächeln, verpuffte jede Selbstdisziplin zu einer Wolke aus unterdrückter Wut.

„Hey, können wir gehen?", fragte er.

Ich schwieg und starrte ihn unverwandt an. Dann griff ich in meine Hosentasche und legte den GPS-Tracker sorgfältig auf den Tisch. Rispos Blick flackerte zu dem kleinen Gerät und er kam ruckartig zum Stehen. Seine Augen unergründlich.

Für ein paar Minuten standen wir nur da und sahen uns an, keiner bereit, die Stille zu brechen.

Schließlich rieb sich Rispo den Nacken und schloss die Augen. Als er sie wieder öffnete, murmelte er: „Ich würde gerne sagen, dass es mir leidtut. Aber das wäre gelogen."

Ich nickte knapp, nahm den Tracker und ließ ihn in eine der gläsernen Blumenvasen auf dem Tresen fallen. Einen Moment lang schwamm er wild blinkend an der Wasseroberfläche, dann sank er hinunter auf den Boden, wo das grüne Licht kurz flackerte und dann erlosch.

„Hast du auch noch irgendwo eine Wanze versteckt oder war das alles?", fragte ich leise.

„Das war alles."

„Ich Glückspilz", sagte ich trocken, meine Stimme immer noch ein Flüstern. „Du hast mich also nur elektronisch beschatten lassen, nicht etwa meine Gespräche belauscht? Die Stasi wäre enttäuscht von dir."

„Lou –"

„Ist dir überhaupt klar, was das für ein unglaublicher Einbruch in meine Privatsphäre ist?", wollte ich wissen und konnte nicht verhindern, dass meine Stimme bebte.

„Na, du musst es ja wissen, mit Einbrüchen kennst du dich ja aus", sagte Rispo tonlos.

Meine Hände umklammerten krampfhaft das Holz des Tresens. „Das ist nicht lustig, Josh", sagte ich steinern.

„Das weiß ich, Lou. Siehst du mich lachen?"

Ich stieß zischend einen Schwall Luft aus. „Du machst mir Vorwürfe dafür, dass ich die Wahrheit ab und an mal verschleiere, während du ohne mein Einverständnis jeden meiner Schritte überwachen lässt? Du bist so ein Heuchler! Du kannst nicht alles in deinem Leben kontrollieren, Josh! So funktioniert das nicht. Nicht bei mir zumindest."

„Was bleibt mir denn für eine Wahl?", fragte er ruhig, das Gesicht angespannt, die Hände in den Hosentaschen vergraben. „Es macht mich verrückt, Lou. Zu wissen, dass du draußen einem Mörder nachjagst, der seine Opfer einfach so den Tieren zum Fraß vorwirft. Mit deinem Glück rennst du ihm über den Weg, während er mit seiner Kettensäge gerade Leichenteile zerhäckselt. Was also kann ich tun, um besser zu schlafen? Ich kann es dir nicht verbieten. Ich kann dich nicht beschatten lassen, weil – seien wir ehrlich – du es ja doch merken würdest. Aber ich kann dich ebenso wenig allein in einem Hornissennest herumstochern lassen. Weil ich verdammt noch mal nicht zulassen werde, dass dir etwas passiert, nur weil du zu dickköpfig bist, um einzusehen, dass deine Kamikaze-Täterjagd lebensmüde ist."

„Oh ja, du bist ein heiliger Samariter, dem es nur um meine Sicherheit geht und dem es scheißegal ist, mein Vertrauen von vorne bis hinten zu missbrauchen!", sagte ich zornig. „Wie wunderbar, Josh. Dann ist das Ganze natürlich okay. Warum hörst du dann nicht auch noch mein Handy ab oder lässt mir einen Chip ins Gehirn tackern, damit du auch ja keinen meiner Gedanken verpasst."

Josh seufzte schwer und rieb sich mit Daumen und Mittelfinger über die Augen. „Jetzt mach es nicht zu mehr, als es ist, Louisa. Ich will dein Leben nicht kontrollieren. Ich wollte lediglich sichergehen, dass du dich nicht in Gefahr begibst."

Er war ja so ein ehrenwerter Mann.

Meine Fingerknöchel traten weiß hervor, als ich die Nägel tiefer in das Holz grub. „Wie lange ist das Teil schon in meiner Handtasche?", fragte ich um Ruhe bemüht.

Rispo antwortete nicht.

„Du hast es schon Montagabend reingetan, oder?", fuhr ich fort. „Deswegen bist du vorbeigekommen. Nicht, um mich wegen meiner Quelle auszuquetschen."

Rispo schüttelte den Kopf. „Nein, ich war wegen beidem da."

Ich schnaubte. „Natürlich. Gott, ich hätte viel misstrauischer sein sollen, als du mir nicht dauernd damit in den Ohren gelegen hast, den Fall in Ruhe zu lassen! Deswegen warst du so entspannt. Deswegen warst du nicht andauernd angepisst! Weil du ja ohnehin die ganze Zeit wusstest, wo ich war. Deswegen war dir klar, dass ich bei Hennings Verlobter war, deswegen wusstest du, dass ich zum Sommerfest kommen würde. Meine Güte, Josh, wenn es dich so stört, dass ich den Fall untersuche, wenn du eine solche Angst um mich hast, dann musst du mit mir darüber reden!"

„Ich habe es versucht", sagte er verkniffen. „Mehrmals."

„Nein!", widersprach ich und lief um den Tresen herum. „Du hast dein übliches Gejammer von dir gegeben, dass ich zu neugierig bin und nicht auf mich selbst aufpassen kann, aber du hast mir nie zu verstehen gegeben, dass du nachts wach liegst, weil du dir Sorgen darüber machst, ich könnte einen Kettensägenmörder auf seiner Ranch besuchen!"

„Aber es wäre doch scheißegal gewesen, Lou!", fuhr er mich an. „Denn du hättest mir gesagt, dass ich überreagiere, bevor du versucht hättest, mich in ein emotionales Gespräch über meine Mutter zu verwickeln, auf deren Tod ganz offensichtlich meine Unsicherheiten basieren, und letztendlich wärst du doch wieder in den Zoo gegangen, um Leute zu bezirzen! Warum meine Zeit verschwenden?"

„Und die Lösung dafür war, über meinen Kopf hinweg zu entscheiden, dass es an der Zeit ist, mir einen GPS-Tracker in die Handtasche zu werfen?!", schrie ich und spürte, wie mir das Blut in den Kopf stieg. „Die Lösung ist es, wie immer zu handeln, ohne darüber zu reden? Das ist scheiße, Josh! Deine Kommunikation ist absolute Scheiße! Wir sind in einer Beziehung, nicht in einem Schweigekloster. Und wenn du nicht über deine Mutter reden willst – schön! Geschenkt. Ich verstehe es. Aber dann sag mir zumindest: ,Lou, entschuldige, es liegt nicht an dir, aber das Thema bringt schlimme Erinnerungen hoch, könnten wir es also bitte nicht ansprechen?'. Zeig mir nicht die kalte Schulter oder gib mir halbherzige Antworten." Wütend schlug ich ihm mit der Faust auf die Brust. „Und ich habe dir gesagt, dass ich zu dir kommen würde, falls der Fall ernst wird. Ich habe dir versprochen, dass ich nicht im Alleingang an verdächtige Orte fahre. Oder etwa nicht?"

Josh presste die Lippen so fest zusammen, dass sie weiß hervortraten. „Ja, du hast vieles gesagt, Lou. Aber ich weiß nie, ob ich mich auf dein Wort verlassen kann. Weil du das eine sagst, aber das andere tust. Weil du verdammt noch mal nie vollkommen ehrlich sein kannst, Lou!"

Die Tür hinter mir ging auf und ich fuhr herum. Emily stand im Rahmen, den Kopf zwischen ihre Schultern gezogen, unwohl von einem Bein auf das andere tretend. „Hey", sagte sie leise. „Ich dachte, ich komme mal raus, bevor es Tote gibt." Ihr Blick landete mitfühlend auf mir. „Du hast ihm wohl von dem Kuss erzählt, was?"

Eine abrupte Stille senkte sich über uns und ich schloss die Augen, während mein Herz mir in die Hose rutschte.

Scheiße.

Sacht schüttelte ich den Kopf, bevor ich mich langsam wieder zu Josh umwandte.

„Dem was?" Seine Stimme war so leise, dass ich ihn kaum verstand. Seine Schultern zum Bersten gespannt. Das Gesicht eine glatte Fläche aus Stein.

„Lass uns gehen", sagte ich und griff nach meiner Handtasche. „Emmi, könntest du den Laden abschließen?"

Meine Schwester nickte, ihr Gesicht rosarot, bevor sie mit den Lippen das Wort „Sorry" formte.

Ich versuchte mich an einem Lächeln, um ihr zu verstehen zu geben, dass ich nicht wütend auf sie war, doch es gelang mir nicht. Denn der Stein, der den ganzen Nachmittag bereits auf meinem Herzen gelegen hatte, schien noch einmal gewachsen zu sein.

„Lou …" Joshs Stimme war ein Kratzen auf meiner Haut.

„Lass uns gehen", wiederholte ich und sah ihm ins Gesicht, darum bemüht, gelassen auszusehen. „Deine Familie wartet auf uns. Lass uns den Streit auf später verschieben."

„Meine Familie wird sich gedulden müssen, bis du mir von dem Kuss erzählt hast."

„Da gibt es nicht viel zu erzählen", bemerkte ich knapp. „Chris hat mich geküsst, ich habe ihm gesagt, er soll mich in Ruhe lassen, Ende der Geschichte. Es ist keine große Sache."

Josh verengte die Augen. „Offenbar groß genug, um sie zu verschweigen."

Ich atmete tief durch, streckte meinen Rücken durch und sah Josh ernst an. „Mach dieses Fass nicht auf, Josh", flüsterte ich. „Okay? Wir sind zum Essen eingeladen, und ich möchte nicht unhöflich sein. Also lass uns gehen und heute Abend darüber reden."

Für ein paar Momente starrte Josh mich mit hitzigem Blick an, dann riss er die Tür auf und machte eine ruppige Handbewegung nach draußen.

Dieser Abend würde die reinste Wonne werden.

Die Autofahrt war in etwa so angenehm, wie es ein Pfeil in meinem Rücken gewesen wäre. Wir schwiegen beharrlich, sahen uns nicht an und verströmten beide eine düstere Energie, die Lord Voldemort das Fürchten gelehrt hätte.

Ja, vielleicht hätte ich Josh von dem Kuss erzählen sollen, aber im Moment war ich so wütend auf ihn, dass ich ihm nicht das Recht einräumen wollte, sich deswegen aufzuregen. Außerdem hatte ich gewusst, dass er auf Chris' Annäherungsversuch völlig übertrieben reagieren würde. Wegen der ganzen Sache mit seiner betrügerischen Verlobten – über die er übrigens genauso wenig reden wollte wie über den Tod seiner Mutter!

Gott, es machte mich wahnsinnig, dass er nicht dazu in der Lage war, seine Gefühle mit mir zu teilen. Ich war ein äußerst kommunikativer Mensch und ja, möglicherweise redete ich zu viel, und ja, möglicherweise ging ich zu offen mit meinen Emotionen um – aber so war ich nun einmal. Warum verstand Josh nicht, dass er mich damit verletzte, dass er mir seine Gedanken nicht anvertrauen wollte.

Zwischen uns herrschte ein eindeutiges Informationsungleichgewicht. Er kannte den Namen und die Beschäftigung jeder meiner Ex-Freunde bis hin zu Sebastian Krieger, mit dem ich in der fünften Klasse eine intensive dreitägige Beziehung geführt hatte – und alles, was ich wusste, war, dass seine Ex-Verlobte Inessa hieß.

Aber nicht etwa, weil Josh mir das verraten hatte, nein, sondern weil sein ehemaliger Partner und bester Freund ihren Namen vor mir erwähnt hatte.

Als Rispo schließlich seinen Wagen direkt am Friedhof in Zollstock parkte und den Motor abstellte, hatte ich mich so in diesen Gedanken hineingesteigert, dass ich Angst hatte, den Mund zu öffnen. Zu diesem Zeitpunkt konnte nichts Gutes aus ihm herauskommen.

Für ein paar Minuten blieben wir beide stumm im Auto sitzen. Ich hielt meine Hände im Schoß verschränkt, während er seine ums Lenkrad klammerte.

„Hältst du es für eine gute Idee, jetzt zum Familienessen zu gehen?", fragte Rispo nach einer Weile gepresst.

„Nein", sagte ich und stieg aus.

Rispo Senior wohnte in einem Mehrfamilienhaus mit schmalem Vorgarten und roter Tür. Da sie nur angelehnt war, gab ich mir nicht die Mühe zu klingeln, sondern trat einfach hindurch.

„Welcher Stock?", fragte ich knapp, ohne mich zu Josh umzudrehen, der hinter mir eingetreten war.

„Erster."

„Schön." Ich erklomm ihm voran die Treppen und machte auf einer Fußmatte mit der Aufschrift: *Nur Vollidioten lesen Fußmattensprüche!*, Halt.

Wenn ich hätte wetten müssen, hätte ich gesagt, dass die Matte Finn gehörte, der vor ein paar Monaten wieder bei seinem Vater eingezogen war.

Ich hob schon die Hand, um die Klingel zu drücken, als Joshs Finger mein Handgelenk umschlossen und mich zu ihm herumdrehten. „Warte", murmelte er. „Können wir … können wir einmal kurz durchatmen?"

Ich hob die Augenbrauen. „Ich weiß nicht, ob ich darf, Josh. Gibst du mir die Erlaubnis dafür?"

Josh verzog das Gesicht. „Es war falsch von mir, okay? Ich hätte dir keinen Peilsender unterjubeln sollen, das weiß ich selbst. Aber …"

„… es tut dir nicht leid", beendete ich seinen Satz.

Er schüttelte den Kopf. „Nein. Aber mir tut leid, dass es dich so aufregt", bot er an.

Ich war kurz davor, ihn die Treppe hinunterzuschubsen.

Josh bemerkte das offenbar, denn er setzte hinzu: „Es hat mich beruhigt, Lou. Zu wissen, wo du bist."

„Das ist mir egal", zischte ich. „Du hättest mit mir darüber reden können!"

„Ja, so wie du mit mir darüber hättest reden können, dass du mit deiner großen Liebe Chris rumgemacht hast!", schoss Rispo zurück.

„Wir haben nicht *rumgemacht*! Es war *ein* Kuss.“

„Ein Kuss ist einer zu viel, Lou.“

„Er ging doch nicht von mir aus! Chris hat mich überfallen. Ich wollte nicht, dass er mich küsst. Und jetzt hör auf, davon abzulenken, dass du verdammt großen Mist gebaut hast.“

„Was ändert es, dass du einen Peilsender in der Tasche hattest? Er hat dich nicht gestört, er …“

„Aber er war da, ohne dass ich davon wusste!“, fuhr ich ihn an. „Er war –“

Die Tür ging auf und ein grinsender Jonas, Joshs jüngster Bruder, stand uns gegenüber. „Na, stör ich?“, wollte er wissen. „Streiten sich Mama und Papa mal wieder?“

Ich verstummte.

„Nein, wir reden gerade über die inspirierende Schönheit von Regenbögen“, meinte Josh trocken.

Das ignorierte ich. „Hey, Jonas“, sagte ich und zwang mich zu einem Lächeln, bevor ich ihn kurz umarmte. „Alles klar bei dir? Wie läuft die Ausbildung?“

„Ganz gut. Seit du mir Nachhilfe gegeben hast, muss ich mich allerdings damit abfinden, dass ich nicht dumm, sondern nur faul bin. Das wirft meinen ganzen Lebensplan durcheinander. Danke dafür!“

Diesmal war mein Lächeln echt. Ich mochte Joshs Brüder. „Du wirst es nun wohl doch zu etwas in deinem Leben bringen“, sagte ich. „Das tut mir sehr leid.“

Jonas grinste. „Na, ist schon okay. Ich arrangiere mich damit.“

„Gute Idee. Sag Bescheid, wenn ich dir noch mal mit irgendetwas helfen kann.“

Er nickte, trat beiseite, um uns einzulassen, und gab Josh einen Schlag auf die Schulter. Das war schon fast so etwas wie ein Liebesgedicht, und trotz meiner Wut zog sich mein Herz zusammen. Weil ich wusste, wie sehr Josh seine Brüder liebte und dass das auf Gegenseitigkeit beruhte. Auch wenn keiner von ihnen das je zugegeben hätte.

Ich lief Jonas durch einen schmalen Flur hinterher, an dessen Wänden verschiedene Familienfotos hingen. Doch ich hatte keine Zeit, sie näher zu betrachten. Joshs Hand lag in meinem Rücken, vielleicht aus Reflex, vielleicht weil er hoffte, mich so besänftigen zu können. Ich wusste es nicht. Ich zählte drei Türen, bis ich durch einen Durchgang geleitet wurde, der ins Wohnzimmer führte.

Der Raum war geräumig genug, um einen langen Esstisch, eine große Couch aus gelbem Cordstoff und einen Flatscreen in der Größe von Sylt zu beherbergen. Ein dunkelroter Teppich lag auf hellem Parkett, Bilder von Bergen, Flüssen und anderen Landschaften beglückten die Wände und eine Glastür führte auf einen Balkon, dessen Größe ich von meinem Standpunkt aus nicht einschätzen konnte. Auf den ersten Blick wirkte die Wohnung zwar nicht riesig, aber auch nicht klein. Dennoch fragte ich mich automatisch, ob Josh hier aufgewachsen oder ob sein Vater kürzlich erst umgezogen war. Für eine siebenköpfige Familie schien der Platz nämlich dennoch sehr begrenzt. Nicht dass Josh mir jemals was zu diesem Thema erzählt hatte. Er könnte in einer Mülltonne zusammen mit einer Waschbärenfamilie aufgewachsen sein, ich wüsste es nicht.

Mein Blick glitt noch einmal durch den kuschlig eingerichteten Raum, bis er an dem Tisch hängenblieb, der bereits voll besetzt war.

Vier dunkelhaarige Männer starrten zu mir hinauf.

Junge, Junge.

Den Rispo-Männern sollte verboten werden, im Rudel unterwegs zu sein. Sie würden sonst möglicherweise den Verkehr zum Stillstand bringen. Einen viel zu hohen Testosteron-Ausstoß hatten sie außerdem auch. Die Rispos würden ganz sicher keine grüne Plakette bekommen.

Am Kopfende erkannte ich Joshs Vater, der mich das erste Mal gesehen hatte, als ich halb nackt aus dem Schlafzimmer seines Sohnes gekommen war. Direkt daneben saß Florian, den ich bei unserer ersten Begegnung angeschrien hatte. Einen Platz weiter sah ich Moritz, der mich, die Hände im Nacken verschränkt, neugierig musterte – vielleicht weil er sich fragte, welche Farbe mein BH wohl heute hatte. Finn besetzte den Stuhl zur anderen Seite seines Vaters, sein Gesicht so missmutig und düster, dass er eigentlich besser nach Moria oder auch auf den Friedhof nebenan gepasst hätte.

Stumm blickten sie zu mir hoch, und so langsam wurde mir klar, dass Rispos Schweigsamkeit nicht von ungefähr kam.

„Hey", sagte ich lahm, hob die Hand und wurde augenblicklich rot.

Das Grinsen der Männer wurde breiter.

Für einen Moment vergaß ich, dass ich wütend auf Josh war, und machte einen Schritt nach hinten auf seine beruhigende Körperwärme zu. Doch bevor ich in Schweiß ausbrechen konnte, weil noch immer keiner etwas sagte, sprang Joshs Vater vom Tisch auf, lief um seine Söhne herum und reichte mir freundlich lächelnd die Hand. „Hey, Louisa. Ich bin Matteo. Aber wir haben uns ja schon ...", sein Schmunzeln vertiefte sich, „kennengelernt."

Als ob er mich daran erinnern müsste!

Dennoch ergriff ich seine Hand, lächelte zurück und atmete einmal tief durch, bevor ich sagte: „Hey, Herr Rispo."

„Liebe Güte, nenn mich Matteo. Der Gedanke daran, dass ich fünf erwachsene Kinder habe, lässt mich alt genug fühlen."

„Na ja, erwachsen ist dann ja auch relativ", bemerkte ich.

„Ich bin erwachsen!", rief Finn verärgert, der sich offenbar sofort angesprochen fühlte.

„Ich glaub, du verwechselst das mit *durchwachsen*", bemerkte Florian. „Das bedeutet etwas anderes, Finny."

„Na, der Herr Student mit seinem Einser-Abitur muss es ja wissen", murmelte Jonas und setzte sich auf den freien Platz am Ende des Tisches.

„Flo hat ein Einser-Abitur?", wollte Mo beeindruckt wissen. „Wieso weiß ich davon nichts? Und mit welcher Lehrerin hat er dafür schlafen müssen?"

„Weil du in Südamerika Ziegen jagen warst“, half ihm Jonas auf die Sprünge. „Und Flo schwört, dass er nur hyperintelligent ist. Aber das finde ich okay. Er braucht die Intelligenz, um sein hässliches Gesicht wieder wettzumachen.“

„Mein Gesicht ist dein Gesicht, du Backkartoffel“, sagte Florian schnaubend.

„Meine Güte, können wir essen und das Ganze hier beenden?“, rief Finn genervt. „Wir alle wissen, dass Josh gleich: ‚Ladies, seid nett zueinander‘, sagen wird, Dad anfangen wird zu lachen, und Flo Jonas eine Kopfnuss gibt. Und vielleicht kennt ihr Lou hier ja nicht so gut wie ich, aber sie wird so etwas sagen wie: ‚Gott, seid ihr süß!‘, und innerlich wird sie schmelzen und irgendeine versteckte, tiefe Liebe in unsere Bullshitterei hineinlesen. Also, ersparen wir uns doch dieses Szenario und fangen endlich an, uns zu betrinken!“

Stille senkte sich über den Raum und alle starrten perplex zu Finn.

„Was ist denn mit dir los?“, wollte Jonas verwirrt wissen.

„Meine Schwester hat ihn umgeschubst“, erklärte ich.

„Oh“, sagte Jonas.

„Gott“, stöhnte Finn.

„Da wäre ich gerne dabei gewesen“, bemerkte Mo.

„Lasst uns essen“, murmelte Josh, und seinen Worten wurde nur allzu bereitwillig Folge geleistet.

Das Essen war lecker. Das Tischgespräch in Ordnung. Rispos Körpersprache katastrophal.

Er war so angespannt, dass ich hätte schwören können, seine Knochen unter seinen angespannten Muskeln knacken zu hören. Mir fiel es schwer, freundlich und charmant zu sein und mir gleichzeitig Mühe dabei zu geben, meinem Freund nicht in die Augen zu sehen – aus Angst, ihm sonst eine Hähnchenkeule ins Gesicht zu schlagen.

Ich hoffte inständig, dass die anderen Rispos es nicht mitbekamen, aber zwischen Josh und mir herrschten so viele unterdrückte Gefühle, dass ich mehrmals meinte, mich an der Luft zwischen uns zu verbrennen. Wir saßen nebeneinander, unsere Knie berührten sich alle paar Sekunden, während ich versuchte, meine innere Unruhe unter Kontrolle zu bekommen. Aber ich hatte zu große Angst vor dem Gespräch, das nach diesem Essen folgen würde.

Finn war die ganze Zeit über ausgesprochen schlecht gelaunt. Er sah aus wie fünfhundert Tage Regenwetter und zwanzig Parktickets obendrauf. Er war untypisch wortkarg, untypisch aggressiv und untypisch appetitlos. Meine Schwester hatte ganze Arbeit geleistet. Wenn ich nicht selbst gerade mit eigenen Beziehungsproblemen zu kämpfen gehabt hätte, hätte ich ihn liebend gerne beiseitegenommen, um seine zu lösen. Aber ich musste mich erst um meinen eigenen Rispo kümmern, bevor ich mich um Emilys sorgen konnte.

Moritz, Jonas, Florian und Joshs Vater Matteo hingegen waren toll. Mo erzählte von den Dingen, die er als Journalist in Südamerika erlebt hatte, Jonas von seinem merkwürdigen Berufsschullehrer, der ein Brusthaartoupet trug, Flo von seinen Unikursen und Matteo von den verrückten Dingen, die er als Krankenpfleger schon alles gesehen hatte.

Josh hatte eine wunderbare Familie. Eine anstrengende und sicherlich oftmals sehr fordernde Familie, aber eine großartige. Und sie alle bewunderten ihn sehr. Es gab lauter flüchtige Blicke, vertraute Gesten und andere Hinweise, die vermuten ließen, dass Josh in der Zeit nach dem Tod seiner Mutter sehr viel mehr als nur ihr großer Bruder gewesen war. Mo, der Josh nach seiner Meinung fragte; Jonas, der ihn um Hilfe bat; Florian, der ihm stolz von seinen guten Noten erzählte.

„Aber wir reden viel zu viel über uns selbst“, stellte Joshs Vater entschuldigend fest, nachdem ich gefühlt zwei Hähnchen und vierzig Kartoffeln verdrückt hatte. „Was ist mit dir, Lou? Du besitzt einen eigenen Blumenladen?“

„Und ein illegales Detektivbüro“, murmelte Finn, der bereits bei seinem dritten Bier war.

Ich ignorierte ihn, denn meine … ähm … Recherchearbeit war an diesem Abend sicher kein wünschenswertes Thema. „Ja, ich habe BWL studiert, einige Zeit als Floristin gearbeitet und schließlich letztes Jahr meinen eigenen Laden aufgemacht."

„Ziemlich mutig", meinte Matteo beeindruckt. „Wie läuft es denn?"

Seit ich nebenbei auch noch Mordfälle löse, ziemlich gut. „Ich kann mich nicht beklagen", antwortete ich lächelnd. „Es war zu Anfang natürlich sehr stressig, doch so langsam baue ich eine Stammkundschaft auf, außerdem kooperiere ich neuerdings mit einer Eventfirma aus Lindenthal. Meine Schwester und Finn waren mir in den letzten Monaten auch eine große Hilfe."

„Herzlichen Glückwunsch, das hört sich toll an", lobte mich Joshs Vater. „Aber sicherlich ist der Job sehr zeitintensiv, oder?"

„Offenbar nicht zeitintensiv genug", murmelte Josh neben mir. Ich stieß mit meiner Hacke gegen sein Schienbein, doch er zuckte nicht einmal mit der Wimper. Stattdessen fragte er: „Wo sind die Bohnen?"

„Vielleicht solltest du ihnen einen Peilsender unterjubeln, damit du sie nie wieder verlierst", schlug ich vor. Ich konnte nicht anders. Die Worte purzelten einfach so aus meinem Mund. „Das wäre doch perfekt, dann kannst du auch endlich das Essen in deinem Leben kontrollieren."

„Ja, vielleicht sollte ich das", sagte Josh leise und sein Blick brannte sich in mein Gesicht. „Danach kannst du sie ja küssen, ohne mir etwas zu sagen."

Wütend fuhr ich zu ihm herum. „Ich habe ihn nicht geküsst, er hat *mich* geküsst!" Möglicherweise war meine Stimme etwas lauter, als es für menschliche Ohren angenehm war.

„Denkt noch irgendwer, dass es hier gerade nicht mehr um Bohnen geht?", wollte Jonas wissen.

„Ich bin mir nicht sicher. Ich war eine Weile weg", meinte Mo vorsichtig. „Hat Joshi angefangen, eine unnormal enge Bindung zu Bohnen aufzubauen? Er weiß, dass sie keine Gefühle haben, oder?"

Josh schnaubte, bevor er ruckartig aufstand. „Wir gehen."

Mo hob entschuldigend die Hände. „Sorry, ich wollte deinen Bohnen nicht zu nahe treten."

„Nicht deinetwegen", knurrte er. „Lou und ich haben etwas zu besprechen."

„Nicht jetzt", sagte ich gezwungen gelassen.

„Willst du lieber noch eine halbe Stunde verkrampft neben mir hocken und deinen Nacken ausrenken, in dem Versuch, mich nicht anzusehen?"

Ja, das hörte sich nach einem Plan an. Dann würde mich ein schicker Krankenwagen einsacken, in dem mir ein netter Sanitäter ein Beruhigungsmittel geben konnte, das mich dazu befähigte, eine ruhige, erwachsene Unterhaltung mit Josh zu führen. Im Moment fühlte ich mich nämlich noch immer danach, ihm gemeine Dinge – oder aber auch einen Hammer – an den Kopf zu werfen.

„Wir können nicht gehen", sagte ich mit Nachdruck. „Das wäre unhöflich."

„Ach bitte, meine Familie würde Unhöflichkeit nicht erkennen, wenn sie im roten Kleid und mit Federboa vor ihnen stünde." Josh zog an meinem Stuhl, und wenn ich nicht hinfallen wollte, musste ich wohl oder übel aufstehen.

Zähneknirschend sah ich in die Runde. „Entschuldigt. Ich finde euch alle toll und freue mich sehr, dass Josh offenbar als einziger Rispo nicht dazu in der Lage ist, mehr als Ein-Satz-Antworten zu geben."

Joshs Vater runzelte die Stirn. „Ihr seid also nicht immer so verkrampft miteinander?"

Ich musste doch tatsächlich lachen. „Nein. Nein, sind wir nicht. Es tut mir leid, wenn es merkwürdig für euch war. Wir ... haben einen schlechten Tag."

Josh gab einen Pff-Laut von sich.

„Selbst ein merkwürdiger Abend mit dir ist immer noch besser als ein guter Abend mit der Inessa-Bitch", meinte Jonas leise.

„Gott, ja", stimmte Florian zu. „Lou schreit wenigstens genauso laut wie Joshi."

Diese Sätze machten mich irgendwie glücklich. „Seid ihr dann jetzt fertig?", wollte Josh genervt wissen. „Ja? Schön. Bis dann." Und im nächsten Moment schob er mich an den Schultern aus dem Wohnzimmer. „Versau es nicht, Josh", hörte ich Jonas noch rufen.

Und verdammt, es war schön, dass diese Worte ausnahmsweise mal nicht an mich gerichtet waren!

Kapitel 17

Kühle Luft schlug mir ins Gesicht, fuhr unter meine Haare und ließ mich frösteln. Aber vielleicht lag Letzteres gar nicht am Wind. Ich schlang die Arme um meinen Oberkörper und lief den schmalen Aufweg zu Rispos Wagen entlang, seine Schritte direkt hinter mir.

Möglicherweise war es klüger, irgendwo hinzufahren, wo uns vier Wände umgaben. Falls wir zu laut wurden, bestand dort eine geringere Chance, dass einer von Rispos Kollegen vorbeikam und uns wegen Lärmbelästigung anzeigte.

„Sollen wir –“

„Erzähl mir von dem Kuss“, unterbrach mich Josh.

Okay. Wir fuhren wohl nicht erst nach Hause.

Ich seufzte, legte die letzten Meter zu seinem Wagen zurück und lehnte mich mit dem Rücken gegen die Fahrertür. „Es gibt nichts zu erzählen. Chris hat mich geküsst, ich habe ihn weggestoßen und bin zu dir gefahren.“

Josh vergrub die Hände in den Hosentaschen, das Kinn gesenkt, die Augenbrauen zusammengezogen, der Blick eisern. „Erzähl mir von dem Essen davor.“

„Wir sind nicht zum Essen gekommen. Ich habe kaum zehn Minuten mit Chris verbracht, Josh! Er hat angefangen, davon zu reden, wie toll ich bin und … mir war das Ganze unangenehm, deshalb bin ich gegangen.“

„Aber warum hast du es mir dann verschwiegen, Lou?",
flüsterte er. „Warum hast du es mir nicht einfach erzählt?"
Ungläubig öffnete ich den Mund. War das sein Ernst?
„Weil ich genau wusste, dass du diesen bedeutungslosen
Kuss in deinem Kopf zu etwas viel Größerem aufbauschen
würdest, Josh!", sagte ich eindringlich. „Weil du mir gesagt
hättest, dass du recht hattest. Dass er mehr als nur eine
bloße Freundschaft will. Und du weißt, ich kann es nicht
leiden, wenn man mir sagt, dass ich falsch lag!"

Josh atmete hörbar aus, bevor er sich mit der Hand durch
die Haare fuhr. „Lou, du warst jahrelang in den Kerl verliebt …"

„Na und?" Frustriert ließ ich meine Arme sinken. „Das
ändert nichts daran, dass ich jetzt mit *dir* zusammen bin.
Ich will *dich*. Chris interessiert mich nicht mehr. Ich bin
nicht deine Ex-Verlobte, ich bin nicht untreu. War ich nie."

„Jetzt vielleicht noch nicht", sagte Josh und blickte zur
Seite, die dunkle Straße hinauf. „Aber mein Job ist einnehmend, meine Familie ist einnehmend, ich bin nicht immer
der aufmerksamste Freund und –"

„Josh", sagte ich fest, trat einen Schritt vor und legte meine Hände fest um sein Gesicht, sodass er mich ansehen
musste. „Vertraust du mir?"

Er sah mich an, der Blick unleserlich und dann … zögerte
er.

Mein Herz stürzte zwei Stockwerke tief, und abrupt ließ
ich die Hände sinken.

„Du vertraust mir nicht", flüsterte ich und meine Augen
fingen an zu brennen. „Oh mein Gott …" Ich legte mir eine
Hand auf die Stirn und starrte zu Boden. „Du –"

„Das stimmt nicht, Lou", widersprach Josh. „Ich würde dir
das Leben meiner Brüder und mein eigenes anvertrauen.
Aber es ist nun einmal so, dass du dazu neigst, die Realität
etwas zu strecken. Du bist intelligent, du bist witzig, du bist
wunderschön … du gibst dir sehr viel Mühe dabei, gemocht
zu werden. Und du bist erfolgreich darin, denn verdammt,
wer sollte dich nicht mögen? Also …" Er atmete tief durch,

so als müsse er sich daran erinnern, ruhig zu bleiben. „Also, was soll ich bitte denken, wenn du mir monatelang verschweigst, dass du mit deiner ersten großen Liebe rumhängst und dann auch noch vergisst zu erwähnen, dass der Scheißbastard dich *geküsst* hat?“

Ich sah auf. Josh sah mir so angestrengt nicht in die Augen, dass mir klar war, dass er kurz davor stand, die Fassung zu verlieren.

Ich verstand es ja. Seine Verlobte hatte ihn verkorkst. Josh war ein von Grund auf misstrauischer Mensch. Man musste sich sein Vertrauen verdienen. Aber der Gedanke daran, dass er tatsächlich glauben könnte, dass ich ihn betrügen würde, tat so weh, dass es mir schwerfiel, zu atmen.

„Ich habe Angst, okay?“, flüsterte ich und flocht meine klammen Hände ineinander. „Mein ganzes Leben lang hatte ich Angst davor, nicht genug zu sein. Und ja, vielleicht brauchte ich sogar die verdammte Bestätigung von Chris. Vielleicht brauchte ich das Gefühl, gewollt zu werden. Und das tut mir leid. Aber Josh, du …“ Ich schluckte und kämpfte gegen die aufsteigenden Tränen an. „Du hast so verdammt lange gebraucht, bis du dich dazu entschieden hast, es mit mir zu versuchen. Du hast so dagegen angekämpft, dass ich fast das Gefühl habe, dich überredet zu haben, mit mir zusammen zu sein. Du zeigst deine Emotionen nicht, Josh. Du sagst nicht, was du denkst, du sagst nicht, wie du empfindest – und ich bin mir nie sicher, woran ich bei dir bin. Ob du es dir nicht plötzlich anders überlegst und entscheidest, dass ich dir doch zu viel bin. Also ja: Ich habe dir Chris verschwiegen, ja, ich habe dir nichts von dem Kuss erzählt – aber doch nur, weil ich Angst davor hatte, unsere Beziehung dadurch kaputtzumachen. Du könntest dir wirklich ein bisschen mehr Mühe damit geben, deine Gefühle zu zeigen und – bei Gott! – mit mir zu reden. Ich weiß kaum etwas über dich, weil du bei jeder ernsten Frage, die ich dir stelle, sofort abblockst! Und dass du denkst, die Lösung deines Problems wäre es, mir einen Peilsender unterzujubeln, macht mir wirklich, wirklich zu schaffen. Wie soll eine Beziehung ohne Vertrauen funktionieren? Wie soll eine Beziehung ohne Kommunikation funktionieren? Wie soll –“

„Schön, Lou. Ich habe es verstanden“, unterbrach mich Josh ungeduldig. „Mir ist durchaus bewusst, dass ich nicht immer offen mit meinen Emotionen umgehe –“

„*Nicht immer?!*“ Ich lachte laut auf. „Zu versuchen, an deine Gefühle heranzukommen, ist, als wollte ich mit meiner Zunge eine Walnuss öffnen!“

„Ich rede nicht gerne über den Mist aus meiner Vergangenheit“, sagte Rispo knapp. „Mit niemandem. Das hat nichts mit dir zu tun, Lou.“

„Du meinst, es hat nichts damit zu tun, dass du mir nicht vertraust“, sagte ich tonlos und auf einmal war ich so erschöpft, dass ich froh war, das Auto in meinem Rücken zu wissen. Ich schloss die Augen, ignorierte die darin brennenden Tränen, denen ich nicht nachgeben würde, und bevor Rispo etwas Weiteres sagen konnte, kam ich ihm zuvor. „Lass uns morgen weiterreden“, flüsterte ich.

„Lou, ich will nicht, dass das zwischen uns –“

„Bitte, Josh“, unterbrach ich ihn, hob das Kinn und öffnete die Augen. „Bitte. Ich hab genug für heute. Ich bin müde, immer noch verdammt wütend auf dich, und kann mich nicht konzentrieren. Ich muss … nachdenken.“

„Nachdenken?“, wiederholte Josh hölzern, und ein Schatten der Unsicherheit flackerte über sein Gesicht. „Über … uns?“

Ich wusste es nicht. Mein Kopf war gefüllt von einem leisen Rauschen, das jegliche Gedanken übertönte.

„Vielleicht“, murmelte ich.

Josh starrte mich schweigend an. Die Lippen zusammengepresst, die Augen zwei schwarze Flecke in der Nacht. Unter dem Licht der Straßenlaterne konnte ich den Puls an seinem Hals schlagen sehen. Schließlich nickte er. „Okay. Dann fahre ich dich nach Hause.“

„Nein, ich nehme die Bahn." Ich brauchte ein wenig Abstand. „Aber danke", sagte ich, bevor ich mich umwandte und die Straße hinunterlief.
Josh folgte mir nicht.

Die Bahn war vergleichsweise leer, und ich war froh darum. Dann sah wenigstens niemand die Tränen, die jedem von mir errichteten Damm trotzten.
Scheiße.
Ich wischte mir mit der Handkante unter den Augen entlang und blinzelte die salzigen Tropfen weg. Es war bescheuert. Ich liebte Josh. So einfach war das. Aber gleichzeitig wusste ich, dass ich nicht in einer Beziehung bleiben würde, in der meine Gefühle nicht ebenso stark erwidert wurden. In einer Beziehung, in der mein Freund mir nicht vertrauen konnte!
Ich massierte mir mit Zeige- und Mittelfinger die Schläfen und lehnte mich in dem ungemütlichen Plastikstuhl zurück.
Morgen. Morgen würde ich darüber nachdenken. Im Moment fiel es mir zu schwer, einen klaren Gedanken zu fassen – und um ehrlich zu sein, brach ich in Panik aus, wenn ich an die Option dachte, mich von Josh zu …
Nein. Nicht heute. Ich würde heute nicht darüber nachdenken.
Also starrte ich nach draußen, auf die vorbeirauschenden Lichter der Stadt, und beobachtete die düsteren Gestalten, die die Bürgersteige bevölkerten. Es war Donnerstag und bereits nach elf. Aber das hinderte die betrunkenen Studenten nicht daran, am Zülpicher Platz in den Waggon zu stolpern. Zumindest darauf war immer Verlass.
Die Bahn hielt am Friesenplatz, und eigentlich hätte ich schon vor vier Stationen aussteigen müssen, doch ich regte mich nicht. Ich wollte nicht nach Hause.
Die Bahn setzte sich wieder in Bewegung, und mir fiel auf einmal ein, dass ich etwas vergessen hatte. Über meine Wut hinweg hatte ich Josh gar nicht von mei-

ner Ahnung, dass Marius den Sondermüll illegal entsorgte, erzählt. Tja, die Chancen, dass ich jetzt bei ihm anrief, um es ihm zu sagen, lagen bei minus zweihundertsiebzehn Prozent.

Am Ebertplatz stieg ich von der Linie 12 in die Linie 15 um. Ich hatte kein direktes Ziel und wusste doch, wohin ich fuhr. Wir glitten mittlerweile unterirdisch daher, weshalb ich überrascht war, als mein Handy klingelte.

Ich zog es aus meiner Tasche und starrte auf das Display. Es war Rispo. Allerdings nicht Josh, sondern eine seiner jüngeren Ausgaben.

Erst wollte ich nicht abheben, doch dann überlegte ich es mir anders. Vielleicht war es wichtig. „Hey, Finn“, meldete ich mich. „Was gibt's?“

„Du musst mir helfen, Lou, bitte!“, platzte der mittlere Rispo hervor. „Ich weiß nicht, was los ist, und … ich fühle mich beschissen. Kannst du mir einfach sagen, was Emily hat? Sie nimmt keinen Anruf von mir entgegen, sie macht mir nicht die Tür auf – und ich weiß nicht, warum!“

Seufzend schloss ich die Augen. Die Rispo-Männer waren wirklich alle blind, wenn es um die Liebe ging. Das sollten sie in ihren Personalausweis eintragen lassen, damit die Damenwelt besser darauf vorbereitet war.

„Finn, jetzt ist ein schlechter Zeitpunkt. Können wir da wann anders drüber reden?“

„Nächste Haltestelle: Zoo, Flora“, gab mir die elektronische Durchsage zu verstehen, und ich stand auf.

„Nein, können wir nicht“, schoss Finn sofort zurück. „Ich weiß, du hast dich mit Joshi gestritten, aber er war schon immer ein Idiot, du weißt, worauf du dich eingelassen hast. Also, hör auf, dich in Selbstmitleid zu suhlen, und sag mir, was ich tun soll. Bitte.“ Er klang so verzweifelt, dass mein heute ohnehin sehr wackeliges Herz erzitterte und drohte, zu zerschmelzen.

Ich stieg aus und lief mit dem Handy am Ohr die Rampe zu einer kleinen Ampel hinunter, bevor ich mich dazu entschied, die Büchse der Pandora zu öffnen. Emily und Finn waren füreinander geschaffen. Sie würden die Welt ins Chaos stürzen – aber sie würden es aus Liebe tun.

Die Ampel schaltete auf Grün. „Finn", sagte ich geduldig, „hast du schon einmal darüber nachgedacht, mehr als nur mit Emily befreundet zu sein?"

Eine kurze Stille folgte, bevor er antwortete: „Nee. Ich habe sie gefragt, aber wir haben uns darauf geeinigt, dass wir nichts miteinander anfangen. Also, sie hat sich darauf geeinigt und ich habe Ja gesagt, weil ich voll sensibel bin und der ganze Blödsinn."

Meine Mundwinkel zuckten. „Frag sie noch mal, Finn", wies ich ihn an.

„Aber warum? Sie hat mir mehr als deutlich zu verstehen gegeben, dass sie das nicht will."

„Ja, aber Emmi hat momentan keine Ahnung, was sie will", gab ich zu bedenken. „Also, frag sie oder küss sie oder rauch einen mit ihr. Was immer du für romantisch hältst."

„Aber ..." Er verstummte. „Moment, Lou, es klingelt gerade an der Tür, vielleicht ist das Emmi, bleib kurz dran."

Es klickte einmal kurz und dann hörte ich ein Rascheln, so als hätte Finn sein Telefon in die Hosentasche gesteckt. Kopfschüttelnd ließ ich das Telefon sinken und sah auf die mit Tieren bemalte Mauer vor mir.

Dumm, Lou, dumm, flüsterte eine Stimme in meinem Ohr. Rispos Stimme, versteht sich.

Ich lief neben der Mauer her, horchte kurz in den Hörer, ob Finn wieder dran war, und hielt dann erneut inne, als ich in der Dunkelheit den Eingang des Zoos erkannte.

Und diesmal hörte ich meine eigene Stimme im Kopf: *Ich habe dir heute schon versprochen, keine geschlossenen Türen mehr einzurennen, und jetzt verspreche ich dir noch etwas: Ich werde nachts nicht mehr alleine an Tatorten herumhängen.*

Was tat ich eigentlich hier? Ja, ich war wütend, ja, ich war verletzt, aber als ich das letzte Mal nachgesehen hatte, war ich nicht dumm gewesen.

Ich hatte hier nichts verloren. Es war dunkel, es war einsam, es war verdammt gruselig und ein Mörder arbeitete hinter den Mauern, die vor mir lagen.

„Dumm, Lou, dumm", zitierte ich Rispo und wandte mich um, um zurück zur Haltestelle zu gehen – als mich etwas Hartes an der Schläfe traf.

Ein heißer Schmerz zuckte durch meinen Körper, das Handy fiel mir aus der Hand, ich kippte nach vorne und dann wurde alles schwarz.

Kapitel 18

Mein Kopf tat weh.

Als hätte ich zu lange über eine Matheaufgabe nachgedacht, bevor mir jemand mit einem Hufeisen auf den Schädel geschlagen hatte, um mir Glück für die Klausur zu wünschen. Ich versuchte die Augen zu öffnen, doch meine Wimpern klebten zusammen, aber vielleicht waren meine Lider auch einfach zu schwer, als dass ich sie heben konnte. Ein unendlicher Druck presste von innen gegen meine Schädeldecke und rote und weiße Punkte tanzten vor meinem inneren Auge. Schwindel überkam mich und mit ihm zog die Übelkeit ein.

Stand ich?

Nein. Ich glaubte zu sitzen.

Hauptsache ich lag nicht, damit ich nicht an meinem eigenen Erbrochenem erstickte, sollte die Übelkeit den Kampf gegen meinen Magen gewinnen.

Der Geruch von Dreck und Tiermist kroch mir in die Nase.

Ich tastete mit meinen Händen um mich, die seltsam in ihrer Bewegung eingeschränkt waren, fühlte etwas Raues, Kaltes, Hartes. Holz? Stein?

Der Klang von Schritten ertönte dumpf in meinen Ohren, und augenblicklich hielt ich inne. Wieder versuchte ich, die

Augen zu öffnen, doch mehr als einen Schlitz bekam ich sie nicht auf, sodass ich nichts erkennen konnte, außer ...

Licht. Da war Licht.

Jetzt sieh doch nicht ins Licht, du Kartoffelkopf!, sagte die Stimme meiner Schwester schnaubend in meinem Kopf. *Das weiß doch jeder, dass du dich von Licht fernhalten solltest, wenn du dich fühlst, als könntest du jeden Moment die Biege machen.*

Aber so fühlte ich mich gar nicht. Eher, als hätte ich den schlimmsten Kater meines Lebens, während der Typ mit dem Hufeisen immer noch auf meinen Kopf trommelte.

„Ich weiß nicht, ob ich sie umgebracht habe!", zischte jemand.

Ich wäre zusammengezuckt, hätte mein Körper nicht genug damit zu tun gehabt, die Benommenheit loszuwerden, die auf meinem Geist lag wie die schwere Leinentischdecke meiner Mutter.

„Nein ... Ich wollte ihr nur einen Schrecken einjagen. Aber sie hat sich so merkwürdig gedreht und ... Ja ... Nein ... Ich glaub, sie zuckt, aber ich bin mir nicht sicher. Komm einfach her! ... Ich habe Panik bekommen, es tut mir leid ... Was?"

Schritte entfernten sich, und wieder unternahm ich einen Versuch, die Augen zu öffnen. Diesmal halbwegs erfolgreich.

Blinzelnd zog ich die Brauen tiefer in mein Gesicht, um ein klareres Bild zu bekommen, und sah mich um. Das Licht tat in meinen Augen weh und heizte die Übelkeit an, doch ich kämpfte den Brechreiz nieder. Es gab nicht viel zu sehen. Da war Beton, überall Beton und dann ... Gitterstäbe. Metallene, massive Stangen, die sich wie gehorsame Soldaten nebeneinanderreihten – nur: Ich saß auf der falschen Seite von ihnen.

Hinter den Stäben konnte ich eine Tür und einen langen Tresen erkennen, auf dem zwei große Kisten standen. Zu meiner Rechten bemerkte ich eine in die Wand eingelassene, geschlossene Luke, um mich herum nur Stein. Direkt vor mir ein geschlossenes Eisentor mit großem Schloss.

Was sagte man dazu. Ich war in einen Käfig eingesperrt worden.

Merkwürdig. Meine Mutter hatte es mir in meiner Kindheit zwar um die dutzende Male angedroht, aber Angst davor gehabt hatte ich nie. Bis jetzt.

Mein Mund wurde trocken, und benommen sah ich an mir hinunter. Ich saß tatsächlich. Auf irgendeinem braunen Stuhl, der, seinem abgenutzten Aussehen nach zu urteilen, in der Möbel-Schule von seinen Mitschülern gehänselt worden sein musste.

Etwas kitzelte an meinem Bein. Wie ein Insekt, das daran hinaufkrabbelte. Hastig wollte ich mich an der Wade kratzen, doch als ich versuchte, meinen Arm nach vorne zu ziehen, stieß ich auf einen Widerstand.

Ich war gefesselt. Und das nicht auf die sexy Art, sondern auf die unangenehme „Raue Seile scheuerten mir die Haut wund"-Art. Wenigstens meine Füße konnte ich noch bewegen.

Ich blickte auf meine Hosentaschen, suchte nach den Konturen meines Handys – doch vergeblich. Richtig, ich hatte es fallen lassen, als ich so charmant hereingebeten worden war.

Ich hatte kein Telefon. Nichts, was jemandem hätte verraten können, wo ich mich befand.

Und scheiße, auf einmal wünschte ich mir den verdammten Peilsender zurück! Die Ironie dessen entging mir nicht, aber ein kalter Kloß geballter Angst, die noch mit dem durch meine Adern pumpenden Adrenalin besprach, ob sie sich zur Panik weiterentwickeln sollte, hinderte mich daran, sie angemessen wertzuschätzen.

Ich zog an den Fesseln, atmete tief ein und aus, versuchte die Ruhe zu bewahren. Wenn ich kopflos der Panik verfiel, würde mir das nicht weiterhelfen. Ich musste nachdenken. Einen kühlen Kopf bewahren. Was würde Rispo tun?

Sich nicht niederschlagen lassen.

Schritte ertönten und diesmal zuckte ich heftig zusammen. Schweiß sammelte sich in meinem Nacken und der verkrampfte Kloß aus Kälte und Angst drückte auf meine Brust, als die Tür aufging.

Marius trat hindurch.

Er trug ein pinkes, viel zu weites Hemd, eine Hose, die mit einem Gürtel unter seinen Achseln befestigt war – und ein riesiges Messer in seiner Hand.

„Oh, Sie sind wach", sagte er erleichtert und ließ ein Handy in seine Tasche gleiten. „Gott sei Dank. Ich hatte Angst, Sie umgebracht zu haben. Aber ich hätte mir denken können, dass Ihr Schädel dick genug ist, um einen kleinen Klaps zu verkraften." Er lächelte schwach. „Geht es Ihrem Kopf gut oder tut er sehr weh? Ich mag Sie wirklich nicht – nichts für ungut! –, aber ich wollte Sie auch nicht gleich ausknocken. Das ist ein bisschen unglücklich gelaufen." Er kratzte sich am Kopf. „Wissen Sie, ich wollte Sie eigentlich nur daran erinnern, dass Sie Hausverbot haben, aber ich hatte noch eine Schaufel in der Hand und ... tja, Dinge passieren. Außerdem hatte ich Sorge, dass Sie vielleicht etwas herausgefunden haben könnten und zurückgekommen sind, um die letzten Beweise zu sichern. Sie haben heute Morgen so merkwürdige Andeutungen gemacht, da dachte ich, nehme ich Sie lieber mal mit. Bevor Sie noch petzen."

Mein Mund stand offen und es waren sicherlich schon zwei Fliegen dort hineingeflogen, doch ich war unfähig, ihn zu schließen, oder gar zu reden. Mit dem Blick folgte ich unentwegt dem silbrig glänzenden Messer, das Marius, während er sprach, hin und her schwenkte.

„Oh, entschuldigen Sie!", sagte Marius hastig, als er meinen schockierten Gesichtsausdruck bemerkte, und ließ das Messer sinken. „Ich bin etwas durch den Wind. Das hier ist nicht gefährlich. Nein, nein. Ich habe gerade das Fleisch für den Löwen geschnitten. Seit Henning nicht mehr da ist, hatten wir Personalmangel, und ich musste aushelfen. Und wenn ich das Messer auf den Boden lege, muss ich es wieder waschen und ..." Er holte tief Luft. „Zu viel Aufwand. Aber ich will Sie nicht aufschlitzen oder so. Keine Angst."

„Keine Angst?", wiederholte ich, meine Stimme ein Krächzen, und sah an dem Stuhl hinunter, an den ich gefesselt war. Ich schluckte. „Wenn ich keine Angst haben soll, warum haben Sie mich dann festgebunden?"

Ich konnte nicht anders, ich musste fragen. Vielleicht war das Ganze ja auch nur ein riesiges Missverständnis. Vielleicht war Marius gar nicht verrückt. Vielleicht war er nur sehr tollpatschig und hatte ein eingeschränktes Urteilsvermögen. Ich konnte das sehr gut nachempfinden. Ich hatte meinen Körper oftmals auch nicht unter Kontrolle.

Er hat Henning Wiese umgebracht, Lou!

„Oh, ja. Festgebunden. Ja. Nun." Er nickte, kratzte sich erneut am Kopf und wirkte ein wenig wie ein verängstigtes Kaninchen, das zurück in den Hut krabbeln wollte, aus dem es soeben gezaubert worden war. „Keine Ahnung. Eine Vorsichtsmaßnahme? Damit Sie nicht weglaufen, bevor wir reden konnten?"

Eine Gänsehaut zog sich meinen Nacken hinauf, doch ich nickte pflichtbewusst. So, als verstünde ich genau, was er meinte, während ein durchdringendes Piepen in meinen Ohren einsetzte.

Irgendwie machte mir der nervöse Marius sehr viel mehr Angst als jeder eiskalte, gefasste Mörder, mit dem ich es bisher zu tun gehabt hatte.

Er wirkte zerstreut. Ängstlich. Wie ein Mensch, der voreilige Entscheidungen traf, nur um dann nachher zu sagen: „Oh, ich wollte ihr einen Finger abschneiden, nicht ihre ganze Hand. Muss mit der Kettensäge verrutscht sein."

Scheiße.

Ich durfte noch nicht sterben. Ich konnte nicht im Streit mit Josh auseinandergehen und dann abkratzen. Er würde nie über seinen Kontrollzwang hinwegkommen, wenn ich jetzt umgebracht wurde! Er würde sich die Schuld geben, weil er nicht darauf bestanden hatte, mich nach Hause zu fahren.

Nein, ich durfte nicht sterben. Das konnte ich ihm nicht antun.

„Meine Güte, Sie sind schwer!“, sagte Marius und lachte nervös. So als wäre ihm die Stille unangenehm. „Ich habe mir fast den Rücken ausgerenkt, als ich Sie getragen habe.“

„Ich mag Kekse“, sagte ich lahm.

„Ja und offensichtlich keinen Sport.“

Er schien mich gut zu kennen. Vielleicht konnten wir ja Freunde werden. Wenn er mich nicht umbrachte.

„Was …“ Meine Stimme versagte und ich schluckte den Kloß hinunter, der sich in meinen Hals gedrängt hatte.

Ruhe bewahren. Reden. Sympathien aufbauen.

Auch wenn ich die mit meinem Auftritt heute Morgen möglicherweise verspielt hatte.

„Was haben Sie jetzt vor?“, unternahm ich einen neuen Versuch.

„Ich warte noch“, sagte er geduldig. „Ich weiß ehrlich gesagt nicht, was ich mit Ihnen machen soll.“

„Sie könnten mich gehen lassen“, schlug ich mit wackeliger Stimme vor. „Ich werde Sie nicht verraten. Ich verspreche es.“

Auf einmal wurde sein Blick ernst und er deutete mit dem Messer auf mich. „Das sehen Sie ganz richtig. Sie werden sie nicht verraten!“

Ich nickte. „Richtig, ich … Moment, was?“ Verwirrt blinzelte ich ihn an. Ja, ich hatte Todesangst, aber meinen Ohren ging es, jetzt, da das Piepen wieder aufgehört hatte, noch ganz gut. „Ich habe von Ihnen gesprochen!“, stellte ich klar. „Ich werde Sie nicht verraten. Mit großem S. Von wem sprechen Sie?“

Marius runzelte die Stirn. „Was? Ich dachte, Sie hätten den Fall schon gelöst! In der Zeitung wurden Sie immer als so klug beschrieben.“ Seine Mundwinkel neigten sich enttäuscht nach unten, zusammen mit seinem Messer. „Wollen Sie mir jetzt etwa erzählen, dass Sie keine Ahnung haben, was im Zoo vor sich geht, und ich meine Rückengesundheit ganz umsonst riskiert habe, indem ich Sie fünfhundert Meter weit hierher geschleppt habe? Wissen Sie, wie viel ein guter Physiotherapeut kostet?!“

Also, entweder war der Schlag auf meinen Kopf sehr viel fester gewesen, als von mir angenommen, oder Marius redete absoluten Schwachsinn.

„Ähm, doch. Klar“, sagte ich langsam. „Ich habe den Fall gelöst. Henning hat Sie erpresst, weil er wusste, dass Sie den Sondermüll illegal entsorgt haben, und daraufhin … haben Sie ihn umgebracht.“

„Was?“, sagte Marius verblüfft. „Nee. Also ja, ich habe den Sondermüll in den Rhein gekippt, irgendwer musste sich ja um die Geldprobleme des Zoos kümmern, aber Henning hat mich doch nicht erpresst! Er wusste davon. *Er* war es doch, der mehr Geld für die Sicherheit der Tiere haben wollte. Warum also hätte ich ihn umbringen sollen? Er war ein netter Kerl. Etwas zu sehr von sich selbst überzeugt, aber was erwartet man von jemandem, der beruflich Wildkatzen dressiert?“

Wieder klappte mein Mund auf. Okay. Aber … was war dann passiert? Und warum saß ich jetzt mit auf den Rücken gefesselten Händen in einem Käfig fest?

Ich öffnete gerade den Mund, um genau diese Frage zu stellen, als die Tür auf ein Neues aufgestoßen wurde. Florentine Kamm stürzte hindurch. Ihr Blick glitt von mir zu Marius, zu dem Messer, zu den Plastikboxen auf dem langen metallenen Tresen und wieder zurück.

Dann schlug sie die Hände über dem Kopf zusammen. „Oh mein Gott, was soll das?“, fluchte sie und blickte ungläubig zu ihrem Assistenten hinüber. „Warum hast du sie hergebracht? Mach die verdammte Gittertür auf! Bist du des Wahnsinns? Sie ist die Freundin von diesem Bullen! Wo sind meine Kopfschmerztabletten?“ Hektisch tastete sie ihre Hosentaschen ab, wurde jedoch nicht fündig. „Ich hatte dich doch darum gebeten, neue zu kaufen, oder nicht?“, wollte sie zornig von Marius wissen.

„Ja, hast du“, sagte Marius leicht dümmlich. „Ich hab sie dir auf den Schreibtisch gelegt.“

„Aber da finde ich doch nie etwas!“, fuhr sie ihn an. „Und in Gottes Namen, warum hast du immer noch nicht das Gitter aufgeschlossen? Sie ist ein Mensch, Marius, kein Tier! Ein furchtbarer Mensch vielleicht, aber selbst die kommen nicht in einen Käfig. Nicht seit 1865. Los! Beweg dich.“

„Aber …“ Marius wirkte auf einmal furchtbar verloren, und hätte er mich nicht brutal niedergeschlagen – selbst wenn er behauptete, es sei ein Versehen gewesen –, hätte ich fast Mitleid mit ihm gehabt. „Ich dachte, das wäre in deinem Interesse?“, sagte er verwirrt, während er in seiner Hosentasche kramte. Ich konnte Schlüssel klimpern hören.

Mein Blick lag wie gebannt auf Frau Kamm und … natürlich! Ich stöhnte innerlich auf. *Sie* war es gewesen, die Henning umgebracht hatte. Sie war das Erpressungsopfer. Weswegen auch immer.

Er war zu aufdringlich geworden, sie hatte sein Verhalten nicht länger toleriert und ihn schließlich getötet. Sie musste irgendwen von außerhalb darum gebeten haben, die Leiche mit ihr wegzutragen. Vielleicht jemanden, den sie in der Apotheke kennengelernt hatte, in der sie so viele Schmerzmittel kaufte. Sie hatten sich über Paracetamol und Aspirin unterhalten – und dann hatte sie ihn gebeten, mit ihr eine Leiche wegzutragen. Oder so ähnlich. Es passte alles zusammen.

Wobei, wenn ich genauer darüber nachdachte …

„Was? Wieso zur Hölle sollte es in meinem Interesse sein, jemanden gefangen zu halten?“, fragte Frau Kamm perplex. „Sie hat mich heute Morgen genervt, ja, aber deswegen musst du sie doch nicht gleich ohnmächtig schlagen!“ Sie gestikulierte wild mit ihren Armen in meine Richtung. „Das ist ein wenig übereifrig, findest du nicht?“

Als Marius es immer noch nicht hinbekam, den Schlüssel aus seiner Hosentasche zu ziehen, nahm ihm die Direktorin die Aufgabe seufzend ab und schloss auf. Sie machte ein paar Schritte auf mich zu und beugte sich zu mir herunter.

„Entschuldigen Sie die Unannehmlichkeiten. Er ist etwas ... gestresst." Sie gab einen Ton der Unzufriedenheit von sich und wandte sich wieder zu ihrem Sekretär um. „Marius, ich glaube, es wäre das Beste, wenn du den Mord an Henning einfach der Polizei gestehst. Ich habe die letzte Woche über nichts gesagt, weil ich dich mag und du mir in den vergangenen Monaten sehr geholfen hast, aber ... das hier geht zu weit. Du kannst nicht unüberlegt Leute niederschlagen und sie dann in den Löwenkäfig sperren. Vielleicht wird es Zeit, dass du dir psychologische Hilfe suchst. Ich habe gehört, in deutschen Gefängnissen gäbe es tolle Therapeuten."

„Was?" Marius blinzelte, blickte zu mir, blickte zur Zoodirektorin und ließ dann das Messer sinken, das er unterbewusst wieder gehoben hatte. „Ich verstehe nicht. Ich habe niemanden getötet. Ich dachte, du wärst es gewesen!"

Sie bekam große Augen und legte eine Hand auf ihre Brust. „*Ich?* Nein. Henning und ich hatten Streit, er ist mir andauernd mit seinen Ideen für den Zoo auf den Geist gegangen, er hat mich erpresst, das weißt du ja, aber ... Ich würde ihn doch nicht den Löwen zum Fraß vorwerfen! Da hätte ich doch eher seine kleine schwangere Verlobte gefeuert."

„Aber ..." Entgeistert weiteten sich seine Augen. „Das ist doch der einzige Grund, warum ich sie mitgenommen habe." Er deutete auf mich. „Ich dachte, sie hätte dich enttarnt, und wollte dich schützen! Weil du die Mörderin bist."

„Ich bin keine Mörderin." Sie verdrehte die Augen. „Ich hinterziehe hier und da ein paar Steuern, so wie jeder andere Mensch auch, aber ich töte doch niemanden! Und wieso solltest du so etwas Dummes tun, nur um mich zu schützen, wenn du nicht der Mörder bist?"

„Nun, weil ..." Marius schloss den Mund.

„Ja?", fragte Frau Kamm ungeduldig.

„Weil ... weil ... na, weil ..."

„Weil er in Sie verliebt ist, Herrgott", half ich ihr auf die Sprünge. Die Herzen auf seinem Block mussten für sie bestimmt gewesen sein. „Er liebt Sie und wollte Ihnen seine aufrichtigen Gefühle beweisen, indem er mich aus dem Weg schafft. Es war ein heroischer, romantischer Akt." Den ich wertzuschätzen gewusst hätte, wäre ich in Marius' Plan nicht so schlecht weggekommen.

„Oooh", entwich es Florentine und Röte kroch ihren Hals hinauf. „Ich hatte ja keine Ahnung. Warum hast du denn nichts gesagt, Marius?"

Der Sekretär sah aus wie ein Reh im Scheinwerferlicht, und vorwurfsvoll sah er mich an.

Mein Körper reagierte komplett verwirrt. Er wusste nicht, ob er Angstschweiß in meinem Nacken sammeln oder Entwarnung geben sollte.

Weder Marius noch Florentine waren die Mörder. Was ja nicht hieß, dass sie nicht noch welche werden konnten. Florentine schien Kaffee geschnupft zu haben, so hyperaktiv war sie, und Marius schien so zerstreut und so am Ende mit den Nerven, dass ich Mitleid mit ihm hatte, ihn aber gleichzeitig als größere Bedrohung einschätzte. Er hatte mich schließlich an einen Stuhl gefesselt! Das taten Leute, die normal im Kopf waren, nicht.

„Ich wollte dir erst beweisen, dass ich gut genug bin", flüsterte Marius, und wieder schenkte er mir einen verärgerten Blick.

„Nun ..." Florentine Kamm verzog das Gesicht und öffnete den Mund, doch ich kam ihr zuvor.

Wenn sie Marius jetzt und hier das Herz brach, würde das meine Lebzeit nur unnötig verkürzen!

„Ich verstehe nicht", sagte ich laut und meine Stimme hallte von den Betonwänden wider.

Frau Kamm wandte sich ungeduldig zu mir um. Sie stand keine zwei Meter entfernt, hatte aber offenbar vergessen, dass sie meine Fesseln hatte lösen wollen – was ich äußerst schade fand.

„Ja, Sie verstehen eine ganze Menge nicht", belehrte sie mich. „Unter anderem, dass man nicht in fremden Büros herumschnüffelt oder ohnehin schon gestresste Leute nicht wütend macht."

Das überging ich. Ich wollte sie nicht unnötig weiter aufregen. „Womit hat Henning Sie erpresst?"

„Ich hasse Tiere", sagte die Direktorin sachlich.

Okay. Mir erschloss sich der Zusammenhang noch nicht so ganz.

„Gott, ich hasse die Viecher. So. Sehr", brauste sie auf, ihre Hände nach oben gestreckt, so als erwarte sie, der Heilige Geist könne jeden Moment auf sie niederfahren. „Kacken überall hin. Sind ständig hungrig. Sind undankbar wie sonst was. Und Henning, dem nichts wichtiger war, als seine verdammten Vierbeiner, hat Fotos davon gemacht, wie ich einem Waschbären den Mittelfinger zeige und eine Ziege wegschubse. Ich bin Zoodirektorin. Ich kann es mir nicht erlauben, Tiere zu hassen. Das wirkt *unmenschlich*." Sie deutete zwei Gänsefüßchen in der Luft an. „Die Bilder hätten meine Karriere ruiniert, und der Bastard wusste das. Aber das ist noch lange kein Grund, ihn aus dem Weg zu räumen. Ich hätte ihn bezahlt und danach sein Leben zur Hölle gemacht. Das wäre sehr viel befriedigender gewesen."

Auf einmal wunderte ich mich nicht mehr darüber, dass keiner der Mitarbeiter Frau Kamm mochte.

„Na ja, und wenn Marius es nicht war, dann …" Sie hob die Achseln. „Dann weiß ich auch nicht, wer ihn hätte umbringen wollen. All seine Kollegen haben ihn geradezu vergöttert." Die Augen verdrehend lehnte sie sich gegen die Gitterstäbe. „Nur weil er so fantastisch mit den Wildkatzen umgehen konnte. Gott, das Einzige, das den Pflegern wichtig ist, sind ihre verdammten Tiere. Ihnen ist egal, dass ich auf dem Zahnfleisch krieche. Sie wollen besseres Futter, sicherere Käfige, mehr Personal. Gierige kleine Monster. Ihren Schützlingen nicht unähnlich, wenn Sie mich fragen."

„Du tust dein Bestes", sagte Marius mit fester Stimme und kam nun ebenfalls in den Käfig, um ihr tröstend, wenn auch etwas ungeschickt, auf die Schulter zu patschen. „Sie wissen dein Genie einfach nicht zu schätzen."

„Ähm … kann ich dann jetzt gehen?", fragte ich leise.

Meine Handgelenke waren durch den Versuch, sie zu befreien, aufgeschürft und brannten. Und obwohl ich nicht glaubte, dass Marius geplant hatte, mich zu töten, schlug mir das Herz noch immer bis zum Hals. Der Kloß in meiner Kehle war auf mein Zwerchfell gerutscht und die lauernde Panik hatte sich beruhigt, war aber nicht verschwunden. Denn selbst wenn weder Florentine Kamm noch Marius eine direkte Bedrohung darstellten … so waren die beiden doch offensichtlich verrückt! Und zusammen, sich gegenseitig anstachelnd, ergaben sie eine gefährliche Kombination, die meinen Magen verkrampfen ließ. Ich würde mich sehr viel besser fühlen, wenn Sie mich losbanden und gehen ließen.

„Wenn keiner von Ihnen der Mörder ist", fuhr ich mit bemüht gelassener Stimme fort und räusperte mich, „dann lohnt es sich doch wirklich nicht, mich hier festzuhalten."

Marius seufzte. „Sie wissen von dem Müll. Sie wissen, dass Florentine Tiere hasst und Steuern hinterzieht. Gehen lassen können wir Sie jetzt auch nicht mehr."

„Doch!", widersprach ich sofort und leckte über meine trockenen Lippen. „Ich bin unglaublich gut darin, Geheimnisse zu bewahren. Fragen Sie meine Schwester. Ich habe bis heute nicht verraten, dass sie …" Ich verstummte und versuchte mich an einem triumphierenden Lächeln, während die nackte Angst von meinen Lungen Besitz nahm. „Ah, sehen Sie? Ich werde es Ihnen nicht verraten, weil ich so gut darin bin, Geheimnisse für mich zu behalten."

„Aber Sie sind mit dem Polizisten zusammen", gab Marius zu bedenken, den Blick unsicher auf mein Gesicht fixiert. „Wenn Ihnen irgendetwas in seiner Gegenwart herausrutscht …"

„Wir trennen uns möglicherweise!", platzte es aus mir heraus – und hey, das war nicht einmal gelogen. „Wir haben uns heute furchtbar gestritten, und er redet ohnehin nicht gerne mit mir über seine Fälle. Glauben Sie mir! Ich werde schweigen."

„Sie wirken nicht wie eine Person, die schweigt", sagte Florentine vielsagend. „Dafür reden Sie zu viel."

Abrupt schloss ich den Mund und schüttelte den Kopf. Marius schien dennoch nicht überzeugt. Er verschränkte die Arme vor der schmalen Brust und tippte nervös mit dem Fuß auf den Boden. „Ich weiß nicht. Was haben wir denn für Möglichkeiten?" Hilfesuchend sah er zu seiner Arbeitgeberin.

Die stöhnte nur laut auf. „Ich verstehe immer noch nicht, warum du sie herbringen musstest! Ich will niemanden umbringen. Aber sicher sein, dass sie uns nicht verrät, können wir auch nicht."

„Sie … Sie könnten mich bedrohen", schlug ich vor. „Oder ich könnte Ihnen im Gegenzug etwas über mich verraten, das niemand wissen darf. Dann wären wir quitt und hätten beide etwas gegeneinander in der Hand."

Nur was zum Teufel sollte ich ihnen erzählen?! Ich trennte meinen Müll, liebte Tiere und meine Steuern zahlte ich auch brav. Ich war einfach ein zu guter Mensch. Ich hatte keine tiefen Schattenseiten, die ich vor der Welt verstecken wollte. Mein Problem war es vielmehr, dass ich der Welt zu viel von mir zeigte.

Neue Angst kroch in meine Glieder, während Florentine und Marius die Köpfe zusammensteckten und mit leisen Zischlauten miteinander kommunizierten. Ich verstand nicht, was sie sagten. Sie sprachen zu leise oder das Blut in meinen Ohren pochte zu laut.

Was sollte ich tun? Es musste doch irgendetwas geben, was ich tun konnte! Wieder versuchte ich meine Hände aus den Fesseln zu lösen, doch es war vergebens. Sie waren zu eng an dem Stuhl fixiert und ich zu schwach. Aber ich hatte noch meine Füße. Meine Füße konnte ich bewegen. Sie standen auf dem Boden, und wenn ich mich weit nach vorne beugte, könnte ich den Stuhl nach vorne kippen und versuchen, gebückt loszurennen. Nur würde ich nicht weit kommen. Ich war viel langsamer als die zwei Menschen vor mir, an denen kein Stuhl hing.

Ich musste den Stuhl also vorher kaputt machen. Das war es doch, was sie in den Hollywoodfilmen taten! Sie rammten den Stuhl irgendwo gegen und das Holz brach entzwei. Der Stuhl, an dem ich festgebunden war, war alt. Wie stabil konnte er schon sein?

Vielleicht konnte ich aufspringen und mich direkt wieder fallen lassen, sodass der Stuhl auf dem Boden zerbarst. Vielleicht wären Marius und Florentine so überrascht von dem Lärm, dass sie mich verdutzt weglaufen ließen.

Aber vielleicht beschlossen sie angesichts meines Fluchtversuchs auch spontan, mich umzubringen.

Gott, einfach hier sitzen bleiben, während sie über mein Schicksal bestimmten, konnte ich auch nicht!

„Marius, jetzt leg doch mal kurz das Messer weg“, sagte Florentine in dem Moment verärgert, nahm ihm die Klinge aus der Hand und ließ sie zu Boden fallen.

In meinem Kopf explodierte eine Synapse.

Das war meine Chance. Sie waren abgelenkt und würden mich nicht direkt aufspießen …

Und im nächsten Augenblick bewegten meine Muskeln sich ganz von allein.

Ich beugte meine Knie tief unter den Stuhl und stieß mich abrupt nach vorne ab. Der Stuhl kippte, ratschte laut über den Boden, und mit dem Kopf voran rannte ich blind vor Wut und Angst auf meine beiden Entführer zu und warf mich mit vollem Gewicht gegen sie.

Ich fällte sie wie einen morschen Baum.

Florentines und Marius' Köpfe schlugen mit einem hohlen Krachen gegeneinander, bevor die Direktorin zur Seite kippte und ihr Lakai rücklings gegen die Gitterstäbe fiel. Doch leider waren sie nicht die Einzigen, die ihr Gleichgewicht verloren. Ich hatte so viel Schwung genommen, dass ich drohte, kopfüber in das Knäuel aus Gliedmaßen zu fallen, das zu meinen Füßen lag.

Fluchend drehte ich mich noch im Fall zur Seite, bevor ich mitsamt Stuhl auf Direktorin und Sekretär fiel. Wenigstens landete ich halbwegs weich. Florentine Kamm hatte große Brüste.

Marius bewegte sich nicht mehr, vielleicht hatte er seinen Kopf angeschlagen und das Bewusstsein verloren, ich wusste es nicht. Es war mir auch egal. Die Direktorin jedoch versuchte, mich mit roher Gewalt von sich zu schubsen.

„Was tun Sie?!", schrie sie, doch ich gab mir nicht die Mühe, ihr zu antworten. Mit klopfendem Herzen wandte ich mich zur Seite, bis ich von der Direktorin herunter und hart auf die Knie fiel. Die Lehne des Stuhls schlug unangenehm gegen meinen Kopf, doch ich ignorierte den Schmerz. Eine Hand griff nach meiner Wade, ich trat nach hinten aus, mein Fuß traf etwas Hartes, ich hörte ein Klonk und die fremde Hand ließ mich sofort los.

Mein Atem ging nur stoßweise, während ich damit kämpfte, wieder auf die Füße zu kommen. Der Stuhl schlug in meine Kniekehlen, ich versuchte ein Bein aufzustellen, drohte, wieder umzukippen, verlagerte mein Gewicht zur Seite und stieß mich schließlich ächzend auf die Füße.

Wenn dieser Tag vorbei war, würde ich mich im Fitnessstudio anmelden, das schwor ich mir. Für solche Stunts brauchte ich Bauchmuskeln.

Ich stolperte durch die Käfigtür und warf einen kurzen Blick über meine Schulter zurück zu Florentine und Marius, die ohnmächtig und halb übereinanderliegend den Boden dekorierten. Doch statt mir Sorgen um sie zu machen, nahm ich die Gitterstäbe ins Visier. Metall war resistenter als Holz und ich musste endlich diesen Stuhl loswerden! Ich holte aus und schlug das lädierte Möbelstück, ganz wie in einem Hollywoodstreifen, gegen das Gitter.

Aber eins hatte ich nicht bedacht: Hollywood log.

Völlig unbeeindruckt und mit einem lauten, nachhallenden *Klonk* prallte das Holz von dem Eisen zurück. Ich verlor das Gleichgewicht, quietschte laut auf und kippte erneut seitlich zu Boden.

Der Stuhl blieb heil. Meine Schulter fühlte sich jedoch nicht danach an. „Scheiße“, fluchte ich, und neue Panik schwappte durch meine Adern, als ich aus den Augenwinkeln wahrnahm, wie Marvin sich regte, doch in diesem Moment flog die Tür auf.

Ich verrenkte meinen Hals, um nach oben zu sehen, konnte Fußgetrappel hören, und dann erkannte ich Uniformen. Eine Polizeiuniform, noch eine Polizeiuniform, Rispo.

Für ein paar Sekunden herrschte verblüffte Stille, als die Beamten die Szene, die sich ihnen bot, in sich aufnahmen. Dann fand Rispos Blick den meinen wie die Motte das Licht.

„Kümmert euch“, bellte er seine Kollegen an und gestikulierte in Richtung des Käfigs, bevor er sich hastig vor mir auf die Knie fallen ließ.

Sein Gesicht war blass, sein Atem ging schwer und seine Hände zitterten. Einen Augenblick lang sah er mich nur an, strich mir übers Haar, übers Gesicht, dann zog er etwas aus seiner Tasche, das ich nicht genau erkennen konnte, und beugte sich über mich. Ich schluckte und schloss die Augen. Eine so unendlich große Erleichterung durchfloss mich, dass ich für einen Moment vergaß, dass mir alles wehtat.

Dass meine Handgelenke, meine Knie und meine komplette rechte Seite aufgeschürft sein mussten. Dass meine Schulter schmerzhaft pochte. Dass meine Lunge brannte. Ich war einfach nur froh, nicht mehr allein zu sein.

Die Fesseln glitten von meinen Händen und der Stuhl von meinem Rücken. In der nächsten Sekunde schlossen sich Joshs Hände um meine Taille und stellten mich auf die Füße. Ich zuckte aufgrund der Berührung zusammen. Ich würde morgen mit einer Menge blauer Flecke aufwachen.

„Ist alles okay?“ Joshs Finger betasteten sanft mein Gesicht, bevor sie tiefer wanderten, über mein Schlüsselbein, meine Arme, meine wunden Handgelenke glitten. Sein anderer Arm lag immer noch um meine Mitte, falls meine Beine nachgaben. Doch die waren bewundernswert standfest. „Tut mir leid, wir mussten den ganzen Zoo durchsuchen, deswegen hat es so lange gedauert. Finn wusste nur, dass du hier aus der Straßenbahn gestiegen bist, ich … scheiße." Ich konnte ihn schlucken sehen, konnte den Schweiß auf seinem Gesicht glänzen sehen. „Lou, geht es dir gut? Sag was."

„Ja", flüsterte ich und nickte, während die erste Träne meine Wange hinabglitt. „Alles gut. Ich … hab sie vermöbelt. Wortwörtlich."

Joshs Blick flackerte über meine Schulter, und er nickte. „Ja. Das hast du", sagte er, bevor er mich in die Arme schloss, sein Gesicht an meine Wange gepresst, seine Hände warm auf meinem Rücken.

Ein paar weitere Tränen fielen meine Wangen hinab und tropften in sein T-Shirt, doch wen kümmerte es?

„Mir geht es gut, Josh", flüsterte ich und klammerte mich mit den Fingern in seinem T-Shirt fest. „Es ist nichts passiert. Sie sind nicht die Mörder. Sie sind nur verrückt."

Und dann ließ ich mich von Rispo aus dem tierischen Gefängnis geleiten.

Kapitel 19

Ich war in meinem Leben noch nie so müde gewesen. Zu viele Leute, zu viel Blaulicht, zu viele Hände, die mich untersuchten, zu viele Stimmen, die mich fragten, ob es mir gut ginge.

Josh begutachtete jeden Zentimeter meines Körpers, so als hoffte er, auf eine Goldader zu stoßen. Der Rettungssanitäter, den Josh sicherheitshalber gerufen hatte, leuchtete mir mit einer kleinen Taschenlampe in die Augen, stellte eine leichte Gehirnerschütterung fest und testete dann meine Reflexe. Als ich versuchte, ihm zu versichern, dass der Grund meiner verlangsamten Reaktionen kein Schockzustand war, in dem ich mich befand, sondern dass meine Reflexe von Natur aus schlecht waren, nickte dieser nur väterlich und fuhr damit fort, meine schmerzenden Rippen abzutasten.

Die Wahrheit war, dass es mir den Umständen entsprechend ... okay ging.

Ich hatte aufgehört zu weinen – auch wenn ich noch immer am ganzen Körper zitterte. Und ja, der Schlag auf den Kopf saß mir noch immer in den Knochen. Außerdem war es schwer, mein Herz davon zu überzeugen, dass mich niemand mehr mit einem Messer bedrohte. Zumindest hörte es nicht auf, hektisch in meiner Brust zu schlagen. Aber ansonsten ... okay, nein.

Wenn ich ehrlich war, ging es mir vergleichsweise beschissen. Aber ich wollte auf keinen Fall zur Beobachtung ins Krankenhaus. Deswegen versuchte ich Josh einzureden, dass alles bestens war. Seiner skeptisch gehobenen Augenbraue nach zu urteilen, hätte ich jedoch genauso gut versuchen können, ihm zu erklären, dass ich eigentlich männlich und Asiate war. Weswegen ich letztendlich doch in einem Krankenbett landete. Das einzig Gute war: Josh sah davon ab, meine Mutter anzurufen.

Es dauerte zwei Stunden, bis die Polizei mir keine Fragen mehr stellte und auch die Ärzte mich endlich in Ruhe ließen. Florentine und Marius waren noch vor Ort abgeführt worden, und es war unklar, wie die Polizei weiter mit ihnen verfahren würde. Sie waren zwar keine Mörder – aber sie hatten mich niedergeschlagen, gegen meinen Willen festgehalten und mich bedroht. Das sah der Staat nicht gern, und Rispo noch viel weniger.

Mir hätte Marius fast leidgetan, weil er mich aus Versehen umgehauen hatte und jetzt wahrscheinlich ins Gefängnis musste, hätte er mir nicht eine solche verdammte Angst eingejagt.

Das Zimmer, in dem ich lag, war unangenehm weiß und roch nach Desinfektionsmitteln. Es war kalt und erdrückend, und erst als die Tür aufging und Rispo eintrat, wurde mir etwas wärmer ums Herz.

„Hey, sorry, dass ich nicht die ganze Zeit da war. Ich musste mich um Marius und die Direktorin kümmern", murmelte er und ließ sich neben mir aufs Bett nieder. Er sah so müde und erschöpft aus, wie ich mich fühlte. Seine Stirn war gerötet, vermutlich, weil er sich an diesem Abend so oft mit der Hand darübergefahren war, und tiefe Schatten lagen unter seinen Augen. Ich fragte mich, ob ich dafür verantwortlich war.

„Die Ärzte gehen mir auf die Nerven", flüsterte ich.

Er lächelte müde. „Das war zu erwarten."

„Mir geht es gut. Ich finde es albern, dass ich nicht nach Hause darf."

Josh nickte, stimmte mir jedoch nicht zu. Stattdessen sah er auf seine Finger, die sich in das weiße Laken verkrampft hatten.

„Kannst du mich morgen Nachmittag nach meiner Entlassung zu Ariane fahren?", fragte ich leise, als Josh nach mehreren Minuten immer noch keine Anstalten machte, sich zu bewegen oder den Mund zu öffnen. „Ich darf noch kein Auto fahren."

Josh sah auf, ließ seinen Blick über mein Gesicht huschen und strich mir geistesabwesend eine Haarsträhne hinter die Ohren, bevor er flüsterte: „Komm morgen zu mir nach Hause."

Seine Stimme war so weich wie geschmolzene Marshmallows. Und wie gerne hätte ich Ja gesagt … Wie gerne hätte ich unseren Streit in Anbetracht der Umstände einfach vergessen. Aber auch wenn ich gerade für ein paar Minuten Todesangst erlitten hatte, machte es unsere Probleme nicht weniger real. Und ich wollte keine dieser Frauen sein, die sich von ihrem Freund retten ließen und ihm alles verziehen, solange er sie nur festhielt und über ihre Haare strich.

Das brauchte ich nicht. Ich konnte mich selbst retten.

Deshalb schüttelte ich den Kopf. „Nein. Ich … brauche etwas Abstand. Ich will meine Gedanken ordnen."

„Immer noch?"

„Nun, ich war die letzten Stunden über etwas beschäftigt und hatte noch keine Zeit dazu", erklärte ich und hob schwach einen Mundwinkel.

Josh nickte, wandte den Blick wieder ab und griff sacht nach meiner Hand. „Ich hatte in meinem Leben noch keine so große Angst", stellte er leise fest – und dann blieb er in genau dieser Position an meiner Bettkante sitzen, bis die Erschöpfung mich übermannte und ich in einen unruhigen Schlaf fiel.

Am nächsten Tag holte Rispo mich wie verabredet aus dem Krankenhaus ab. Die Ärzte waren sicherlich erleichtert, als ich endlich ging, denn dann konnte ich mich nicht mehr darüber beschweren, dass sie mich meiner Freiheit beraubten.

Ich wusste nicht genau, wann Josh in der Nacht gegangen war, aber es musste spät gewesen sein, denn er sah noch immer hundemüde aus, als er mich danach fragte, wie es mir ginge.

Ich zuckte nur die Achseln, denn in Wirklichkeit war ich noch immer ziemlich erschöpft.

Wir schwiegen die Fahrt über.

Ich blieb still, weil mir meine Gedanken Kopfschmerzen bereiteten. Josh war tief in Gedanken versunken. Seine Schultern waren angespannt, seine Stirn gerunzelt – aber natürlich sprach er nicht darüber, was er fühlte. Tatsächlich betrachtete ich es schon als ein großes Eingeständnis, dass er am Vortag zugegeben hatte, Angst um mich gehabt zu haben.

Als wir schließlich vor Arianes Haustür hielten und Josh den Motor abstellte, tat mir das Herz weh. Es schien so unendlich viel zwischen uns zu stehen.

Ich wünschte mir nichts sehnlicher, als dass Josh mir sagte, dass er mich liebte und er gerne seine gesamte Lebensgeschichte mit mir teilen wollte – und wir da weitermachen konnten, wo wir vor drei Tagen aufgehört hatten. Aber ich konnte ihm nicht sagen, was er tun sollte. Ich konnte ihn nicht zu seinem Glück zwingen. Warum hatte Marius mir nicht noch ein wenig fester auf den Kopf geschlagen? Dann wäre ich vielleicht weniger vernünftig gewesen.

Einen Moment lang ließ ich einfach die Stille auf mich wirken, und erst als ich die Hand bereits zum Türgriff ausstreckte, öffnete Josh den Mund.

„Es tut mir leid, Lou", murmelte er. „Es tut mir leid, dass ich ein eifersüchtiger Idiot bin und dass ich den Anschein erweckt habe, ich würde dir nicht vertrauen. Du bist stark und klug, und natürlich kannst du auf dich selbst aufpassen.

Es macht mich nur nervös, dass ich bei dir nie weiß, was als Nächstes kommt. Und das ist gut so, dass macht dich so verdammt interessant, aber …“ Er seufzte. „Nein, nichts aber. Ich mag uns. Ich mag das, was wir haben. Und auch, wenn das jetzt vielleicht furchtbar kitschig klingt und das niemals an die Öffentlichkeit geraten darf … ich will dich nicht verlieren. Nicht wegen eines dummen Streits oder eines blöden Peilsenders oder eines *beschissenen* Ex-Freunds oder einer verrückten Zoodirektorin. Todesangst um dich zu haben, war da wirklich augenöffnend.“

Ich sah ihn von der Seite her an und wunderte mich nicht darüber, dass sein Blick nach draußen gerichtet war. Diese Worte mussten ihm unglaublich schwerfallen.

„Und wenn ich mich morgen mit Chris treffen würde, um einen Zeitungsartikel über den gestrigen Abend zu besprechen?“

Joshs Kopf fuhr herum. „Was?“

Ja, das dachte ich mir. „Es war nur ein Beispiel, Josh“, sagte ich ruhig. „Ich treffe mich nicht mit ihm. Aber selbst wenn ich es tun würde, könntest du dann darauf vertrauen, dass ich nicht mit ihm im Bett lande?“

Josh atmete tief durch. „Ja.“

„Bist du dir da sicher?“

„Ja.“

„Und wieso denke ich jetzt, dass du mir nur sagst, was ich hören will?“

„Nein, das siehst du falsch, Lou. Ich sage das, was *ich* von mir hören will.“ Er sah mich ernst an. „Ich bin nicht blöd. Ich weiß, dass ich ein Vertrauensproblem habe. Ich weiß, dass du nicht meine Ex-Verlobte bist … ich brauche nur ein wenig Zeit, mich damit zu arrangieren.“

Ich nickte, wollte ihm die Zeit geben, aber gleichzeitig …

„Weißt du, Josh“, sagte ich müde. „Das Witzige ist: Alles, was mir das Essen mit Chris gezeigt hat, ist, dass ich nur dich will. Dass du mehr Gefühle in mir hervorrufen kannst, indem du eine Augenbraue hebst, als er mit seinem blöden Kuss. Aber ich brauche mehr von dir. Mehr Antworten, mehr Eingeständnisse, mehr Gefühlsbekundungen. Ich will nicht wieder jemandem hinterherlaufen, bei dem ich mich ewig fragen muss, wie er für mich empfindet. Bei dem ich nicht weiß, ob er mir vertraut oder mir lieber einen Peilsender unterjubelt. Ich will jemanden, bei dem ich sicher sein kann, dass er mich auffängt. Dass er mich meinetwegen will. Nicht, obwohl ich ein bisschen durchgeknallt bin, sondern gerade deswegen. Und ich weiß nicht, ob du dieser jemand sein kannst." Tränen brannten in meinen Augen und ich schluckte, als ich Joshs dunklem undurchdringlichen Blick begegnete. „Ich weiß nicht, ob du jemals dazu bereit sein wirst, dich zu öffnen. Mich komplett einzulassen. Und das ist in Ordnung – aber nicht genug", flüsterte ich, bevor ich ausstieg und zu Ariane lief, die bereits vor der Tür stand und auf mich wartete.

Es gab viele Wege, den Tag zu verbringen, nachdem man niedergeschlagen und in einem Käfig festgehalten worden war und sich mit seinem Freund gestritten hatte. Aber mit Pralinen und heißer Milch mit Honig auf der Couch seiner besten Freundin zu sitzen, war mit Sicherheit der beste.

Ich erzählte Ariane knapp, was passiert war, und mit jedem Wort, das über meine Lippen kam, wurden ihre Augen größer.

„Meine Güte, warum hat noch niemand dein Leben verfilmt?", wollte sie schließlich wissen. „Und was denkt Rispo jetzt? Und wer ist der Mörder?"

„Keine Ahnung und keine Ahnung", gab ich zu und ließ meinen Kopf gegen die Lehne sinken. „Doch, hey, Josh hat mir zwar nicht gesagt, dass er mich liebt, aber er meinte, dass ich interessant wäre."

„Autsch." Ari zog eine Grimasse und reichte mir eine weitere Praline.

„Ja. Das Bescheuerte ist: Ich glaube, für ihn war das ein riesiges Kompliment. Wahrscheinlich, weil Josh alle anderen Menschen furchtbar langweilig findet und ich da eine willkommene Abwechslung bin."

„Das glaube ich nicht." Ariane legte einen Arm um meine Schultern und tätschelte beruhigend meinen nicht vorhandenen Bizeps. „Rispo ist ein emotionaler Analphabet, aber er wird schon noch lernen, die Sprache der Liebe zu verstehen."

„Gott, du hörst dich an wie eine Selbsthilfekassette. ‚*Die Sprache der Liebe verstehen* – jetzt nur 49,99 in der Buchhandlung Ihres Vertrauens'."

„Oh, wenn es das Buch wirklich gibt, solltest du Josh eins kaufen", schlug Ari fröhlich vor.

Meine Mundwinkel zuckten. „Werde ich. Er wird begeistert sein." Finn würde ich auch direkt ein Exemplar bestellen.

„Mann, Mann, Mann." Ari drückte mich an sich. „Da wirst du schon von zwielichtigen Personen niedergeschlagen und dann sind es nicht einmal die Mörder. Das ist beinahe enttäuschend." Es war offensichtlich, dass meine beste Freundin das Thema wechseln wollte. Womöglich, weil sie ahnte, dass ich mir endlos den Kopf darüber zerbrach, was Josh in genau diesem Moment dachte ... und ich war ihr dankbar dafür.

„Ja. Dabei habe ich fest damit gerechnet, dass sie Henning gemeinsam zur Strecke gebracht haben", gab ich zu.

„Waren sie so verdächtig?"

„Na ja, für mich schon." Ich hob die Achseln. „Die Erpressung, die Sache mit dem Müll ... sie hätten ein Motiv gehabt. Niemand anderes scheint einen Grund gehabt zu haben, Henning umzubringen. Und alle Mitarbeiter hassen die Direktorin." Ich runzelte die Stirn. „Zumindest sagt Finn das. Andererseits hat jeder Mitarbeiter sie in Schutz genommen. Sogar Katrin, die Verlobte des Opfers, hat mir versichert, dass Florentine Kamm Henning nie etwas antun würde."

Was merkwürdig war. Denn das hatte sie wirklich nicht wissen können. Und normalerweise neigten Personen, die gerade einen geliebten Menschen verloren hatten, dazu, jeden zu beschuldigen, der nicht bei drei auf den Bäumen war – wie eine Art der Trauerbewältigung.

Stirnrunzelnd knabberte ich an der Praline in meinen Händen. Irgendetwas passte nicht. Irgendetwas übersah ich. Mein Körper fing an zu kribbeln.

„Ich kann mir das gar nicht vorstellen“, bemerkte Ari kopfschüttelnd. „Jemanden umzubringen und ihn dann auch noch an die Tiere zu verfüttern. Die Täter müssen ganz schön blutrünstig gewesen sein, wenn sie nicht einmal davor zurückschrecken, eine Leiche zu zerhacken. Wie viele Teile waren es noch gleich?“

„Rispo hat was von rund vierzig gesagt“, erinnerte ich mich. „Und die wurden nicht nur an die Tiere verfüttert. Sie wurden auch im Rhein und im Sondermüll gefunden.“

„Igitt!“

Ja, igitt. Und dennoch ... warum der ganze Aufwand? Warum die Leiche überall im Zoo verteilen? Meine Güte, das musste eine Ewigkeit gedauert haben, selbst zu zweit. Die Mörder hätten den toten Körper doch komplett in den Rhein werfen können.

„Wieso verteilt man eine Leiche über eine so große Fläche?“, fragte ich nachdenklich.

„Keine Ahnung.“ Ari hob die Achseln. „Vielleicht wollten sie nicht, dass die Polizei den Tatort bestimmen kann?“

Ja. Vielleicht. Andererseits war es Rispo sehr leichtgefallen, den Ort der Tat zu finden. Nur die Todesursache hatte nicht festgelegt werden können. Dafür war die Leiche zu mitgenommen gewesen. Zu viele Bissspuren. Zu viele Tiermägen, die sie nicht hatten durchsuchen können.

„Ich bin kein Fan von Zoos“, gab Ariane zu und leerte ihre Tasse. „Tiere gehören nicht hinter Gitter. Und die Bedingungen, unter denen sie leben ...“ Sie schüttelte sich. „Hast du außerdem gehört, dass sie letztes Jahr eines der Tiere einschläfern mussten? Einen unschuldigen Tiger.“

„Nicht unschuldig“, korrigierte ich sie und erinnerte mich an Peers Worte. „Er hatte einen der Pfleger verletzt.“

„Trotzdem. Dass die anderen Tierpfleger ihn dann einfach so leichtfertig getötet haben, ist grausam.“

„Nicht leichtfertig“, korrigierte ich sie erneut. „Sie waren alle am Boden zerstört. Sie lieben die Tiere wirklich, aber ihnen wurde keine Wahl gelassen. Tiere, die gefährlich für die Menschen sind, werden nun einmal aus dem Weg –“ Ich hielt inne.

Moment mal …

Eine Alarmglocke schrillte in meinem Kopf.

Tiere, die als gefährlich eingestuft wurden, tötete man. Und nichts war den Pflegern so wichtig wie ihre Tiere. Wie hatte Emily noch gesagt? Die Pfleger redeten über die Tiere, als wären sie ihre Kinder. Und Kinder mussten beschützt werden.

Verdammt, ich hatte die ganze Zeit über recht gehabt! Es *war* viel zu aufwendig, all die Leichenteile im Zoo zu verteilen. Wenn man genau sein wollte, war es auch viel zu aufwendig, die Leiche in so viele kleine Stücke zu hacken. Aber der Körper hatte nicht unversehrt bleiben dürfen. Die Todesursache hatte nicht bestimmt werden dürfen.

Ich stöhnte leise auf und schüttelte den Kopf. Ich hatte einen fundamentalen Denkfehler begangen. Ich hatte die ganze Zeit über nach einem handfesten Motiv gesucht. Nach dem Warum gefragt. Nicht nach dem Wie und Was.

„Lou?“, fragte Ari besorgt. „Geht es dir gut? Du gibst merkwürdige Töne von dir.“

„Ich glaub, ich weiß, was passiert ist“, flüsterte ich.

Jetzt fehlte mir nur noch das Wer.

Kapitel 20

„Das Viagra hat nicht funktioniert. Wie alt ist das Zeug? Und wo warst du gestern? Und warum siehst du aus, als hättest du von deinem Tod und dem Weltuntergang geträumt?"

Ich hatte mich immer dem Glauben hingegeben, dass Menschen mit dem Alter unglaublich sensibel werden mussten. Schließlich hatten sie ein Leben lang Zeit zu üben. Aber jetzt, da Trudi mir gegenüberstand, mit ihren Fingern die Augensäcke in meinem Gesicht nach oben zog und mir dann sacht auf die Wange schlug – vielleicht um ein wenig Farbe in sie zu bekommen –, stellte ich fest, dass das ein Irrtum war. Alte Menschen waren so unsensibel wie nur möglich. Denn sie konnten es sich leisten.

„Ich habe mir einen Tag freigenommen", sagte ich.

„Ach so." Damit war die Sache für Trudi abgehakt. Sie atmete schwer ein. „Louisa, ich bin sehr frustriert, dass das nicht geklappt hat. Und das Schlimmste ist: Mein sexy Hamster meldet sich nicht mehr, also werde ich wohl oder übel doch zum Speed-Dating gehen müssen. Kommst du mit? Schließlich bist du ja quasi daran schuld, dass die Sache mit dem alten Viagra nicht geklappt hat."

Wow. Ich hatte immer noch eine Menge Schlaf nachzuholen, hatte einen Flattermagen, weil ich glaubte zu wissen, was mit Henning passiert war, und Kopfschmerzen, die ich meiner leichten Gehirnerschütterung zuschrieb. Und trotzdem zuckten meine Mundwinkel, als Trudi weiter darüber philosophierte, dass das Versagen der kleinen blauen Pille ihren Abend versaut und sie sich das Männerfangen sehr viel leichter vorgestellt hatte.

„Die Kerle sind heute auch nicht mehr das, was sie mal waren. Benutzen Handcreme, kaufen Bio-Bier, mögen Strandspaziergänge bei Sonnenuntergang und halten Jagen für ein Problem unserer Gesellschaft“, zeterte sie weiter. „Also hoffe ich heute Abend jemanden zu treffen, der noch weiß, wie man ein Kaninchen ausweidet. Was sagst du, Louisa? Begleitest du mich?“

„Ich habe einen Freund, Trudi.“ Glaubte ich. Zumindest war Rispo noch mit mir zusammen. Oder?

„Das ist doch wirklich nicht von Belang“, meinte die alte Dame und winkte ab. „Es geht um weibliche Loyalität. Keks?“

Sie hielt mir ein Haferflocken-Rosinen-Plätzchen unter die Nase. Das war Bestechung. Aber ich war willensschwach, also nickte ich und bediente mich.

„Schön. Ich komme mit.“ Alles war besser, als zu Hause zu sitzen und über Josh nachzugrübeln. „Wann und wo?“

Trudi nannte mir Zeit und Ort und wollte gerade von mir wissen, ob ich es für klug hielt, jeden Teilnehmer mit einem kleinen Zaubertrick zu begrüßen, um das Eis zu brechen, als die Tür aufging. Emily stolzierte grinsend herein, einen silbernen Gegenstand über ihrem Kopf haltend, an dem ein beängstigendes rotes Lämpchen blinkte.

„Ich habe meine Kamera wieder“, verkündete sie unnötigerweise und schwenkte die Linse vor mir und Trudi hin und her. „Jetzt kann ich endlich das zweite YouTube-Video fertigstellen. Mach mal was Lustiges, Lou.“

Mein Mittelfinger juckte.

„Oh, darf ich?“, bat Trudi begeistert. „Ich habe gestern einen tollen Witz gehört. Was ist gelb und macht Bumm? Eine Banone.“

Ich musste schmunzeln.

Mein Gott, ich war geistig labiler als bisher angenommen! Der Vorfall war wohl doch etwas zu viel für meine Nerven gewesen – und ich freute mich nicht auf den Moment, an dem meine Mutter davon erfuhr. Noch wusste niemand davon, was mir passiert war. Gleichwohl es möglich war, dass es in der Zeitung erwähnt worden war. Doch ich traute mich nicht, nachzusehen. Ich blieb lieber dabei, so zu tun, als sei nichts gewesen.

„Trudi, jetzt wo du keine Magierin mehr werden willst, solltest du eine Karriere als Komikerin in Betracht ziehen", meinte Emily grinsend und ließ endlich das blöde Aufnahmegerät sinken. „Du bist eine Wucht!"

Trudi nickte zufrieden und rückte sich ihre Brüste zurecht, die heute in einem pinken Pullover mit der Aufschrift: *With me is not good cherry eating*, trug. „Ich werde drüber nachdenken, sobald ich mir einen Mann geangelt habe. Das ist doch alles sehr viel zeitaufwendiger als gedacht. Ich weiß nicht, wo ihr jungen Leute die Energie dafür hernehmt."

„Alkoholtherapie", erklärte Emmi vielsagend. „Weißt du, wenn man genug –"

„Hat Josh dir die Kamera wiedergegeben?", unterbrach ich sie, denn nichts Gutes konnte auf diesen Satzanfang folgen.

„Jaja, er ist heute Morgen vorbeigekommen. Und er sah nicht gut aus, wenn du es wissen willst. Eher … fertig. Ein bisschen so wie du, aber nicht ganz so schlimm. Du hast nicht zufällig irgendetwas damit zu tun?" Neugierig beugte sie sich zu mir vor. „Ist der Streit vorgestern eskaliert?"

Ja, konnte man so sagen. „Ich will nicht drüber reden", sagte ich störrisch, aber irgendwie baute es mich auf, zu hören, dass es Josh nicht gut ging. Ich wollte nicht allein mit meinem Leid sein.

„Es gibt eine Menge andere Vögel im Himmel", belehrte mich Trudi.

„Es heißt: eine Menge andere Fische im Teich", korrigierte ich sie. Und ich wollte keinen anderen Fisch.

„Fische, Vögel, sind doch alles Säugetiere", meinte Trudi augenverdrehend, bevor sie sich an Emily wandte. „Und da ist jetzt das Video mit der Leiche drauf? Kann ich mal gucken?"

„Klar." Emmi reichte Trudi die Kamera und drückte ein paar Knöpfe.

Ich hatte nichts Besseres zu tun, deswegen beugte ich mich ebenfalls über den kleinen Bildschirm.

Da waren Emilys und Finns Füße, die 1-Cent-Münze, ihre leisen Stimmen im Hintergrund. Der Pavianfelsen, die dämliche Diskussion über Zebras und, jap, die zwei dunklen Gestalten.

„Der Sack ist schon auffällig leichenförmig", bemerkte Trudi neunmalklug.

Und das von der Frau, die letztens einen Laternenmast für einen Baum gehalten hatte und im Dunkeln so blind wie ein Maulwurf mit Augenproblemen war.

„Meine Worte", sagte Emily stolz.

Die beiden dunklen Gestalten verschwanden aus dem Bild, Emily und Finn fingen an zu rennen, da war wieder die 1-Cent-Münze vom Anfang … Moment, was?

Verblüfft nahm ich Trudi die Kamera aus der Hand und spulte noch einmal zurück.

„Hey, ich war noch nicht fertig", beschwerte sich die alte Dame.

„Warte", murmelte ich und studierte mit offenem Mund das Bild.

Verdammt sei ich. Auf der ersten Aufnahme konnte man noch deutlich die Eins auf dem Centstück erkennen, während auf der zweiten … ich lachte laut auf. Auf der zweiten sah man das Eichenblatt auf dem Rücken der Münze.

Jemand hatte sie umgedreht!

Aber das ergab keinen Sinn. Finn und Emily hatten jemanden von den Löwenkäfigen kommen sehen. Die Lei-

chenträger wären nicht an dem Centstück vorbeigelaufen. Was bedeutete, dass ... oh mein Gott.
Ich ließ die Kamera sinken und legte den Kopf in den Nacken. Die Leichenträger waren nicht zu zweit im Zoo gewesen. Nein, es hatte noch eine dritte Person gegeben.

Und wenn ich mich nicht irrte, war es nicht bei dieser geblieben. Denn ja ... eine Leiche über ein komplettes Gelände zu verteilen und verschiedenen Tieren zum Fraß vorzuwerfen, war verdammt zeitaufwendig. Für diese Aufgabe konnte man jede Hilfe gebrauchen, die es gab.

„Lou, hast du einen Anfall?", wollte Emily irritiert wissen. „Und wenn ja, darf ich dich dabei filmen?"

„Gott, ich bin so dumm", flüsterte ich und legte eine Hand auf meine Stirn. „Die Tierpfleger sind wie eine richtige kleine Familie, Emily! Das hat Finn selbst gesagt. Und egal wie viele Probleme man mit seiner Familie hat – man hilft einander."

„Wobei soll ich dir helfen?", fragte meine Schwester alarmiert. „Ich habe heute wirklich keine Zeit."

„Ich rede nicht von mir, Emmi. Es geht um den Mord, es geht um ..."

„Frau Manu, ich muss kündigen."
Mein Kopf fuhr herum, und überrascht sah ich, dass Rebecca vor mir stand. Ich hatte sie gar nicht eintreten hören.

„Was?", fragte ich. „Wieso? Ist es wegen vorgestern?"
Zugegeben, meine Gedanken waren gerade woanders, aber Rebecca war eine fleißige Mitarbeiterin, und es hatte so lange gedauert, sie zu finden. Mittlerweile glaubte ich auch fast nicht mehr, dass sie mit Drogen dealte. Was ich von Emily zum Beispiel nicht behaupten konnte.

„Wegen vorgestern, wegen den Wochen davor ..." Rebecca atmete tief ein und Tränen traten in ihre Augen. „Es tut mir wirklich leid, aber das Arbeitsklima hier ist furchtbar!", brach es aus ihr hervor. „Alle beleidigen sich oder streiten oder spionieren einander hinterher. Das halte ich nicht mehr aus. Ich habe mir Mühe gegeben, das Positive zu sehen, aber … der Ton, der hier herrscht, ist einfach nur niederschmetternd!"

„Das meiste davon ist Sarkasmus, glaub mir", versuchte ich sie zu beschwichtigen. „Wir sind nicht gemein. Wir sind nur … speziell. Wir zeigen unsere Liebe anders."

„Nein. In diesem Laden gibt es eindeutig zu viel Drama!"

„Nein, nein, du irrst dich!", versprach ich ihr sofort, die Hände erhoben. „Bei uns ist es eigentlich immer sehr ruhig. Hier passiert eigentlich nie etw–"

Mit einem Krachen flog die Eingangstür auf und Finn stürmte herein. „Emily!", schrie er. „Ich muss mit dir reden."

Oh Gott. Stöhnend legte ich mir die Hand über die Augen. Die Soap-Opera ging weiter.

Rebecca warf mir einen vielsagenden Blick zu, Trudi nahm sich begeistert einen Keks, und Emily verschränkte die Arme vor der Brust. „Ich habe dir nichts zu sagen", meinte sie pikiert.

„Dann rede ich halt." Finn räusperte sich laut, strich sich die Krawatte glatt – was zum Teufel? Wollte er es Emily leichter machen, ihn zu strangulieren? –, und sagte feierlich: „Emily. Willst du mit mir monogam sein?"

Eine angespannte Stille breitete sich aus, und wir alle hielten den Atem an. Das war so ziemlich das Romantischste, was Finn hätte sagen können.

Emmi stand stocksteif da, den Mund leicht geöffnet und die Augen weit aufgerissen. Ein durchgeknalltes Reh im Scheinwerferlicht.

„Aber Finn", sagte sie schließlich langsam. „Dann können wir mit niemand anderem mehr schlafen."

„Ich weiß, ich habe das Wort im Duden nachgeschlagen. Aber ich finde, wir sollten es wenigstens versuchen. Ich will schon seit Monaten mit dir ins Bett und ich glaube, das wird sich in nächster Zeit nicht ändern."

Tränen traten in Emilys Augen, und im nächsten Moment rannte sie Rebecca um und schmiss sich Finn in die Arme.

„Okay“, hauchte sie. „Aber nur, wenn du versprichst, dass wir jetzt nicht langweilig werden.“

„Wir machen einfach immer das Gegenteil von dem, was Josh und Lou tun würden“, flüsterte Finn. „Dann kann uns nichts passieren.“

Und dann küsste er sie. Mit so viel Gier und Leidenschaft, dass ich peinlich berührt den Blick abwenden musste.

Trudi fing laut an zu klatschen. „Großartig!“, sagte sie gerührt. „Wirklich großartig. Das ist ganz großes Kino.“

Ja. Und womöglich das Zeichen für den bevorstehenden Weltuntergang.

Um zwölf nahm ich mir meine Mittagspause und überließ den Laden Emily und Finn, die ich den ganzen Morgen über daran hatte erinnern müssen, dass Sex im Verkaufsraum als Erregung öffentlichen Ärgernisses gewertet werden würde und Finn sich kein weiteres Vergehen leisten konnte. Ich wies Trudi an, auf sie aufzupassen, machte mir jedoch keine allzu großen Hoffnungen. Sie würde die beiden eher noch anfeuern. Aber das war mir gleich. Ich wollte meiner Theorie nachgehen und den Fall endlich abschließen. Damit ich mich um mein eigenes desaströses Privatleben kümmern konnte. Und ich hatte geglaubt, diese Zeiten seien vorbei.

Rebecca war nach Finns Auftritt wortlos aus dem Raum gestampft und würde wohl nicht wiederkommen. Es hatte sich herausgestellt, dass sie ein völlig normales, liebes Mädchen war. Nur leider waren das Eigenschaften, die wir bei *Louisa's Flower Power* nicht wertzuschätzen wussten. Starke Nerven, Toleranz und eine Vorliebe für das Exzentrische – das brauchten wir. Vielleicht sollte ich das genau so in die Stellenanzeige schreiben.

Als ich auf den Eingang des Zoos zulief, kam mir der Gedanke, dass ich gut und gerne die nächsten zehn Jahre auf einen weiteren Besuch dieser Gemäuer verzichten könnte. Mein Hals wurde eng, als ich nach rechts auf die Stelle blickte, an der mich eine Schaufel zu Boden gestreckt hatte, doch ich reckte nur mein Kinn höher, atmete einmal tief durch und lief weiter.

Josh hatte recht. Ich war stark, ich war klug, und natürlich konnte ich auf mich selbst aufpassen. Ich hatte den Kampf gegen zwei Geisteskranke gewonnen – und das mit einem Stuhl auf meinem Rücken! Das sollte mir erst mal jemand nachmachen.

Als ich mir ein Ticket kaufte – das vierte diese Woche! –, hielt ich den Kopf gesenkt. Immerhin hatte ich Hausverbot, gleichwohl sich die Person, die dieses ausgesprochen hatte, zurzeit im Gefängnis befand. Soweit ich wusste zumindest.

Doch ich hätte mir keine Sorgen machen müssen, die Kassiererin war in etwa so aufmerksam wie ein Mensch unter Vollnarkose, und innerhalb weniger Minuten stand ich wieder einmal vor dem Kamelgehege.

So. Wen suchte ich?

Da waren Peer und Marcel, die körperlich Stärksten der Gruppe. Stark genug, um eine Leiche zu tragen. Dann gab es Valentin – Valentin, der Centmünzen umdrehte, weil sie nur so Glück brachten. Jasmin, mit der Valentin sich ein Alibi teilte. Und Katrin … Katrin, die nicht gewollt hatte, dass die Direktorin für etwas verantwortlich gemacht wurde, was sie unmöglich getan haben konnte. Katrin, die das Geld von Hennings Lebensversicherung nur bekam, wenn der Tod ihres Verlobten nicht aufgrund eines Arbeitsunfalls eingetreten war.

Ja, die richtige Frage war wohl: Wen suchte ich eigentlich *nicht*? Und wieso hatte ich so lange gebraucht, um auf die Lösung des Falls zu kommen?

Ich lief nach rechts in Richtung des Erdmännchengeheges, schließlich hatte dieses mir schon einmal Glück gebracht, und tatsächlich beendete gerade eine Frau in grüner Zoomontur die Fütterung der kleinen Biester. Es war Katrin, und der plötzlichen Panik nach zu urteilen, die über ihr Gesicht huschte, hatte auch sie mich entdeckt.

Hastig warf sie ihren Schützlingen die letzten Küken zum Fraß vor, bevor sie sich umdrehte und hinter dem Metallgitter verschwand, das zwischen Mauer und Gehege herführte. Für eine Schwangere war sie ziemlich flink. Ich eilte parallel zu ihr den Weg entlang, irgendwo musste sie ja rauskommen, und stellte erleichtert fest, dass sie wenige Sekunden später aus einer Tür hastete, die in den Stein neben dem Gehege eingelassen war.

Sie warf mir einen ängstlichen Blick zu und floh dann den Weg hinab.

„Hey!", rief ich und lief schneller. „Hey, Katrin, bleiben Sie kurz stehen. Ich will doch nur reden."

„Ich möchte nicht mit Ihnen reden!", rief sie mit hoher Stimme über ihre Schulter.

„Ja, das bekomme ich öfter zu hören, bis jetzt hat mich das aber noch nicht abgeschreckt", meinte ich entschuldigend und beschleunigte erneut meinen Schritt.

„Ich habe alle Ihre Fragen beantwortet, lassen Sie mich in Ruhe! Marcel!"

Ein Mann mit Vollbart war aus einer Tür direkt neben dem Waschbärhaus getreten, und eilig hielt Katrin auf ihn zu.

„Marcel, würdest du ihr bitte sagen, dass sie gehen soll!"

Als er mich erkannte, zog der Tierpfleger die Augenbrauen tief in sein Gesicht und legte Katrin beruhigend eine Hand auf die Schulter. „Was wollen Sie, Frau Manu?", fragte er kühl. „Seit einer Woche stochern Sie hier schon rum, belästigen meine Mitarbeiter mit dummen Fragen und kommen doch nur zu falschen Schlüssen. Warum können Sie die Sache nicht einfach ruhen lassen? Sie haben doch schon Frau Kamm und Marius hinter Gitter gebracht. Reicht Ihnen das nicht?"

„Was ist hier los?", wollte plötzlich eine weitere Stimme wissen, und gleich drauf folgte der rothaarige Valentin Marcel aus der Waschbärentür. „Ah, Frau Manu." Er seufzte schwer. „Wir haben Ihnen doch schon alles erzählt. Wir wissen überhaupt nichts."

„Ich weiß, ich weiß", sagte ich und lächelte matt. „Ihr seid alle … unschuldig. Das ist mir klar. Ich bin nicht hier, um euch zu verhaften." Das durfte ich leider auch gar nicht. „Ich möchte nur … etwas plaudern. Eine Theorie mit euch teilen. Eine rein hypothetische Theorie, versteht sich. Und wenn ihr wollt, könnt ihr am Ende meiner Geschichte nicken oder den Kopf schütteln. Ein Nicken ist kein Geständnis. Ein Nicken könnte auch der Versuch sein, eine Biene zu verscheuchen oder einen steifen Nacken zu bekämpfen."

Unisono verengten die drei ihre Augen.

„Bitte was?", wollte Marcel verwirrt wissen.

Meine Mundwinkel zogen sich weiter nach oben. „Genau. Ihr wisst von nichts. Aber … nehmen wir einmal an, ein Zoo bekommt einen neuen Löwen geliefert. Ein nervöses Tier, das sich erst noch an seine Umgebung gewöhnen muss. Und es gibt nur einen Pfleger, der dazu in der Lage ist, sich um es zu kümmern. Eines Abends, als er den Löwen füttert, passiert etwas Furchtbares. Der Löwe erschreckt sich oder ist nervöser als sonst oder hat einfach einen schlechten Tag. Er verletzt den Pfleger, der daraufhin unglücklich stürzt und stirbt. Vielleicht hat er sich das Genick gebrochen, vielleicht schlägt er sich den Kopf an. Das ist nicht wichtig. Wichtig ist nur, dass es ein Unfall ist. Ein Versehen. Kein Mord." Ich machte eine kurze Pause und betrachtete die Gesichter vor mir. Die drei Pfleger warfen sich nervöse Blicke zu, doch niemand sagte etwas, deswegen fuhr ich fort. „Irgendeiner der anderen Pfleger findet ihn schließlich. Vielleicht ist es seine Verlobte, die ungeduldig auf ihn gewartet hat, vielleicht einer seiner Freunde, die ihn bei ihrem allwöchentlichen Pokerspiel vermisst haben. Auch das ist egal. Es wird schnell klar, dass der Mann tot ist und ihm nicht mehr geholfen werden kann. Doch das Problem ist: Wenn herauskommt, dass der Löwe ihn angegriffen hat, dann wird das Tier eingeschläfert werden. Das Tier, das alle so lieben. Das den Pflegern so wichtig ist, als wäre es ihr eigenes Kind. Und das Geld von der Lebensversicherung, das die schwangere Verlobte so sehr braucht, würde ihr auch nicht zugesprochen werden. Also schmieden die Tierpfleger einen gemeinsamen Plan. Sie zerteilen die Leiche, lassen es wie einen brutalen, durchdachten Mord aussehen und verfüttern die Leichenteile an möglichst viele Tiere. So viele Tiere, dass die Polizei die Leichenteile nie im Leben alle finden wird. So viele Tiere, dass die Todesursache für immer ihr Geheimnis bleiben wird. Doch weil die Tiere nicht genug von der Leiche verspeisen, sind sie gezwungen, die Überbleibsel in den Rhein zu werfen. Aber das ist okay, denn sie haben ihre Spuren verwischt und wissen, dass alle Stillschweigen bewahren werden. Schließlich geht es um eines ihrer geliebten Tiere."

Ich verstummte und hob erwartungsvoll eine Augenbraue.

„Wir füttern die Tiere einfach zu regelmäßig", murmelte Valentin griesgrämig. „Sie hatten alle nicht genug Hunger, sonst wäre sicherlich nichts von der Leiche übrig geblieben. Sogar die Schweine waren irgendwann satt."

„Halt die Klappe, Valentin!", fuhr Marcel ihn an, seine blauen Augen kalt und berechnend. „Das ist eine hübsche Geschichte, Frau Manu. Was gedenken Sie, mit ihr zu tun?"

„Ach", ich hob eine Schulter, „das Ganze ist dann ja doch etwas weit hergeholt, oder? Niemand würde mir diese haarsträubende Erzählung abkaufen. Warum sollte ich sie also weitergeben?" Ich lächelte breit, während eine innere Ruhe mich überkam.

Ich hatte meinen Abschluss bekommen. Mehr hatte ich nicht gewollt. Ich sah zu Katrin und mein Blick landete auf ihren zerkratzten Unterarmen, bevor er zu meinen eigenen lädierten Armen schweifte. „Aber ihr hättet eine schwangere Frau wirklich nicht den Baum zum Sondermüll hochklettern lassen sollen", murmelte ich, bevor ich ihnen den Rücken zuwandte und ging.

Mein Herz wog eine Tonne weniger. Mir war nicht bewusst gewesen, wie sehr mich die Ungewissheit gestört hatte, aber jetzt, da ich die Wahrheit kannte, fiel mir das Atmen sehr viel leichter.

Ich lief an den Waschbären vorbei, winkte den Erdmännchen zu, scharf darauf, diesen Ort so schnell wie möglich zu verlassen, als ich eine große dunkelhaarige Gestalt auf mich zuschlendern sah.

Es war Josh.

Seine Mundwinkel zuckten müde, als er mich sah – so als hätte er fest damit gerechnet, mich hier anzutreffen –, und ich musste Emily recht geben.

Er sah scheiße aus.

Und das sollte schon was heißen! Denn Joshua Rispo sah selbst im Krümelmonsterkostüm und mit komischem Hut noch gut aus.

Seine Augen versanken in dunklen Schatten, er befand sich bereits auf der ungepflegten Seite von unrasiert und das Hemd, das er trug, war so zerknittert wie Trudis Gesicht.

Er blieb kurz vor mir stehen, die Miene nachdenklich, die Hände in den Hosentaschen vergraben.

Ich blickte stumm zurück, und mein Herz schlug so fest in meiner Brust, dass ich Angst hatte, es könnte herausspringen. Ich wollte die Hände nach ihm ausstrecken, ihn fragen, was los war, und ihm die Sorgen vom Gesicht küssen. Doch stattdessen flüsterte ich nur: „Du bist also auch darauf gekommen, was?"

Er nickte steif. „Offenbar nicht schnell genug."

„Wann kamst du auf die Lösung?"

„Als Frau Kamm sich zum abertausendsten Mal darüber aufgeregt hat, dass ihre Mitarbeiter das Wohl der Tiere über das eines Menschen stellen würden."

„Ah." Ich nickte, und ein kleiner Kloß formte sich in meinem Hals. „Wirst du sie verhaften?", fragte ich leise.

Josh atmete lang und tief durch, bevor er die Schultern hob und meinte: „Wovon sprichst du? Ich habe lediglich festgestellt, dass Erdmännchen zu beobachten, reinigend für die Seele ist. Der Mordfall von Henning Wiese hingegen liegt noch völlig im Dunkeln. Womöglich werde ich ihn nie aufklären können. Ich habe einfach ... zu viel anderes im Kopf."

Unverwandt starrte er mich an, und ich musste lächeln, wenn auch ein wenig wackelig. „Danke“, flüsterte ich und berührte sacht seinen Arm. „Keiner von ihnen hat es verdient, im Gefängnis zu landen.“

„Wahrscheinlich. Und ich hoffe, es war okay, dass ich den Journalisten, der den Vorfall vorgestern behandelt hat, freundlich darum gebeten habe, dich weder mit Vornamen noch sonst wie in seinem Artikel zu erwähnen.“

„Freundlich darum gebeten?“, fragte ich zweifelnd.

„Ja. Er war sehr zuvorkommend, nachdem ich ihm gezeigt habe, wie meine Waffe funktioniert.“

Wieder hoben sich meine Mundwinkel. „Danke.“

Josh nickte abwesend, kratzte sich mit der Hand im Nacken, sah zu mir herunter, blickte über meine Schulter … „Lou“, fing er schließlich an. „Können wir reden? Über –“

„Rispo!“, rief jemand, und im nächsten Moment kam Marvin neben Josh zum Stehen. Schweratmend, die Hände in die Seiten gestemmt. Er musste hergejoggt sein. „Mensch, da sind Sie ja“, sagte der Recherchist erleichtert und beugte sich keuchend vornüber. „Sie waren plötzlich nicht mehr da, dabei habe ich noch gar nicht erzählt, dass wir im Büro der Direktorin erwartet werden. Na ja, der ehemaligen Direktorin, denke ich. Auch wenn es noch nicht amtlich ist. Also, kommen Sie?“ Fragend sah er zu Josh hoch, bis sein Blick zu mir glitt und er überrascht zusammenzuckte. „Oh, Lou. Ich habe dich gar nicht gesehen.“

„Kein Problem. Ich wollte gerade gehen.“ Ich hob die Hand.

„Louisa …“, flüsterte Josh gequält.

„Später“, versprach ich leise. „Ich laufe nicht weg.“

„Ich hasse *später*.“

Ja, ich auch.

Kapitel 21

Ich war bisher noch nie beim Speed-Dating gewesen. Aus verschiedenen Gründen. Allem voran dem, dass ich es mir super merkwürdig und verkrampft vorstellte, innerhalb von wenigen Minuten so viele Informationen wie möglich auszutauschen. Tendenziell stimmte das wohl auch. Die Blitztreffen ließen sich jedoch weitaus entspannter gestalten, wenn man gar nicht wirklich auf der Suche nach einem Partner war – und eine zweiundsiebzig Jahre alte Frau neben einem saß, die einige der Männer im Raum bereits als Speck, den sie gerne in ihrer Pfanne braten würde, bezeichnet hatte.

„Meinst du, der junge Mann in Spandexshorts ist zu jung für mich? Ich meine, er sieht nicht aus, als hätte er viel Geld, aber möglicherweise sollte ich mal was Neues probieren. Er ist nicht unglaublich hübsch, muss also Humor haben, und mit dem Bauch strengt er sich im Bett bestimmt noch mehr an.“

Besagter junger Mann schien Ende fünfzig zu sein, und die erwähnten Hosen musste er aus dem Schrank seiner Schwester geklaut haben. Oder eine Verkäuferin hatte ihn sehr schlecht beraten.

„Versuchen kannst du es“, sagte ich vage, während ich Prince Charming dabei beobachtete, wie er den elastischen

Hosenbund gegen seinen Bauch flitschen ließ. „Aber warte doch erst einmal ab. Die Auswahl heute ist sehr groß."
Tatsächlich waren bestimmt mehr als hundert Leute hier. Große, kleine, dicke, dünne, alte, junge – einfach alles. Die Veranstalter schienen nach dem System: ‚Solle kommen, wer wolle', vorgegangen zu sein, aber das machte die Sache umso interessanter. Zumindest hatte ich das vage Gefühl, dass ich nach diesem Abend mit einer Reihe neuer Anekdoten nach Hause gehen würde.

Zehn Minuten später saßen Trudi und ich an einer langen, schmalen Tischreihe und warteten gespannt darauf, was als Nächstes passierte. Die Ladies – ich war mal so großzügig und zählte mich in diese Kategorie, auch wenn meine Mutter diese Bezeichnung vehement abgestritten hätte – durften sitzen bleiben, während die Gentlemen – ja, auch der nervöse Spandexkerl galt als Gentleman – immer, wenn der Gong ertönte, einen Platz nach links rutschten. Jeder Kandidat bekam eine Nummer zugeteilt und am Ende des Abends gab man dem Veranstalter die Ziffern, an denen man interessiert war. Da ich keine neuen Männerbekanntschaften schließen wollte, konnte mir das natürlich egal sein, auch, wenn Trudi immer wieder verschwörerisch die Worte: „Es ist immer gut, noch jemanden in der Hinterhand zu haben", fallen ließ.

Der erste Gongschlag ertönte und die Spiele begannen.

Mein erstes Date ging in etwa so:

Er: „Und nächsten Montag wird meine Enkelin dann schließlich eingeschult. Es wird eine riesige Familienfeier geben. Sie ist das Süßeste, was Sie je gesehen haben! Und von meinem Sohn die Freundin ihre Tante kennt da wohl jemanden, der Kinderschauspieler castet."

Ich: „Das ist ja toll. Auf welche Schule wird sie gehen? Suchen Sie für die Party noch eine Floristin?"

Eine Minute später hatte ich einen neuen Auftrag an Land gezogen und beugte mich zu Trudi hinüber, um ihr mitzuteilen, dass ihr nächster Kandidat vielversprechend freundlich war.

Mein zweites Date war da schon etwas unangenehmer:

Er: „Ich würde dich gerne so richtig schön zum Essen ausführen und dann die ganze Nacht vernaschen …"

Ich: „Tja, ich würde gerne dein Gesicht in eine Fritteuse drücken, aber das mach ich ja auch nicht. Würde ja auch stinken, oder?"

Der dritte Mann war so langweilig, dass ich beschloss, einfach stumm zu nicken, während ich mich verstohlen im Raum umsah.

Ich bewunderte die Menschen hier. Sie waren mutig genug, sich einer unangenehmen Situation auszusetzen, um ihre Chance auf die wahre Liebe nicht zu verpassen. Viele Menschen waren einsam, aber nur die wenigsten hatten den Mumm, etwas dagegen zu unternehmen. Und ich verstand sie! Es war schwierig gewesen, Single zu sein. Es gab so viele Menschen auf der Welt und trotzdem schien es unmöglich, jemand Vernünftigen kennenzulernen.

Man schüttete einem fremden Kerl heutzutage keinen Kaffee mehr übers Shirt, lud ihn als Entschuldigung zum Essen ein und heiratete zwei Jahre später.

Und man fährt seiner großen Liebe nicht einfach mit dem Auto hinten drauf, flüsterte eine Stimme in meinem Kopf.

Ach, scheiße.

Vielleicht wollte ich zu viel. Vielleicht waren meine Erwartungen an eine Beziehung zu hoch. Vielleicht sollte ich Rispo schlichtweg Rispo sein lassen und akzeptieren, dass er seine Gefühle nie mit mir teilen würde.

Seufzend sah ich zurück zu dem blassen Mann mir gegenüber, der noch immer über seine Briefmarkensammlung sprach. Ich war froh, als ein weiterer Gong das Ende meiner Misere verkündete.

Ich lächelte höflich, verabschiedete mich und ließ den Blick die Tafel hinuntergleiten, um meine nächsten Anwärter zu betrachten … und verschluckte mich an meiner eigenen Spucke.

Keine drei Stühle weiter saß Chris.

Ein paar Sekunden lang versuchte ich mir einzureden, ich würde ihn mir einbilden, aber ich war nicht sehr überzeugend. Denn Scheiße, da saß er!

Oh Gott, was hatte das Universum nur gegen mich?!

„Hey, ist das da nicht dein Polizist?", wollte Trudi in genau diesem Moment wissen und beugte sich zu mir herüber, während der Briefmarken-Typ einen Platz weiter rutschte.

„Nein", flüsterte ich. „Das ist Chris. Der Typ von der Zeitung. Der, in den ich mal verlieb–"

„Nein, nein", unterbrach Trudi mich kopfschüttelnd. „Der Mann da drüben sieht verdächtig nach deinem heißen Kommissarfreund aus. Oh, er kommt her. Er sieht nicht glücklich aus. Warum sieht er nicht glücklich aus?"

„Was?" Überrascht fuhr mein Blick in die Richtung, in die Trudi deutete – und landete prompt auf einer mir wohlbekannten Problemzone.

Hastig sprang ich auf. „Josh!", rief ich perplex und Blut schoss in meine Wangen. „Was tust du hier?"

Rispos Miene war so steinern wie der Grand Canyon. „Witzig, dass du das fragst", stellte er im Plauderton fest. „Weißt du, ich dachte mir, dass ich dir etwas Freiraum gebe. Dass ich für ein, zwei Tage Abstand nehme. Ich dachte, das wäre genug Zeit für dich, um zu dem Schluss zu kommen, dass wir als Paar zwar unglaublich problematisch, aber auch unglaublich fantastisch sind. So verdammt fantastisch, dass mir in den letzten Monaten nicht ein einziges Mal der Gedanke gekommen ist, dass es ein Problem geben könnte, das wir nicht in der Lage wären, aus dem Weg zu schaffen. Aber anscheinend bin ich der Einzige in unserer Beziehung, der so denkt, denn du bist ja offensichtlich schon dabei, dir eine Alternative zu suchen! Woher ich das weiß? Weil ich mir von meinem allwissenden Bruder anhören musste, dass du den Abend beim Speed-Dating verbringst." Rispos Augen sprühten Funken, die den Regenwald hätten gefährden können. „Du hast gesagt, du müsstest nachdenken, Louisa", fuhr er mich an. „Nicht, dass du dich nach einem neuen Mann umsehen würdest!"

„Das tue ich nicht!", sagte ich sofort und hob die Hände. „Ich bin hier, um Trudi zu unterstützen." Und um nicht über dich nachdenken zu müssen. „Ich will keinen neuen Kerl."

„Das stimmt", mischte Trudi sich ein, den Zeigefinger erhoben. „Sie nervt mich schon den ganzen Abend damit, dass sie niemand Neuen will."

„Siehst du", sagte ich vielsagend und deutete auf meine ehemalige Angestellte. „Und ich wollte nachdenken! Aber es ist so verdammt hart, Josh. Weil ich doch selbst weiß, dass wir fantastisch miteinander sind. Aber ich weiß auch, dass du so kommunikativ bist wie ein Stein, was deine Emotionen angeht. Und ich kenne mich – ich brauche mehr! Ja, ich bin zu gefühlsduselig, ja, ich bin zu neugierig, aber so ist es nun einmal. Dagegen kann ich nichts machen. Du musst mir zumindest irgendwelche Infor-"

„Gibt es hier ein Problem?", unterbrach mich eine mir allzu bekannte Stimme. Es war die von Chris.

Er sowie etwa neunzig weitere Besucher schienen unseren kleinen Disput mitbekommen zu haben und folgten unserem Schlagabtausch mit interessierten Blicken.

Rispo fuhr wütend zu dem Störenfried herum und verkündete: „Nein!"

Chris' Blick flackerte zu mir, und ich wünschte mir, er würde einfach gehen. Er hatte nichts mehr in meinem Leben verloren.

„Nun, das scheint mir aber anders", sagte er langsam. „Lou, ist alles in Ordnung? Brauchst du Hilfe?"

„Kennst du den Kerl?", wollte Rispo schneidend wissen. „Und wenn ja, nimmst du es mir übel, wenn ich ihn wegen dummer   Kommentare   verhafte?" Das war doch nicht wirklich strafbar, oder? Ich wollte nicht in den Knast!

Ich stöhnte leise auf, kniff mir mit Daumen und Mittelfinger in den Nasenrücken und biss in den sauren Apfel. „Ja, Josh, ich kenne ihn. Das ist …" Ich hob eine Schulter. „Das ist Chris."

„Chris?", fragte Rispo ungläubig und wirbelte zu ihm herum. „Sie sind das Arschloch, das meine Freundin geküsst hat?"

Chris verlor bedrohlich viel Farbe im Gesicht, als Josh einen Schritt auf ihn zumachte und ihn nun um einen halben Kopf überragte. „Ähm, nun, nicht wirklich geküsst ... es war mehr ein Schmatzer ..."

Großer Gott, warum hielt er nicht die Klappe? „Geh einfach, Chris", sagte ich laut. „Das hier geht dich absolut nichts an."

„Schön", sagte der Journalist beschwichtigend und wich einen Schritt vor Josh zurück. „Wir sprechen dann wegen deines nächsten Artikels?"

„Nein!", sagte ich ungläubig. „Ich habe dir gesagt, dass ich dich nicht mehr sehen will. Wir sprechen uns überhaupt nicht mehr."

„Ich würde dir raten, auf sie zu hören", sagte Rispo leise. „So eine Stalking-Anzeige macht sich überhaupt nicht schön im Lebenslauf."

„Stalking?" Chris' Stimme rutschte eine Oktave höher. „Ich stalke überhaupt niemanden!"

„Ach ja? Warum stehen Sie dann immer noch hier und starren Lou an?"

„Nun, weil ich ..."

Rispo hob eine Augenbraue – und Chris floh aus dem Raum.

„Ich wäre selbst mit ihm fertiggeworden!", beschwerte ich mich sofort. „Du musstest wirklich nicht deine dunkle Aura benutzen, um ihm Angst einzujagen!"

„Ach, jetzt bin ich es also wieder, der etwas Falsches getan hat?", fragte Josh schnaubend.

„Na ja, nein ... nicht direkt falsch. Aber das war mein Kampf. Du musst meine Kämpfe nicht austragen."

„Das weiß ich!", rief Josh genervt. „Deswegen habe ich mich doch zurückgehalten."

„Zurückgehalten?", wiederholte ich dümmlich.

„Natürlich! Ich habe ihn nicht niedergeschlagen, oder?"

„Wow, das war ... ein echtes Opfer von dir“, sagte ich trocken.

Wieder schnaubte Rispo, und frustriert fuhr er sich mit der Hand durch die Haare. „Es ist so typisch! So verdammt typisch für mich, dass ich mir nie etwas leicht mache“, fluchte er und stopfte seine rechte Hand in die Hosentasche. So als fürchte er, sie könne sich sonst selbstständig machen. „Es gibt so unendlich viele Frauen da draußen. Ich hätte jede wählen können! Aber nein, ich liebe eine, die es sich zum Hauptziel erklärt hat, mich wahnsinnig zu machen und mir alle paar Monate einen Herzinfarkt zu verschaffen! Ich muss eine Frau lieben, für die das Wort *kompliziert* extra erfunden wurde! Bei aller Gnade, Louisa, könntest du bitte einfach –“

„Du liebst mich?“, unterbrach ich ihn abrupt.

Josh fuhr sich irritiert durch die Haare. „Was?“

Hitze stieg in meine Wangen und mein Mund wurde trocken. Ich räusperte mich. „Du hast gesagt, dass du mich liebst.“

Verständnislos sah er mich an. „Natürlich liebe ich dich.“

Meine Augenbrauen flogen in die Höhe. „*Natürlich?* Du hast die Worte nie benutzt!“

„Du auch nicht! Und trotzdem weiß ich, dass du es tust.“

„Aber ...“ Mein Mund stand offen. „Warum sagst du mir das nicht!“, sagte ich zornig und stieß im nächsten Moment den Tisch beiseite, der uns voneinander trennte, um Josh mit beiden Fäusten gegen die Brust schlagen zu können. Die am Nachbartisch sitzenden Leute stoben erschrocken auseinander. Alle bis auf Trudi, die eine Flasche Sekt aus ihrer Handtasche gezogen hatte und mir aufmunternd zunickte. „Du kannst so etwas Wichtiges doch nicht unter den Tisch fallen lassen. Manche Sachen müssen ausgesprochen werden! Du hättest mir damit verdammt viele Selbstzweifel erspart, du Mistkerl!“

Ich wollte erneut zuschlagen, doch diesmal fing Josh meine Fäuste mit den Händen ab und drückte sie mit sanfter Gewalt nach unten. „Das war, was du hören wolltest?“, fragte er zweifelnd. „Warum fragst du mich denn nicht einfach, ob ich dich liebe?" Seine Hände zogen sich enger um meine und er sah mich ernst an. „Lou, ich bin mit dir zusammen, obwohl du mir mit deinen Aktionen jedes Mal wieder Todesangst einjagst, darauf bestehst, dich in meine Familienangelegenheiten einzumischen, meine Brüder magst – was übrigens nicht für deinen gesunden Menschenverstand spricht – und dazu tendierst, mich zu beißen, wenn mein Telefon nachts klingelt. Natürlich *liebe* ich dich. Was hast du denn gedacht? Dass ich das durchstehe, weil du immer Kekse dabeihast? Was machen die drei Worte schon für einen Unterschied? Entweder man fühlt sie oder man –"

„Ich liebe dich, Josh."

Er verstummte. Neigte den Kopf zur Seite. Verengte die Augen. Seufzte, lächelte. Kratzte sich am Kopf und hob schließlich eine Schulter. „Okay", murmelte er. „Die Worte machen doch einen Unterschied."

Ich verdrehte die Augen. Wirklich … Männer!

„Schön. Da wir wieder einmal erkannt haben, dass ich recht habe", sagte ich sachlich, „kommen wir zu deinem Kommunikationsproblem."

„Ich rede mit dir mehr über persönliche Dinge als mit jedem anderen, Lou", flüsterte Josh, seine Augen so aufrichtig, dass es meinem Herzen einen kleinen Stich versetzte.

„Das ist traurig, Josh", murmelte ich. „Denn du tust es wirklich nicht oft."

„Redet lauter, Kinder", rief Trudi. „Wir alle hier möchten euch verstehen!"

Ich ignorierte sie genauso wie das zustimmende Gemurmel unter den anderen Zuschauern, die ich schon fast wieder vergessen hatte. Stattdessen atmete ich schwer durch. „Josh, ich weiß, dir fällt es schwer, dich zu öffnen, aber jedes Mal, wenn du ein Gesprächsthema abblockst, habe ich das Gefühl, dass du mir nicht vertraust."

Josh schüttelte den Kopf. „Das hat nichts mit Vertrauen zu tun", widersprach er. „Überhaupt nichts. Das Leben ist so verdammt dreckig, und es gibt schlichtweg ein paar Dinge, an die ich nur ungern zurückdenke. Ich bin nicht die Art von Kerl, die darüber jammert, wie hart es ihn getroffen hat. Meine Mutter ist gestorben, ich habe mich an ihrer Stelle um die Familie gekümmert. Ende der Geschichte. Meine Brüder schulden mir nichts, mein Vater schuldet mir nichts, es war selbstverständlich, dass ich anfing, Verantwortung zu übernehmen. Du willst mir Mitgefühl entgegenbringen und das weiß ich zu schätzen. Ich liebe dich dafür, dass ich dir wichtig genug bin, um es zu versuchen. Aber ich hasse es, über die vergangenen Jahre nachzudenken. Weil meine Mutter eine gute Frau war, die es nicht verdient hatte, erschossen und in einer kalten Gasse liegen gelassen zu werden. Weil mich dieser Gedanke so unglaublich wütend auf die Welt macht. Und du bist die letzte Person, die es verdient, etwas von dieser Wut abzubekommen. Deswegen rede ich nicht mit dir darüber. Weil nichts Gutes dabei rumkommen würde."

Meine Augen brannten so stark, dass ich Mühe hatte, sie offen zu halten, und alles, was ich tun konnte, war, zu nicken. Es war in Ordnung, dass er diesen Teil seiner Vergangenheit verschlossen halten wollte. Wenn es das war, was ihn davon abhielt, auf die Welt losgehen zu wollen. Mir anzuvertrauen, warum er nicht darüber reden wollte, war mehr als genug.

„Okay", flüsterte ich und verschränkte meine Finger mit seinen.

„Gut." Er nickte fest, sah unsicher zu mir hinunter und räusperte sich dann. „Was den Rest angeht ... frag mich einfach."

„Was meinst du?", fragte ich verblüfft.

„Na, den Rest", sagte Josh langsam. „Meine ... Gefühle." Seinem Gesichtsausdruck nach zu urteilen, hätte er ebenso das Wort ‚Abstiegskampf' in den Mund nehmen können. „Ich meine, mich daran erinnern zu können, dass du mich mit einer Walnuss verglichen und mir vorgeworfen hast, mich dir nicht öffnen zu können. Und das stimmt nicht. Ich würde es wahrscheinlich nicht von alleine tun, so bin ich nicht gestrickt, und ja, meine Vergangenheit ist vielleicht etwas kompliziert. Aber es gibt keine Frage meine allgemeinen persönlichen Gefühle betreffend, die ich dir nicht beantworten würde. Ich kann … reden."

Die Unsicherheit in seiner Stimme war so unglaublich süß, dass mein Herz schmolz wie ein Nugatkern.

„Ich kann dir jede Frage stellen?", hakte ich vorsichtig nach.

Er nickte.

„Okay." Ich war mir nicht zu schade, diese Theorie auszutesten. „Wie viele Kinder willst du?"

„Drei." Josh dachte nicht einmal darüber nach. „Zwei Mädchen, ein Junge. Zu viele Brüder sind anstrengend."

Mein Mund öffnete sich leicht, und bevor ich darüber nachdenken konnte, purzelte schon die nächste Frage aus meinem Mund. „Hast du nach dem Vorfall mit deiner Verlobten noch einmal mit ihr gesprochen?"

„Gelegentlich."

Ich hob eine Augenbraue. „Josh …"

Er seufzte. „Ach, richtig. Längere Antworten. Ich habe sie letztes Jahr zu Ostern im Supermarkt getroffen. Wir waren höflich, sie hat sich darüber ausgelassen, dass Schokohasen überbewertet werden. Es war kein denkwürdiges Aufeinandertreffen."

Schokohasen überbewertet … die Frau hatte sie doch nicht mehr alle!

„Willst du heiraten?", fragte ich weiter.

„Ja. Aber nicht heute."

Ich musste lachen. „Ist auch schon etwas spät", bemerkte ich. „Hast du Angst davor, meine Eltern zu treffen?"

„Nein. Denn mir ist egal, was sie sagen. Ich behalte dich trotzdem."

„Oh." Wieder brannten meine Augen, wieder wurde meine Kehle eng. Ich hätte gerne noch weitere Fragen gestellt, doch mein Kopf schien wie leer gefegt. Auf einmal erschien mir auch keine dringend genug, als dass wir sie jetzt noch hätten besprechen müssen.

„Okay", sagte Josh mit fester Stimme, als er bemerkte, dass ich nichts mehr zu sagen hatte. „Hätten wir das dann geklärt?"

„Ich …" Mir war leicht schwindelig. Seine Worte waberten irgendwo in meinem Geist herum und erwärmten mein Herz. Das war … was war noch gleich die Frage?

„Können wir außerdem unseren dummen Streit als beendet ansehen und uns darauf einigen, dass wir beide fantastisch sind?"

„Ich glaube schon", sagte ich langsam. Ich konnte mich kaum mehr daran erinnern, worüber wir uns gestritten hatten. „Also, mir fallen bestimmt noch ein paar Fragen ein, aber vorerst …"

„Gut", sagte Josh knapp, schlang die Arme um meine Taille, zog mich auf die Zehenspitzen und küsste mich.

Und ganz ehrlich? Mit diesem Kuss sagte er mehr als tausend Worte.

Kapitel 22

„Haben Sie denn vor, aus meiner Tochter eine ehrenwerte Frau zu machen?"

„Oh Gott, Mama, wir befinden uns nicht mehr im achtzehnten Jahrhundert!", sagte ich stöhnend. Davon abgesehen war ich mir nicht sicher, ob ein paar der Dinge, die Rispo mit mir anstellte, überhaupt in die Kategorie *Ehrenhaft* fielen. Gleichwohl ich nicht wollte, dass er aufhörte, sie zu tun.

„Es ist eine ganz normale Frage, Schatz", unterrichtete mich meine Mutter pikiert. Dabei wusste ich genau, dass sie absichtlich unangenehme Dinge ansprach, aus Rache dafür, dass immer noch kein öffentliches Entschuldigungsschreiben im Kölner Blatt erschienen war. Es war nur so: Etwas in der Zeitung zu veröffentlichen, gestaltete sich als etwas schwierig, wenn der Freund dem zuständigen Journalisten angedroht hatte, ihn als Stalker anzuzeigen, sollte er sich mir noch einmal nähern.

„Also, Joshua", fuhr meine Mutter fort. „Welches Leben können Sie meiner Tochter mit dem Gehalt eines Polizisten bieten?"

Meine Fingernägel krallten sich in Joshs Bein. „Du musst das nicht beantworten", sagte ich hastig. „Du bist heute nur der Kollateralschaden, der zwischen die Fronten gerät. Wo ist eigentlich Emily?" Hilflos sah ich mich im schwesterlosen Raum um. Ich brauchte sie! Jannis war keine große Hilfe dabei, die Aufmerksamkeit von Josh zu lenken. Er saß nur grinsend da und aß sein Brot, während er seine Kinder dazu ermutigte, Josh über Waffengewalt und ihre Folgen auszufragen. Mein Vater amüsierte sich unterdessen köstlich. Das merkte ich daran, dass er die ganze Zeit über in seinen Kaffee prustete. Steffi hob zwar entschuldigend die Schultern, aber in die Schusslinie ihrer Schwiegermutter geraten wollte sie offenbar auch nicht.

„Emily hat schon vor einer Stunde angerufen und sich entschuldigt. Sie kommt ein paar Minuten später", sagte meine Mutter knapp, bevor ihr Blick wieder auf Josh landete. „Also, wo waren wir stehen geblieben?"

„Sie wollten gerade meine Intentionen bezüglich ihrer Tochter hinterfragen und eine Kopie meiner Gehaltsabrechnung anfordern", half ihr Josh auf die Sprünge, und zu meiner Verwunderung stellte ich fest, dass er lächelte. Er wirkte nicht im Mindesten gestresst. Ich war es, die wie ein Schwein im Pelzmantel schwitzte!

„Ach, richtig", bemerkte meine Mutter fröhlich, und in diesem Augenblick wies ihr leicht schadenfrohes Gesicht große Ähnlichkeiten mit Emilys gehässigem Grinsen auf. „Und was sagen Sie dazu?"

„Oh Gott", murmelte ich, während Josh antwortete: „Wissen Sie, Ihre Tochter ist eine sehr selbstständige Person, die ihren Kater auf mich hetzen würde, sollte ich anfangen, ihr zu verbieten, jemals wieder selbst für ihr Essen zu zahlen. Sie ist weder auf mich noch auf meinen Gehaltscheck angewiesen. Mein mickriges Einkommen ist also irrelevant. Was meine Intentionen angeht …" Er hielt kurz inne und zog meine verkrampfte Hand von seinem Knie, um sie in seine zu nehmen. „Ich meine es ziemlich ernst mit Lou und bin bereit, bis zu drei Kamele und zwei Ziegen für sie zu zahlen."

Meine Mundwinkel zuckten und ich verschränkte meine Finger mit Joshs, während Jannis bemerkte: „Viel zu hoch eingestiegen, mein Freund. Du hättest Mama auf zwei Ziegen und ein Eichhörnchen runterhandeln können."

Lara und Isa klatschten derweil in die Hände. „Können Sie lieber ein Pferd zahlen, Herr Polizist?", bat Isa leise. „Das kann dann bei mir wohnen. Ich habe eine Schuhkiste mit Lego in meinem Zimmer. Die würde ich für das Pferdchen freimachen."

„Kein Problem", versprach Josh sofort. „Zwei Kamele, zwei Ziegen und ein Pferd also."

„Mhm", machte meine Mutter und tauschte einen Blick mit meinem Vater, der breit lächelte. „Schön", stellte sie dann achselzuckend fest. „Ich werde darüber nachdenken. Und nennen Sie mich doch Gitti."

Josh nickte, und gleich darauf klingelte es an der Tür.

„Das wird Emmi sein", verkündete mein Vater und stand auf.

Ich nutzte die Gunst der Stunde, um mich zu Josh hinüberzubeugen. „Entschuldige deswegen", flüsterte ich gequält. „Und danke, dass du mich trotzdem liebst."

„Wieso?", wollte Josh verwirrt wissen. „Ich mag deine Mutter. Sie ist unterhaltsam."

„Du hast einen komischen Sinn für Humor", entgegnete ich kopfschüttelnd.

„Stimmt." Josh nickte. „Lange nicht so konventionell wie deiner."

Ich lachte leise, legte meine Stirn kurz auf seiner Schulter ab und wandte mich dann zur Wohnzimmertür, durch die in der nächsten Sekunde tatsächlich Emily brach. Überraschenderweise war sie nicht allein. Sie hatte Finn im Schlepptau.

„Hey, alle miteinander", sagte sie etwas außer Atem. „Sorry für die Verspätung, aber wir ... wir hatten noch etwas zu erledigen." Sie blickte zu Finn hoch, der die Hand hob und bestätigend nickte. „Also, Lou hat uns vor ein paar Tagen die Augen geöffnet und uns gezeigt, dass Monogamie möglicherweise doch der richtige Weg ist. Deswegen ...", Emmi atmete tief durch, „werden wir heiraten!"

Meine Kinnlade klappte herunter und mein Kopf fuhr zu Josh herum. „*Das* habe ich ihnen nicht geraten!"

„Oh, das ist ja fantastisch", rief meine Mutter, bevor sie an Finn gewandt fragte: „Wer bist du noch gleich?"

„Ich will Blumenmädchen sein", verkündete Lara. „Darf ich, Emmi, darf ich?"

„Großer Gott, ich sehe tote Menschen", murmelte Jannis kopfschüttelnd.

„Wie lange sind die beiden denn schon zusammen?", wollte Steffi stirnrunzelnd wissen.

Josh sagte nichts. Er saß einfach nur da, das Gesicht eine Grimasse des Grauens. „Ich gebe ihnen drei Monate, bis sie sich gegenseitig umbringen", stellte er dann schließlich leise fest.

Das fand ich zu optimistisch. Ich gab ihnen sechs Wochen. „Ich wette auf Mord durch einen gezielten Gabelstich. Finn wird verbluten, während Emily daneben sitzt und einen Burger isst."

Joshs Mundwinkel zuckten. „Nichts da. Finn wird sie beide aus Versehen umbringen, weil er Emily dazu überredet, Sex auf einem löchrigen Schlauchboot zu haben. Sie werden jämmerlich im Rhein ertrinken."

„Interessante, wenn auch ein wenig zu detaillierte Vorstellung. Aber okay. Um was wetten wir?", wollte ich wissen.

„Wenn ich gewinne, darf ich dich mit Handschellen ans Bett fesseln", murmelte Josh sofort. So als hätte er darüber schon länger nachgedacht. „Wenn du gewinnst, drehen wir das Ganze um."

Ich grinste und drückte seine Hand. „Deal."

ENDE